JANINA SCHLICK

LOVING
you

LOVING

you

Dakota und Logan

Impressum

2. Auflage, überarbeitet © / Copyright: 2021

Janina Schlick, Georgstraße 29, 86316 Friedberg

Herstellung und Verlag: BoD – Books on Demand, Norderstedt

Cover: Kiwibytes Buchdesign, www.kiwibytesdesign.de

Bildnachweis: Adobe Stock, © Gisela, #241402394,

© inst:@victoria_novak

Lektorat: Astrid Töpfner, Lektorat Meerwörter

Buchsatz: Désireé Reichert, Kiwibytes Buchdesign

ISBN: 9783754374573

Triggerwarnung

Das Buch enthält Themen, die triggern können: Drogen, Gewalt, Sexuelle Belästigung

Dakota und Logan

1. KAPITEL

Dakota

Das war ein Neuanfang. Sie spürte es.

Dakota zog den schweren Rollkoffer hinter sich her, als sie aus dem Zug stieg. Ihr ganzes Leben befand sich in diesem Koffer und dem alten zerfledderten Rucksack, dessen Gewicht auf ihre Schultern drückte. Jedenfalls alles, was davon noch übrig war. Nichts von dem, was sie in New York zurückgelassen hatte, bedeutete ihr etwas. Es war vorbei. Ein für alle Mal. Von nun an würde sie nur noch nach vorne schauen.

Zielstrebig bahnte sie sich ihren Weg zwischen den Menschen, die sich am Bahnsteig und in der großen Wartehalle drängten. Ein flaues Gefühl machte sich in ihr breit, als sie draußen auf der Treppe stand und über den Platz vor dem Bahnhofsgebäude schaute. Erst jetzt wurde ihr so richtig klar, dass sie sich in einer fremden Stadt befand. Niemand würde ihr helfen. Nein, niemand *durfte* ihr helfen. Das würde sie nicht zulassen. Sie würde es allein schaffen.

Ihr Blick fiel auf die Taxis, die in einer Reihe vorne an der Straße standen. Einige Fahrer waren ausgestiegen und beobachteten die vorbeilaufenden Menschen, in der Hoffnung, einen Kunden zu gewinnen.

„Brauchen Sie ein Taxi?", rief ihr ein weißhaariger Mann mit einer Zigarette im Mund zu. Dakota drehte sich weg und beschleunigte ihre Schritte. Ein Taxi konnte sie sich nicht leisten. Eigentlich konnte sie sich gar nichts leisten. Nicht mal ein Dach über dem Kopf, aber das würde schon irgendwie gehen. Hier einen Job zu finden, dürfte nicht allzu schwer sein.

Als sie den Bahnhof ein Stück hinter sich gelassen hatte, fiel ihr ein kleiner Park auf. Eigentlich war es nur eine Wiese, auf der ein paar Menschen in Gruppen zusammensaßen. Sie suchte sich eine freie Bank und stellte mit einem erleichterten Seufzer den schweren Trolli neben sich ab. Sie steckte ihre linke Hand in die Tasche ihres schwarzen Rocks und umklammerte den Zettel darin. Das war alles, was sie hatte. Nur eine Adresse und eine Handynummer.

Mit zitternden Fingern holte sie den Zettel aus ihrer Tasche und faltete ihn auseinander. Lange starrte sie die Adresse an, die sie längst auswendig konnte. Sie wusste sogar ganz genau, wo sie hin musste. Den Weg hatte sie sich auf Google Maps mindestens hundertmal angeschaut, sich die Gebäude eingeprägt und war ihn in Gedanken mehrmals abgelaufen. Damit sie bloß niemanden nach dem Weg fragen musste.

Ich schaffe das allein. Ich bin von niemandem abhängig. Immer wieder sagte sie diese Worte in ihren Gedanken auf. Sie wusste, sie würde es schaffen. Hier, weit weg von ihrem Zuhause, das nie eins gewesen war, konnte sie ganz von vorne anfangen. Niemand kannte sie. Niemand wusste, was sie durchgemacht hatte.

Blue Water war klein verglichen mit New York. Die Glasfronten der Hochhäuser, die in der Sonne glitzerten, würden neben den Wolkenkratzern in der Fifth Avenue mickrig wirken. New York war gigantisch, beeindruckend und Blue Water war … nur eine Stadt.

Ihre neuen Mitbewohnerinnen und Mitschüler würden sie fragen, warum sie aus der Stadt der Träume weggegangen war. Jeder wollte nach New York, jeder glaubte, dass man dort etwas erreichen konnte. Viele Menschen wollten jedoch nur das schöne schillernde New York mit seinen tausend Möglichkeiten sehen. Doch die Stadt hatte auch ihre Schattenseiten. Wenn jemand fragte, würde sie einfach behaupten, dass all ihre Verwandten tot waren und nichts und niemand sie dort gehalten hatte. Noch besser sorgte sie dafür, dass niemand sie fragen konnte.

Ein Kind rannte fröhlich lachend an ihr vorbei und riss sie aus ihren Gedanken. Ihr Herz zog sich schmerzhaft zusammen, als sie dem Jungen hinterherschaute. Als seine Mutter ihn in die Arme nahm und sich mit ihm im Kreis drehte, wandte sie schnell den Blick ab, stand auf, packte ihren Koffer und ließ den Park hinter sich. Als würde sie schon immer hier wohnen, marschierte Dakota durch die Straßen. Gut so. Sie wollte nicht auffallen.

Ihre neue Bleibe befand sich in einem fünfstöckigen, gelb gestrichenen Wohnblock etwas abseits der großen Einkaufsstraße, die durch die Stadtmitte verlief. Die Farbe und die niedrigen ordentlich geschnittenen Hecken ließen die Anlage freundlich wirken. Zum ersten Mal, seit sie aus New York weggefahren war, stahl sich ein Lächeln auf ihre Lippen. Es würde schon alles gut gehen. Die beiden Mädchen erwarteten sie.

Ihre E-mail hatte nett geklungen.

Ihr Finger schwebte über den Namenschildern. Da war es. Miller & Gregson. Dakota atmete noch einmal tief durch und klingelte. Ihr Herz raste. Der Lautsprecher an der Tür knackte.

„Hallo?", meldete sich eine verzerrt klingende Stimme.

„Äh, hallo … ich …" Dakota schluckte. Ihr Hals war staubtrocken. „Ich bin Dakota", krächzte sie. „Ich bin …"

„Ah, die neue Mitbewohnerin. Ich lass dich rein. Vierter Stock."

Es knackte wieder. Dann surrte der Türöffner. Eilig drückte Dakota die Tür auf und hievte ihren Koffer über die Türschwelle. Ein frischer, zitroniger Duft wehte ihr entgegen. Die Stufen glänzten noch feucht vom Wischen. Ihre Schultern brannten vom übervollen Rucksack, den sie seit ihrer Ankunft permanent auf dem Rücken trug. Wer in einer großen Stadt wie New York aufwuchs, ließ sein Gepäck nie irgendwo unbeaufsichtigt stehen.

Dakota schaute sich im Hausflur um. Obwohl das Gebäude sowohl von außen als auch von innen sehr modern und gepflegt wirkte, gab es keinen Aufzug.

„Scheiße", murmelte sie. Mit einem gequälten Aufstöhnen legte sie den Kopf in den Nacken und starrte die Treppe an, die sich scheinbar endlos in die Höhe wand. Vier Stockwerke. Aber nur dieses eine Mal. Danach blieb der Koffer oben.

Nach einer gefühlten Ewigkeit kam sie völlig verschwitzt oben an. Ihr Gesicht glühte und war wahrscheinlich rot wie eine Tomate.

Im Türrahmen stand ein Mädchen mit blonden Locken und lächelte sie bedauernd an. „Sorry. Dass wir keinen Aufzug haben, ist echt blöd. Wir sollten eigentlich einen bekommen, aber angeblich hat die Hausverwaltung kein Geld."

„Schon gut." Dakota rang sich ein Lächeln ab, das das andere Mädchen mit einem breiten Grinsen erwiderte.

„Hi, ich bin Amber." Peinlich berührt ergriff Dakota die Hand, die ihr Amber zum Gruß entgegenstreckte. Sie war so verschwitzt, während Ambers Hand warm und trocken war. Amber ließ sich nichts anmerken, doch Dakota fühlte sich eklig, klebrig. Sie brauchte dringend eine Dusche. „Komm, ich zeig dir dein Zimmer."

Dakota zog die Wohnungstür hinter sich zu und stellte den Koffer in den Flur. Den würde sie später holen, wenn sie geduscht und sich ein bisschen ausgeruht hatte.

Sie folgte Amber durch einen kurzen, hellen Flur. Die ganze Wand war voll mit Fotos. Auf einigen erkannte sie Amber, meistens mit irgendwelchen Freunden. Im Vorbeigehen erhaschte sie einen kurzen Blick in die Küche, die ebenfalls sehr hell und sauber war.

Amber blieb stehen und deutete auf eine Tür. „Hier ist dein Zimmer. Das Bad ist gegenüber. Es gibt einen Putzplan, aber den besprechen wir nachher, wenn Jamie da ist." Dakota nickte nur. Zu fragen, wo Jamie war, erschien ihr zu neugierig. Amber kam ihr sowieso zuvor. „Sie gibt Nachhilfe in der Nachbarschaft und kommt wahrscheinlich erst in einer Stunde."

„Ach, das macht doch nichts …"

„Na ja, sie hätte dich schon gern begrüßt", meinte

Amber und wirkte beschämt. Jetzt entschuldigte sie sich schon zum zweiten Mal für etwas, für das sie nichts konnte.

„Das holen wir später nach", entgegnete Dakota, „Ich muss sowieso erst duschen und mich ein bisschen einrichten."

„Klar, kein Problem. Wir reden dann nachher." Amber lächelte wieder und ließ sie dann allein. Sie war wirklich nett und gab sich so viel Mühe, doch Dakota würde nicht viel Zeit mit ihren beiden Mitbewohnerinnen verbringen. Sie würden neugierig sein. Wissen wollen, wo sie herkam und was sie nach Blue Water führte. Alles Dinge, über die sie nicht reden konnte.

Dakota schloss die Zimmertür hinter sich, warf den Rucksack aufs Bett und schaute sich im Zimmer um. Gegenüber dem Bett stand ein großer, zweitüriger Kleiderschrank an der Wand und vor dem Fenster ein Schreibtisch mit einem hohen, schmalen Regal daneben. Es gab keine persönlichen Gegenstände. Auch der Kleiderschrank war komplett leer. Nichts deutete darauf hin, dass hier wahrscheinlich vor Kurzem noch jemand anderes gewohnt hatte. Als hätte dieses Zimmer nur darauf gewartet, dass Dakota hier einzog.

Sie drehte sich einmal um sich selbst und ließ sich rückwärts aufs Bett fallen. Die Bettwäsche war so weich, dass sie darin versank. Sie hatte ihr eigenes Zimmer. Einen Ort, an den sie sich zurückziehen und ungestört sein konnte. Nie wieder musste sie irgendwo auf der Straße oder auf einem Spielplatz sitzen, wenn sie allein sein wollte. Hier würde niemand einfach in ihr Zimmer platzen. Sie konnte die Tür zumachen und sich sicher fühlen.

In ihrem zerfledderten Rucksack wühlte sie nach Unterwäsche zum Wechseln und ihrem alten, dünnen Handtuch. Im Bad stellte sie allerdings fest, dass bereits saubere, weiße Handtücher im Schrank lagen. Genauso wie Flaschen mit Flüssigseife und Shampoo. Kurz war Dakota versucht, einfach ein Handtuch und eine der hellrosa Flaschen zu nehmen. Amber würde sicher nichts sagen. Doch als sie mit ihren Fingern zart über den Stapel weicher Handtücher strich, packte sie die Angst. Es stand ihr nicht zu, einfach fremdes Eigentum zu benutzen. Amber wirkte nett, aber was war mit Jamie? Vielleicht würde es ihr gar nicht gefallen, wenn eine Fremde einfach ihr Zeug nahm.

Schnell zog sie die Hand zurück und hängte ihr grünes Handtuch über den Stuhl, der gegenüber der Dusche an der Wand stand. Sie war ihr ganzes Leben ohne Luxus ausgekommen, hatte immer gebrauchte Klamotten getragen und alte Handtücher benutzt. Das konnte sie auch weiter tun.

Dakota kam gerade aus dem Bad, als die Wohnungstür aufging und ein Mädchen mit einem hellbraunen Pferdeschwarz hereinkam. Das musste Jamie sein. Bevor Dakota in ihrem Zimmer verschwinden konnte, entdecke Jamie sie und lächelte ihr zu. Ihre Hände fingen schon wieder an zu schwitzen. Wenigstens hatte sie sich im Bad vollständig angezogen und stand nicht halbnackt vor ihrer neuen Mitbewohnerin.

„Hey, du bist die neue Mitbewohnerin. Dakota, stimmts?" Sie stellte ihre Schuhe ordentlich in den Flur und kam auf Dakota zu. „Ich bin Jamie."

„Hallo." Zögernd streckte Dakota ihr die Hand

hin, doch Jamie winkte lachend ab und zog sie in eine Umarmung.

„Willkommen in der WG."

Sofort versteifte Dakota sich. Mit allem hatte sie gerechnet, nur nicht damit, dass eine Fremde ihr gleich um den Hals fallen würde.

„Wundere dich nicht", sagte Amber, die gerade aus der Küche kam, „So ist Jamie nun mal." Mehr als ein Nicken brachte Dakota nicht zustande.

„Du gewöhnst dich dran", behauptete Jamie, doch Dakota bezweifelte das. Körperliche Nähe konnte sie schon lange nicht mehr mit Freundschaft und Zuneigung verbinden. Wahrscheinlich würde sie es nie mehr können.

„Alles in Ordnung?", fragte Jamie und betrachtete sie prüfend, als sie weiterhin schwieg.

„Äh, ja. Na klar. Ich muss nur gleich weg."

„Du musst weg? Wohin denn?"

„Ich bin auf Jobsuche." Das war nicht mal gelogen. Dakota brauchte dringend eine Arbeit. Ihre mickrigen Ersparnisse reichten nicht mal für eine Monatsmiete.

„Lass uns doch zusammen gehen", schlug Jamie vor. „Wir können dir einiges zeigen." Amber nickte zustimmend und griff bereits nach ihrer Jacke.

Die Begeisterung der beiden machte es Dakota schwer, ihr Angebot abzulehnen, doch sie musste allein sein, um einen klaren Kopf zu bekommen und über alles nachzudenken. Wenn Jamie und Amber die ganze Zeit auf sie einredeten, konnte sie nicht abschalten.

„Danke. Vielleicht ein andermal." Sie schlüpfte in ihre abgetragenen Turnschuhe und flüchtete regelrecht aus der Wohnung, die ihr auf einmal viel kleiner vorkam. Bevor sie die Tür zuzog, hörte sie noch Jamies Protest.

Scheiße! Was hatte sie getan? Da war sie noch nicht mal eine Stunde in der WG und hatte schon ihre beiden Mitbewohnerinnen verärgert. Vielleicht war es doch kein guter Plan, sich so sehr abzuschotten. Wie sollte sie Amber und Jamie aus dem Weg gehen, wenn sie sich mit ihnen eine Wohnung teilte?

Die Sonne brannte heiß auf den Asphalt. In den Straßen war wenig los um die Mittagszeit. Selbst auf den Terrassen der Restaurants waren nicht alle Tische besetzt. Die meisten Menschen verbrachten den heißen Nachmittag lieber in klimatisierten Cafés und Geschäften. Ein paar Kinder standen vor einem Hotdogstand. Es roch verführerisch nach frischen Brötchen und gebratenen Würstchen. Da sie kein Geld bei sich hatte, ließ sie den Stand schnell hinter sich.

Während sie durch die breite Einkaufsstraße schlenderte, hielt sie nach Anzeigen in Schaufenstern Ausschau. Ihre Ansprüche, was Jobs anging, waren gering. Hauptsache, es reichte, um die Miete zu zahlen. In einem Supermarkt wurde jemand zum Regale auffüllen gesucht, doch als sie nachfragte, sagte man ihr, der Job wäre schon vergeben. Auch woanders hatte sie kein Glück. Entweder es gab den vermeintlichen Job nicht mehr oder das Gehalt, das ihr angeboten wurde, war so gering, dass es kaum für die Miete reichte. Für Essen schon gleich gar nicht. Für einen Ferienjob war sie sowieso zu spät dran. Schließlich fing in weniger als einer Woche die Schule an.

Nach über zwei Stunden hätte sie schon wieder eine Dusche vertragen können. Frustriert kickte sie einen Stein über den Gehweg. Eine Frau warf ihr einen empörten Blick zu, doch Dakota ignorierte sie.

„Verdammt", fluchte sie leise und lehnte sich an eine kühle Hauswand. Wenn sie kein Geld verdienen konnte, blieb ihr nichts anderes übrig, als Amber und Jamie die Miete für die nächsten drei Wochen zu überweisen und Ende September wieder auszuziehen. Dann stand sie wieder vor dem nichts und einen Plan B hatte sie nicht. Zurück nach New York zu gehen, kam nicht in Frage und woanders würde es sicher nicht besser laufen als hier.

Sie vergrub das Gesicht in den Händen, die sich schon wieder feucht und klebrig anfühlten. Eigentlich musste sie weitersuchen, doch sie war erschöpft von den vielen Absagen. Noch eine Niederlage konnte sie nicht ertragen.

Ihr Blick fiel auf ein Café auf der anderen Straßenseite. *Mr. Percy Cookies & More* stand in großen Buchstaben auf einem leuchtend bunten Schild. Daneben war ein grinsender Schoko-Cookie abgebildet. Auf der Terrasse standen die Tische dicht an dicht und alle waren besetzt. Auch vor der Tür standen ein paar Menschen, die wahrscheinlich auf einen freien Tisch warteten. Ein Kellner und eine Kellnerin hasteten zwischen den Tischen durch. Es sah fast so aus, als könnten sie Unterstützung brauchen. Dakota beschloss, noch einen letzten Versuch zu unternehmen.

Sie rannte zwischen den an der Ampel stehenden Autos über die Straße und betrat das Café. Stimmen und das Geklapper von Geschirr erfüllte den Raum. Irgendwo hinter dem Tresen summte eine Kaffeemaschine. Es roch nach Kaffee und frisch gebackenen Keksen. Ihr lief das Wasser im Mund zusammen und sie verfluchte sich dafür, nicht mal ein bisschen Kleingeld mitgenommen zu haben.

Die Schlange wartender Kunden reichte fast bis zum Eingang. Dakota gab vor, sich anzustellen, und hielt nach jemandem Ausschau, der nicht allzu beschäftigt war, was gar nicht so einfach war. Die Mitarbeiter hinter dem Tresen hatten alle Hände voll zu tun. Ja, zwei Hände mehr würden tatsächlich nicht schaden. Und wenn sie nur abwaschen durfte. Selbst das würde sie machen.

Als nur noch zwei Leute vor ihr standen, trat sie aus der Schlange und ließ ihren Blick durch den Raum schweifen. Der Typ hinter ihr zuckte mit den Schultern und rückte einen Schritt vor. Die zwei Bedienungen huschten alle paar Minuten wieder mit vollen Tabletts auf die Terrasse oder zurück in die Küche. Eine von ihnen, ein Mädchen etwa in Dakotas Alter mit einem blonden Pferdeschwanz, verlangsamte kurz ihr Tempo, um das Tablett auf ihrem Arm umzulagern.

Dakota machte einen Schritt auf sie zu. „Äh, hallo", sagte sie. Ihre Stimme klang in ihren Ohren piepsig und dünn. Das Mädchen blieb stehen und schaute sie stumm an. „Habt ihr hier nur zwei Bedienungen?", fragte Dakota schnell, bevor sie der Mut doch noch verließ und bereute ihre Direktheit sofort, als das Mädchen ihr einen säuerlichen Blick zuwarf.

„Dauert es dir zu lange, oder was?", fragte sie sichtlich genervt und wandte sich schon zum Gehen, doch Dakota würde sich nicht abwimmeln lassen.

„Nein. Ich hab mich nur gefragt, ob ihr Unterstützung gebrauchen könntet. Der Laden scheint gut zu laufen." Sie lächelte, doch ihr Gegenüber seufzte nur, als würde die Last der ganzen Welt auf ihren Schultern liegen.

„Du hast ja keine Ahnung."

„Das heißt, ihr braucht Hilfe?"

Das Mädchen musterte sie von oben bis unten und zog eine Augenbraue hoch, als wäre sie nicht ganz überzeugt von dem, was sie sah. „Weißt du was? Komm einfach mit. Perc soll das entscheiden." Dakota konnte sich ein breites Grinsen nicht verdrücken, während sie dem Mädchen in die Küche folgte. „Perc!", rief sie, ließ Dakota stehen und verschwand hinter einer Tür. „Da ist jemand, der einen Job braucht."

Unauffällig schaute Dakota sich um. Alles wirkte sauber und ordentlich. Drei Mitarbeiter – zwei Frauen und ein Mann –, die mit Mehl und großen Schüsseln hantierten, beäugten sie neugierig.

Mit wippendem Pferdeschwanz kam das Mädchen zurück in die Küche und wies auf die Tür hinter sich. „Du kannst zu Percy gehen." Ihr Blick war abweisend, als hätte sie schon entschieden, dass sie Dakota nicht leiden konnte. Na, hoffentlich war sie zu den Kunden nicht so unfreundlich.

Ein Typ, der Dakota um mehr als einen Kopf überragte, lehnte im Flur an der Wand, als würde er nur auf sie warten. Er trug ein weißes Hemd mit einer roten Schürze darüber. Es war dasselbe Rot, dass alle

Mitarbeiter trugen.

„Hey." Er streckte ihr die Hand zum High Five hin. „Perc."

„Dakota." Gezwungenermaßen schlug sie ein.

„Du suchst Arbeit?" Perc musterte sie neugierig, aber freundlich. Nicht so abschätzig wie die hochnäsige Blondine. Er wirkte viel netter. Und er war sehr jung für einen Chef. Das machte es einfacher.

„Ja, ich hab das Gefühl, dass zwei zusätzliche Hände nicht schaden könnten."

„Du hast Glück. Wir mussten erst gestern jemanden rausschmeißen und brauchen dringend Ersatz." Perc steckte lässig die Hände in die große Tasche seiner Schürze. „Hast du schon mal gekellnert oder sowas?"

Dakota dachte an ihre leidige Erfahrung als Kellnerin in einer Eisdiele, die das scheußlichste Eis auf der Welt verkaufte. Nachdem sie sich endlich getraut hatte, sich bei der Chefin über den Schleim zu beschweren, der den Kunden dort vorgesetzt wurde, war sie fristlos entlassen worden.

„Klar, ich hab schon mal in einem Café gearbeitet."

„Super. Wann kannst du anfangen?"

Sie musste sich zusammenreißen, um ihn nicht mit offenem Mund anzustarren. Der Typ wollte sie tatsächlich einstellen. Einfach so.

„Ich hab Schule ab nächster Woche. Aber ich könnte vielleicht ab und zu abends arbeiten. Und am Wochenende."

„Wie wärs, wenn du morgen einfach mal zum Probearbeiten kommst. Falls es gut läuft, kannst du ab sofort jeden Samstag hier arbeiten und unter Woche, wenn ich dich brauche." Das musste ein Traum sein.

Hoffentlich würde sie nicht gleich aufwachen. „Deal?", fragte Perc und streckte ihr die Hand hin.

„Deal." Dakota schlug ein. „Dann sehen wir uns morgen. Wann soll ich anfangen?"

„Wir haben auch vormittags geöffnet. Komm einfach um zehn. Du musst den Vordereingang benutzen. Für Samstag bekommst du dann den Schlüssel für die Hintertür."

„Danke, Percy." Sie grinste breit.

Perc lächelte. „Gern, ich freu mich auf morgen."

Als sie die Küche verließ, konnte sie nur schwer dem Drang widerstehen, durch das Café zu hopsen. So viel Glück konnte man doch garnicht haben. Kurz kam ihr der unsinnige Gedanke, Amber anzurufen und ihr von dem Job zu erzählen, aber die war wohl nicht gut auf sie zu sprechen, nachdem sie vorhin so schnell abgehauen war. Außerdem war es nicht gut, sich jemandem sofort anzutrauen. Das würde sie unvorsichtig machen.

Komm runter, sagte sie sich, *Benimm dich ganz normal.*

Die letzten Schritte bis zum Ausgang legte sie in einem normalen Tempo zurück. Gerade als sie die Tür aufzog, lief jemand direkt in sie hinein. Dakota wich erschrocken zurück, als wäre sie gegen eine Wand gelaufen. Ohne den Kerl auch nur anzusehen, drängte sie sich an ihm vorbei und stolperte auf den Gehweg.

„Hey", rief er ihr hinterher, doch Dakota drehte sich nicht um. Was wollte dieser Typ von ihr?

„Jetzt warte doch mal!" Konnte er sie nicht einfach in Ruhe lassen? Im letzten Moment sprintete sie über die Straße, bevor die Ampel rot wurde. Erst als das Café aus ihrem Blickfeld verschwunden war, gönnte sie sich eine Pause. Nach Atem ringend lehnte sie sich an eine Hauswand und schaute sich um. Er war ihr nicht gefolgt. Erleichtert atmete sie auf. Ihr Herz raste. Hoffentlich tauchte er nicht doch noch irgendwo auf.

„Hey, Dakota Schätzchen", hallte eine Stimme in ihrem Kopf, „Du musst dich doch vor mir nicht verstecken." Seine Stimmte klang lieb und lockend, als würde er mit einem verängstigten Tier sprechen, doch er meinte es nicht gut. So wie es die meisten Menschen nicht gut mit ihr meinten.

„Geh weg", murmelte Dakota und verbannte diese Gedanken aus ihrem Kopf. Hier würde ihr niemand etwas antun. Niemand kannte sie und sie teilte sich ihre Wohnung mit zwei Mädchen. Es würde schon nichts passieren.

Amber und Jamie saßen in der Küche und aßen Pizza, als Dakota heimkam.

„Ich bin wieder da", rief sie und steckte den Kopf kurz zur Tür herein. Beim Anblick der Pizza knurrte ihr Magen. Wie schön wäre es, sich einfach zu ihren Mitbewohnerinnen an den Tisch zu setzen, als wäre es das Selbstverständlichste der Welt. Aber sie waren Fremde und Dakota fühlte sich, trotz des quälenden Hungers, noch nicht bereit, mit ihnen gemeinsam am Tisch zu sitzen.

„Möchtest du was?", fragte Jamie mit einem strahlenden Lächeln.

„Nein danke. Ich hab keinen Hunger", log Dakota. In ihrem Rucksack war noch eine Packung Kekse. Die würden als Abendessen reichen müssen. „Ich bin müde", sagte sie und flüchtete in ihr Zimmer.

Sie hätte sich ohrfeigen können für ihr schreckliches Verhalten. Wenn ihre Mitbewohnerinnen sie jetzt schon hassten, konnte sie es ihnen nicht mal verübeln. Normalerweise hätte sie sich entschuldigen müssen, aber nichts in ihrem Leben war normal. Sie war nicht normal. Nicht nach dem, was man ihr angetan hatte. Wie konnte jemand so etwas erleben und danach so tun, als wäre nichts passiert? Nie würde sie so sein wie andere Mädchen in ihrem Alter und sie brauchte auch nicht so tun, als wäre es anders.

Im Gehen zog sie die Schuhe aus und stellte sie mitten ins Zimmer. Ihr Koffer stand immer noch draußen im Flur, doch sie konnte sich nicht überwinden, ihr Zimmer zu verlassen und noch mal an Amber und Jamie vorbeizugehen. So nett Jamie auch war, Dakota fehlte jetzt einfach die Energie, sich mit irgendjemandem zu unterhalten.

Zur Ablenkung würde sie sich einfach ein paar sinnlose Videos auf YouTube anschauen, doch als sie in ihre Rocktasche nach dem Handy griff, war dort nichts.

Keine Panik. Sicher hatte sie es auf dem Weg ins Zimmer verloren. So ruhig wie möglich suchte sie den Boden zwischen Bett und Tür ab, schaute sogar nach, ob es unter den Schreibtisch gefallen war. Nichts. Dann lag es wohl im Flur. Auf Zehenspitzen schlich sie zur Tür und öffnete sie einen Spalt. Sie steckte nur den Kopf heraus und warf einen Blick in den

Flur. Auch dort lag außer dem fliederfarbenen Läufer nichts am Boden.

Bevor die Mädchen sie bemerkten, machte sie die Tür wieder zu und schloss ab.

Ganz ruhig Dakota. Wo könnte es sein?

Vielleicht lag es draußen im Treppenhaus. Aber sie hätte es doch merken müssen, wenn es ihr dort aus der Tasche gefallen wäre. Ihre Schritte waren das einzige Geräusch gewesen. Oder vielleicht …

Verdammt! Was, wenn dieser Typ ihr nur ihr Handy hatte wiedergeben wollen? Vielleicht war er ihr deshalb nachgelaufen. Und sie war geflüchtet, als wäre ein Axtmörder hinter ihr her.

Sie schlug sich mit der flachen Hand gegen die Stirn. Wie blöd konnte man eigentlich sein? Er hatte ihr nur ihr Handy geben wollen und sie war in blinder Panik geflüchtet.

Da half nur eins: Wenn sie morgen zum Probearbeiten ging, musste sie einen ihrer neuen Kollegen fragen, ob dieser Kerl ehrlich genug gewesen war, ihr Handy im Café abzugeben. Das hatte er sicher. Sonst wäre er ihr nicht nachgelaufen, um es ihr zurückzugeben. Bestimmt bekam sie ihr Handy morgen wieder. Also ein Grund mehr, sich auf den morgigen Tag zu freuen.

2. KAPITEL

Logan

Verdutzt schaute Logan dem Mädchen hinterher, das ohne irgendeine Reaktion davonrannte. Aber sie hatte ihn gehört, sonst würde sie nicht so rennen. Er fragte sich nur, warum sie es so eilig hatte. Logan schaute an sich herunter. Nichts an ihm war so furchterregend, dass jemand vor ihm flüchten musste. Wahrscheinlich hatte sie sich einfach erschreckt.

Mit einem Schulterzucken schaute er auf das Handy in seiner Hand und betrat das Mr. Percy. Er würde es einfach an der Kasse abgeben. Sie würde es schon abholen, wenn sie es vermisste.

Eine Tüte mit Bagels und eine mit Mr. Percys berühmten Riesencookies in der Hand, verließ Logan kurze Zeit später das Café. Hoffentlich hatte Matt nichts für sich gekocht. Allein würde Logan das viele Essen nicht schaffen. Matt dagegen war fast zwei Meter groß und dünn wie eine Bohnenstange. Er konnte Unmengen an Essen verdrücken.

„Hey Matt", rief er und ließ die Wohnungstür ins Schloss fallen. Im Flur war es stickig. Kein Wunder. Matt saß wahrscheinlich wieder vor dem Fernseher und hatte seit Stunden nicht gelüftet. „Hier stinkt´s. Wo bist du überhaupt?"

Ohne anzuklopfen, platzte Logan ins Wohnzimmer und tatsächlich saß Matt dort auf dem Sofa. Dunkle, zerzauste Haare unter schwarzen Kopfhörern lugten über die Rückenlehne. Logan schlug mit den Fingerknöcheln gegen den Türstock. Keine Reaktion. Das war typisch Matt. Selbst wenn er allein war, schaute er immer mit Kopfhörern fern.

„Weil ich´s gern laut mag und das würde die Nachbarn stören", erklärte er immer. Matt hatte seine Eigenarten, doch er war Logans einziger richtiger Freund in Blue Water. Er war für ihn da gewesen, als er ohne Zuhause, ohne irgendwelche Kontakte und ohne Zukunftsperspektiven aus der Entzugsklinik entlassen worden war. Da die Klinik in Blue Water war, war Logan einfach hier geblieben, anstatt in seine Heimatstadt New Town zurückzugehen. Mit einem Alkoholiker zusammenzuleben, war auch das Dümmste, das man nach einem Entzug machen konnte. Sollte Mike doch allein klarkommen. Wahrscheinlich merkte er noch nicht mal, dass seit einem Jahr auch sein jüngster Sohn weg war. Wenn der Alte überhaupt noch lebte. Aber selbst das kümmerte Logan nicht. Schließlich war Mike nie ein Vater gewesen. Er hatte ihn nie unterstützt, ihm nie etwas beigebracht, außer dass es wohl eine gute Lösung war, all seine Probleme in Unmengen Billigschnaps zu ertränken. Und eins wusste Logan jetzt: Das war es nicht. Seit seinem Entzug vor acht Monaten hatte er keinen Tropfen Alkohol mehr angerührt und das würde auch so bleiben. Nie wieder wollte er erleben, was er während seiner Sucht und dem Entzug erlebt hatte.

Logan grinste, während er zum Sofa schlich und Matt die Kopfhörer vom Kopf riss. Erschrocken drehte der sich um und starrte ihn mit offenem Mund und aufgerissenen Augen an. „Hey, was soll das?"

Logan ließ wortlos die zwei Tüten aufs Sofa fallen.

Gierig wühlte Matt darin. „Na endlich", sagte er und biss im selben Atemzug in einen Cookie mit extragroßen Schokostückchen.

„Ohne mich würdest du verhungern", behauptete Logan und da war sehr wohl etwas Wahres dran. Matt konnte sich stundenlang in irgendwelche Kochshows vertiefen und bekam dann überhaupt nichts mit.

„Hey, vergiss nicht, dass ich kochen kann", rief Matt empört. Wieder wühlte er in einer der Tüten und holte einen Lachsbagel heraus. „Die mag ich am liebsten."

„Das weiß ich doch, Mann. Du vergisst es nur, wenn du vor dem Fernseher sitzt." Logan ließ sich neben seinen Kumpel aufs Sofa fallen. Der Fernseher lief noch. Allerdings ohne Ton, da der Kopfhörer noch steckte. Ein höchstwahrscheinlich berühmter Koch, den Logan nicht kannte, briet ein riesiges Steak.

Matt zeigte mit dem Finger auf den Bildschirm. „Ich bekomm immer so Hunger, wenn ich mir das anschaue." Er schüttelte den Kopf, verwundert über sich selbst.

Schulterzuckend griff Logan in die Tüte und biss von seinem Bagel mit Salat und Tomaten ab. Seit dem Entzug achtete er allgemein darauf, nicht zu viel zu konsumieren und auszugeben. Erstens war er chronisch pleite und zweitens wollte er nicht, dass seine Alkoholsucht in etwas anderes umschlug. Er wollte von nichts mehr abhängig sein. Nicht von Alkohol, nicht von Computerspielen, Zucker oder irgendetwas anderem.

„Alles klar?", fragte Matt zwischen zwei Bissen. Matt war oft unaufmerksam und ließ sich leicht ablenken, aber wenn Logan nachdenklich oder schlecht gelaunt war, bemerkte er es sofort.

„Sicher. Die alten Sachen kommen nur wieder hoch." Lustlos biss er nochmal in seinen Bagel.

„Wegen deinem Dad?"

„Nenn ihn nicht immer so. Er ist kein Vater", knurrte Logan. Dad! So eine Bezeichnung verdiente der Typ nicht.

„Ok, sorry." Eine Weile schwiegen sie. „Logan?" Matt schaute ihn fragend an, fast schuldbewusst. „Isst du deinen Cookie gar nicht?"

„Bedien dich. Und iss den hier auch." Er warf den halb gegessenen Bagel auf die Tüte und verschwand in seinem Zimmer. Plötzlich konnte ihn nicht mal das Fast Food reizen, das er sonst so liebte. Ohne die Schuhe auszuziehen, legte er sich aufs Bett.

Verdammt! Warum musste Matt ausgerechnet nach Mike fragen? Und warum wollte er einfach nicht verstehen, dass Mike ihm nie ein Vater gewesen war? Matt war naiv. Sein Glauben an das Gute in jedem Menschen war unerschütterlich, doch bei Mike war dieser Glaube vergeblich. Seit Logan denken konnte, hatte Mike immer einen Flasche mit irgendeinem billigen Fusel in der Hand gehabt. Für Logan war es das

Normalste der Welt gewesen, mit seinen Geschwistern zwischen leeren und halbvollen Flaschen zu spielen. Seine Mom hatte wohl ab und zu einige Flaschen weggeräumt, aber daran konnte er sich nicht erinnern. Er war noch zu klein gewesen, als sie starb.

Und Charlie? An sie wollte er gar nicht denken. Auch sie hatte er verloren. So wie seine gesamte Familie. In einem Anflug von Wut schlug er mit der Faust aufs Kissen. Das Blut rauschte in seinen Ohren. Die Welt war ungerecht! Warum musste er immer so viel Pech haben?

Schnell versteckte er die Fäuste in den Taschen seines Kapuzenpullis. Was nützte es, sich über die Vergangenheit aufzuregen? Sie ließ sich nicht ändern. Alles, was er tun konnte, war nach vorne zu schauen. In sieben Tagen fing die Schule an. Ein neues Jahr voller Chancen. Dieses Jahr würde über seine Zukunft entscheiden. Er brauchte einen Plan. Und ein Stipendium für die Uni in Blue Water. Er durfte sich nicht ablenken oder von seiner Wut überrennen lassen. Alles, was zählte, war seine Zukunft, und die hatte er von nun an selbst in der Hand.

3. KAPITEL

Dakota

Der Dienstag war ein voller Erfolg. Mit einem Lächeln auf den Lippen verließ Dakota am frühen Nachmittag das Mr. Percy. Sie spürte das Gewicht ihres Handys in ihrer Jackentasche, das ihr Percy heute Morgen im Namen des Unbekannten gegeben hatte. Daneben klimperte ein kleiner Schlüsselbund. Ihre Finger glitten in die Tasche und umschlossen das warme Metall. Eigene Schlüssel bedeuteten Verantwortung, und es fühlte sich gut an, ein bisschen Verantwortung zu tragen. Nicht nur für sich selbst, sondern auch für Percys Café.

Nicht mal, dass Milly sie offensichtlich nicht leiden konnte, hatte ihr die gute Laune heute verderben können. Heute war sie mit Sam eingeteilt gewesen, die neben ihrem Studium jobbte und auch meistens samstags da war. Dakota verstand sich auf Anhieb mit ihr, und innerhalb kürzester Zeit konnte sie die komplexe Kaffeemaschine bedienen, Milchshakes zubereiten und durfte sogar schon Kunden am Tresen bedienen. Und anderes als erwartet, war die Arbeit nicht nur ein nötiges Übel, sondern machte ihr tatsächlich Spaß.

Millys böse Blicke hatte sie einfach ignoriert. Von ihr würde Dakota sich das nicht kaputtmachen lassen.

Betont langsam schlenderte sie die Einkaufsstraße entlang, um das Zusammentreffen mit Amber und Jamie noch möglichst lange hinauszuzögern. In der Früh waren beide noch in ihren Zimmer gewesen, als Dakota ihren Koffer ins Zimmer geholt und sich im Bad für den Arbeitstag fertig gemacht hatte. Doch heute stand die Besprechung des Putzplans an. Ihr wurde flau im Magen. Wie sollte sie sich den Mädchen gegenüber verhalten? Wenn sie weiter so abweisend war, würde sich das Zusammenleben ziemlich schwierig gestalten. Irgendwie musste sie es schaffen, sich ihnen wenigstens ein bisschen anzunähern. Sie wollte nicht ihre Freundin werden. Denn eine Freundschaft bedeutete, dass man sich gegenseitig alles erzählte, dass man Fragen stellte. Fragen, die sie nicht beantworten wollte und konnte. Es gab Erinnerungen, die sie tief in sich vergraben hatte und dort sollten sie auch bleiben. Niemals würde sie jemandem die Gelegenheit geben, in ihren Wunden zu bohren. So schwer das auch war. Sie musste Amber und Jamie weiter auf Abstand halten, ohne ihnen ständig aus dem Weg zu gehen. Irgendeine Lösung würde sie schon finden.

Fast geräuschlos öffnete sie die Wohnungstür und schloss sie wieder hinter sich. Die Schuhe ließ sie diesmal im Flur stehen und schlich auf Socken durch den Flur. Sie wusste, dass es lächerlich war, was sie tat. Es war egal, ob Amber und Jamie sie hörten. Entkommen würde sie ihnen sowieso nicht. Es war wohl einfach eine alte Gewohnheit. Zu Hause war es ihr am besten ergangen, wenn niemand sie bemerkt hatte.

Leise Stimmen drangen aus der Küche. Dakota legte eine Hand auf die Brust, um ihren wilden Herzschlag zu beruhigen. Ihr Körper spielte ihr einen Streich. Es gab nichts, wovor sie Angst haben musste, doch sie konnte nichts dagegen tun.

Amber sah sie sofort und verzog die Lippen zu einem kleinen Lächeln. Dakota atmete tief durch und erwiderte das Lächeln.

„Hi, da bin ich wieder." War doch garnicht so schwer.

Jetzt schaute auch Jamie zu ihr. Sie wirkte weniger befangen als Amber. „War die Jobsuche erfolgreich?"

„Ja, ich durfte heute zur Probe arbeiten und fange am Samstag an." Wieder griff sie in die Tasche ihres Kapuzenpullis und umklammerte die Schlüssel.

„Das ist toll. Wo denn?" Jamie blickte sie so offen an, dass Dakota ein schlechtes Gewissen bekam. Warum nur fühlte es sich so an, als würde Jamie sie verhören? Sie war doch nur neugierig.

„In einem Café in der Stadt", antwortete sie kurz angebunden. „Ich dachte, wir könnten heute den Putzplan besprechen. Damit ihr mich eintragen könnt."

Amber nickte, stand auf und ging zum Kühlschrank. „Ich hab einen neuen Plan gemacht. Bad und Küche werden zweimal die Woche geputzt. Wir haben dich schon eingetragen." Dakota betrachtete den Kalender. Der Plan war für die nächsten beiden Wochen festgelegt. Hoffentlich würde ihr Putzdienst sich nicht mit ihren Arbeitszeiten überschneiden. Vielleicht sollte sie … Nein, es wäre unverschämt,

Amber um Änderungen zu bitten, nachdem sie sich seit ihrer Ankunft gestern Nachmittag kaum hatte blicken lassen.

„Ist das ok für dich?", fragte Amber schließlich.

Dakota riss sich von dem Plan los. „Ja, klar. Sicher." Ein paar Sekunden stand sie noch unschlüssig in der Küche, während Amber sich wieder an den Tisch setzte. Dann ging sie zur Tür, ohne Plan, wie sie den restlichen Tag verbringen sollte. Wieder allein in ihrem Zimmer? Doch da kam ihr eine Idee. „Soll ich vielleicht noch was einkaufen? Ich wollte sowieso nochmal los."

Unsicher schaute Amber zu Jamie. „Äh, nein, eigentlich ..."

„Klar", fiel Jamie ihr ins Wort, „Wir könnten zusammen kochen. Ich mach dir schnell eine Liste."

Notgedrungen kochte Dakota zusammen mit Amber und Jamie Spaghetti Bolognese. Jamie bestand darauf, die Soße aus frischen Zutaten selbst zu machen. Mit angespannten Schultern stand Dakota an der Arbeitsplatte und schnitt Cocktailtomaten in kleine Stückchen. Amber saß am Tisch und zerhackte Kräuter, wobei sie immer wieder verstohlen zu Dakota herüber sah. Obwohl Dakota froh war, dass Amber keine Fragen stellte, konnte sie das Schweigen nur schwer ertragen. Sie schaute sich nach einem Radio um. Ein bisschen Musik oder sinnloses Geschwätz würden die peinliche Stille wenigstens ein bisschen übertönen.

„Hey, ihr habt ja schon angefangen." Mit einem unbeschwerten Lächeln trat Jamie in die Küche. Die rotbraunen Haare fielen ihr feucht auf den Rücken.

Ihr Gesicht strahlte und Dakota fragte sich, wie sie es schaffte, so zu tun, als wäre alles in Ordnung.

„Wir machen die Soße", entgegnete Amber beiläufig, wahrscheinlich nur, um die allgemeine Anspannung zu überspielen, von der Jamie anscheinend nichts merkte.

„Super, dann mach ich den Salat", sagte Jamie, schnappte sich den in Folie eingewickelten Salatkopf und begann, die Blätter abzureißen und zu waschen. Sie wirkte dabei so routiniert, dass Dakota sich blöd vorkam, wie sie ungelenk die Tomaten in unterschiedlich große, unförmige Stücke schnitt.

„Möchtest du den Salat waschen? Dann schneide ich die Tomaten", bot Jamie an.

„Nein, schon gut." Jamie jetzt auch noch mehr Arbeit aufzubürden, nur weil sie sich so ungeschickt anstellte, war das Letzte was sie wollte.

„Das ist doch nicht schlimm. Dir fehlt einfach nur die Übung."

„Das krieg ich schon hin." Dakota drehte Jamie halb den Rücken zu, doch das hielt sie nicht davon ab, weiterplappern.

„Amber und ich haben schon in der Grundschule zusammen gekocht. Zusammen mit ihrer Mom. Einmal haben wir uns eine Tomatenschlacht geliefert. Weißt du noch, Amber?"

„Ja, das war lustig", presste Amber hervor und zwang sich zu einem Lächeln.

„Jetzt zieht doch nicht solche Gesichter." Jamie legte Dakota eine Hand auf die Schulter und sie zuckte zusammen, obwohl sie eigentlich damit hatte rechnen müssen, nachdem Jamie ihr bei ihrer ersten Begegnung gleich um den Hals gefallen war. Jamie runzelte die Stirn und nahm ihre Hand langsam wieder weg. „Hey, Dakota, wenn es irgendwas gibt, das …"

„Mir geht's gut."

„Wirklich? Du wirkst so bedrückt. Ich meine, du kennst uns nicht, aber…"

„Lass sie in Ruhe. Sie will nicht mit dir reden", rief Amber.

Jamie stockte in der Bewegung. Für ein paar Sekunden war nur das Rauschen des Wasserhahns zu hören. Betroffen sah sie zu Amber. Dann zu Dakota. „Stimmt das?"

Dakota schluckte die aufsteigenden Tränen hinunter. Die ganze Situation war noch viel schlimmer als befürchtet. Sie umklammerte das Messer so fest, dass der Griff schmerzhaft in ihre Handfläche drückte. Sie brachte es nicht fertig, Jamie anzusehen. „Nein, tut mir leid. Ich …"

„Schon ok. Du musst nicht reden. Wir verurteilen dich auch nicht." Jamie klang verständnisvoll, doch Ambers abfälliges Schnauben sprach eine andere Sprache.

Die Stimmung war gedrückt. Beim Essen war Jamie die Einzige, die versuchte, ein Gespräch am Laufen zu halten, doch auch sie war sichtlich geknickt. Amber starrte die meiste Zeit angespannt auf ihren Teller. Kein Wunder. Sie dachte wahrscheinlich zu Recht, dass Dakota sie nicht leiden konnte. Das schlechte Gewissen zerfraß sie und machte sie fast wahnsinnig. Eilig stopfte sie die Spaghetti in sich hinein und verschwand in ihrem Zimmer. Erst als sie sich sicher war, dass Amber und Jamie im Bett waren, wagte sie sich ins Bad.

In den nächsten drei Tagen ging sie Amber und Jamie so gut wie möglich aus dem Weg. Sie streifte wie eine Heimatlose durch die Stadt, kaufte sich ihr Essen bei irgendwelchen Imbissbuden und hielt sich in verschiedenen Parks auf.

Am Samstag verließ sie eine Stunde früher als nötig das Haus und spazierte ziellos durch Blue Water, bevor sie zur Arbeit ging. Sich eine Wohnung zu teilen war schrecklich und es war ganz allein ihre Schuld. Dakota verfluchte sich für ihre Hemmungen und Ängste. Sie hasste ihre Eltern für das, was sie ihr angetan hatten. Eigentlich waren sie schuld. Sie hatten sie zu dem Mensch gemacht, der sie heute war. Ein Mensch, der niemandem vertrauen konnte und anderen aus dem Weg ging.

Den ganzen Sonntag verschanzte sie sich wieder in ihrem Zimmer, da sie sich nicht dazu überwinden konnte, mit Amber und Jamie zu reden, sich bei ihnen für ihr schreckliches Verhalten zu entschuldigen. Nach fast einer Woche war der Zug schon abgefahren. Ihre Mitbewohnerinnen hatten sich ihre Meinung über sie längst gebildet. Es gab kein Zurück mehr. Jetzt ging es nur noch darum, das kommende Schuljahr zu überstehen und einen guten Abschluss zu machen. Vielleicht konnte sie danach wirklich von vorne anfangen. Und beim nächsten Mal, das schwor sie sich, würde sie es besser machen.

4. KAPITEL

Dakota

Fest umklammerte Dakota die Träger ihres Rucksacks und ging mit langen, sicheren Schritten über den Schulhof der Blue Water High, so als wäre sie schon seit Jahren auf dieser Schule. Niemand achtete auf sie. In der Menge fiel sie nicht auf.

Betont lässig lehnte sie sich an das Treppengeländer vor dem Haupteingang und ließ ihren Blick über das Gelände schweifen. Die meisten Jugendlichen standen in kleinen Gruppen zusammen. Nur wenige saßen allein auf einer Bank oder auf dem Rasen und starrten in ihre Handys oder irgendwelche Bücher.

Hier draußen fühlte sie sich sicher, doch es graute ihr davor, ins Schulgebäude zu gehen und durch den Gang zu laufen. Zwischen all den Möchtegern-Bad-Boys und selbst ernannten Anführerinnen, die an ihren Spinden lehnten und jeden beobachteten, der vorbeikam. Um nicht aufzufallen, blieb sie so lange wie möglich vor dem Eingang stehen und ging erst hinein, kurz bevor es zum Unterrichtsbeginn läutete.

Obwohl niemand wirklich Interesse an ihr zeigte, glaubte Dakota, die Blicke der anderen im Rücken zu spüren. Drei Typen, die vor einem offenen Spind standen, pfiffen ihr hinterher. „Hey Süße", rief einer, „dich kenn ich gar nicht."

Unbeirrt setzte Dakota ihren Weg fort und versuchte, ihr heftig pochendes Herz zu ignorieren. Ein Bild flackerte in ihrem Kopf auf. Kräftige Hände, die nach ihren Handgelenken griffen. Jemand lachte hämisch.

Sie schüttelte den Kopf, um das Bild loszuwerden. Niemand würde ihr etwas antun. Die Jungs auf der Highschool fühlten sich einfach nur cool, aber sie würden ihr nicht wehtun. Zumindest redete sie sich das ein.

Kurz bevor sie das Sekretariat betrat, strich sie ihre schwarze Bluse und den leicht zerknitterten, ebenfalls schwarzen Rock glatt. Mist. Vielleicht hätte sie ihn doch bügeln sollen. Wäre sie nicht so unfreundlich zu Amber und Jamie, hätte sie eine der beiden sogar nach einem Bügeleisen fragen können. Innerlich ohrfeigte sie sich.

Reiß dich zusammen. Tu, was du tun musst.

Als auf ihr Klopfen niemand antwortete, öffnete sie einfach die Tür und steckte den Kopf herein. Eine ältere Frau saß am Schreibtisch.

„Guten Morgen", quetschte Dakota so höflich wie möglich hervor.

Die Frau schaute auf. „Solltest du nicht längst im Klassenzimmer sein?", fragte sie streng und rückte ihre Brille zurecht.

Dakota erklärte ihr, dass sie neu an der Schule war und ihren Stundenplan noch nicht bekommen hatte. Ihr Gegenüber tippte etwas in ihren Computer ein. Dann forderte sie Dakota auf, schleunigst in ihr Klassenzimmer zu gehen und ihren Stundenplan in der Pause abzuholen. Jetzt war sie sowieso schon zu spät.

Wie befürchtet gafften sie alle an, als sie mit fünf Minuten Verspätung zum Geschichtsunterricht erschien. Ihr Lehrer, ein Mann mit Halbglatze und nach unten hängenden Mundwinkeln, bedeutete ihr, sich zu setzen. Auf den einzigen freien Platz, direkt vor dem Pult. Na toll. Wenn sie nicht so getrödelt hätte, müsste sie jetzt nicht vor der Nase ihres griesgrämigen Lehrers sitzen. Zu den anderen Unterrichtsstunden durfte sie nicht so spät erscheinen.

Als es zur Mittagspause klingelte, packte sie ihren Rucksack und verließ eilig das Klassenzimmer, bevor sie jemand ansprechen konnte. Vorsorglich schaute sie niemandem direkt ins Gesicht. Den Blick halb gesenkt, eilte sie zur Mensa. Sie war nicht schwer zu finden, da die Mehrheit in die gleiche Richtung ging. Die Befürchtung, dort besonders aufzufallen, wenn sie allein an einem Tisch saß, verdrängte sie.

Das Tablett in den Händen suchte sie den Saal nach einem freien Tisch ab. An den meisten Tischen saßen schon ein paar Leute und warteten auf ihre Freunde.

Ganz hinten etwas abseits entdeckte sie einen kleinen Tisch, an dem noch niemand saß. Zielstrebig ging sie darauf zu, als sie hart mit jemandem zusammen stieß und ihr das Tablett aus den Händen gerissen wurde. Es schepperte. Messer und Gabel rutschten ein kleines Stück über den glatten Boden.

Der Teller mit dem Kartoffelbrei und dem Schnitzel fiel verkehrt herum klatschend auf den Boden.

„Bah, so sieht er noch ekliger aus als auf dem Teller", bemerkte jemand mit einem Kichern. Dakota schaute auf und sah sich dem Typ gegenüber, der schon vor dem Mr. Percy in sie reingerannt war. Erschrocken wich sie zurück. Erstaunt riss er erstaunt die Augen auf.

„Du?", fragte er ungläubig. Dann grinste er. „Hast du dein Handy wiedergefunden?"

„Mein Handy?", fragte sie dümmlich und wäre am liebsten vor Scham im Boden versunken. Mehrere Augenpaar starrten in ihre Richtung.

„Du hast es verloren. Schon vergessen? Vor diesem Café, Mr Percy, aber du bist weggerannt."

„Ja ja, ich weiß, wo das war. Ich hab es wieder." Mit hektischen Bewegungen sammelte sie das Geschirr auf und stellte es wieder aufs Tablett. Der gelbe, matschige Berg und das Schnitzel daneben erinnerten sie daran, dass ihr Mittagessen heute wohl ausfallen musste. Verdammt! Nur weil dieser Idiot nie die Augen aufmachen konnte.

„Sorry, ich hol einen Lappen und eine Schaufel." Betreten sah er sie aus seinen grünbraunen Augen an und fast tat er ihr leid.

„Danke", entgegnete sie matt und war froh, als er sich von ihr entfernte.

Kurze Zeit später kam er zurück und beseitigte wortlos das Chaos. Dakotas Magen knurrte. Sie fühlte sich an die unzähligen Tage erinnert, an denen sie hungrig ins Bett gegangen war. Schulessen war vielleicht nicht das Beste, aber besser als gar nichts. Dann musste wohl der Schokoriegel in ihrem Rucksack dran glauben.

Als sie sich umdrehte, bemerkte sie, dass er sie musterte. Nicht gierig oder spöttisch, einfach nur neugierig. Trotzdem fühlte sie sich nackt unter seinem Blick.

„Logan", rief jemand. Dakota sah einen großen, schlaksigen Kerl auf sich zukommen. Seine dunklen Haare waren auf eine niedliche Art zerzaust. Das breite Grinsen machte ihn sehr sympathisch.

Er klopfte Logan freundschaftlich auf die Schulter. „Was machst du denn für einen Scheiß? Das Essen hier ist zwar das Allerletzte, aber besser als verhungern."

„Das hab ich auch grade gedacht", entgegnete Dakota zu ihrem eigenen Erstaunen.

„Hi, ich bin übrigens Matt und der Chaot hier ist Logan", sagte der schlaksige Typ zu ihr gewandt.

„Ich bin ein Chaot?", rief Logan empört. „Wer lässt denn immer seine Pullis überall in der Wohnung liegen?"

„Vergiss nicht die Pizzakartons."

Logan schnaubte bloß genervt.

„Das geht mich nichts an, Jungs", sagte Dakota und wandte sich zum Gehen.

„Warte", rief Logan. „Willst du nicht mit uns essen?"

Sie winkte ab, räumte das Tablett weg und verließ die Mensa.

Dakota wusste nicht, was sie von all dem halten sollte. Es fiel ihr schwer, sich auf den Unterricht zu konzentrieren, da ihr die Begegnung in der Mensa nicht aus dem Kopf ging. Obwohl Matt mit seiner kindlichen offenen Art und dem breiten Lächeln einen viel netteren Eindruck machte, war es Logan, an den sie die ganze Zeit denken musste. Seine grünbraunen Augen verfolgten sie den ganzen Tag und lenkten sie sogar von ihrem quälenden Hunger ab.

Was war das nur an ihm, das sie so sehr fesselte? Waren es wirklich nur seine Augen? Oder gab es da noch etwas?

Warum machte sie sich überhaupt Gedanken? Sie erinnerte sich eben an ihn, weil er schon zum zweiten Mal in sie hineingerannt war. Logan war nur einer von vielen Männern und sie wollte nichts mit ihm zu tun haben. Sie war hier, um einen guten Abschluss zu machen und später zu studieren, und nicht, um sich um einen tollpatschigen Kerl und seinen seltsamen Freund Gedanken zu machen. Der Zusammenstoß mit Logan bedeutete rein garnichts.

5. KAPITEL

Logan

Logan konnte sich ein Grinsen nicht verkneifen, als er demselben Mädchen schon zum zweiten Mal hinterherschaute. Und wieder rannte sie davon, als hätte er sie gefragt, ob sie ihm eine Niere spenden wollte.

„Du kennst sie also?" Matt ließ ihn nicht aus den Augen, als sie mit ihren Tabletts zu einem freien Tisch gingen.

„Was schaust du so?"

„Sie mag dich."

Beinahe hätte Logan sich an einem Stück Fleisch verschluckt. „Was? Wieso sollte sie?"

„Hast du nicht gesehen, wie sie dich angeschaut hat?" Das Funkeln in Matts Augen und sein Lächeln verhießen nichts Gutes. Matt hatte sich gerade in etwas verrannt und er würde nicht so schnell lockerlassen.

„Sie war wütend. Ist doch klar", wich Logan aus, wobei er sich dennoch fragte, ob ihr erneutes Zusammenstoßen Zufall sein konnte.

„Da ist mehr. Ganz sicher."

„Da ist nichts. Ich kenne nicht mal ihren Namen."

Matt stieß ihn leicht mit dem Ellbogen an. „Dann lauf ihr nach und frag sie."

„Vergiss es."

„Logan", setzte Matt wieder an.

„Nein", sagte Logan entschieden, während er das Stück Fleisch auf seiner Gabel durch den Kartoffelbrei zog. „Sie ist nicht interessiert. Klar?"

„Wie du meinst. Aber beschwer dich später nicht."

Logan schnaubte nur abfällig, woraufhin Matt still war. Für heute war die Diskussion beendet. Das hieß aber nicht, dass Matt dieses Thema nicht immer wieder neu aufrollen würde. Er kannte seinen Freund. Vielleicht sollte er das Mädchen morgen doch nach ihrem Namen fragen. Nur damit Matt endlich Ruhe gab.

„Wo willst du denn so schnell hin?", rief Matt hinter ihm. Logan lief zielstrebig auf den Eingang zu und stellte sich gut sichtbar neben die Treppe. So konnte er sie eigentlich nicht verpassen, wenn sie zur ersten Unterrichtsstunde erscheinen würde. Er wusste gar nicht, warum es ihm so wichtig war, ihren Namen zu erfahren. Wahrscheinlich hatte er sich einfach von Matt anstecken lassen.

„Was machst du da eigent…? Ach so." Ein diebisches Grinsen schlich sich auf Matts Gesicht. „Du wartest auf sie."

„Blödsinn. Ich will einfach nur einen guten Überblick haben", behauptete Logan.

„Klar, damit du sie gleich siehst, wenn sie kommt."

„Ist klar." Logan gab vor, etwas in seinem Rucksack zu suchen, um Matt zu entkommen. Der sah ihn nur kopfschüttelnd an und konnte sich kaum das Lachen verkneifen.

„Weißt du was? Ich geh schon mal rein", verkündete Logan. Dort würde er sie auch sehen, wenn sie reinkam.

Er wartete vergeblich. Sie kam nicht durch diese Tür, obwohl er sie keine Sekunde aus den Augen ließ. Das konnte doch nicht sein. Ging sie ihm aus dem Weg? Kam sie extra zu spät, nur um ihm nicht zu begegnen? Wenn er genauer darüber nachdachte, war das Schwachsinn. Wahrscheinlich verschwendete sie keinen einzigen Gedanken an ihn.

Als es zum Unterricht klingelte, machte er sich widerwillig auf den Weg zu seinem Klassenzimmer. Gut, dass er und Matt die ersten zwei Stunden nicht zusammen Unterricht hatten. Lieber mühte er sich mit Mathe ab, als Matts Fragen zu ertragen.

„Hast du sie gefunden?" Matt stand in der Mensa hinter ihm in der Schlange. Heute gab es Chili. Zumindest enthielt die Pampe, die ihnen auf die Teller geklatscht wurde, Mais und rote Bohnen.

„Wen?", fragte Logan betont gleichgültig.

„Tu nicht so. Ich weiß, dass du sie toll findest." Stimmte das? Gefiel sie ihm? Hübsch war sie schon mit den glatten dunklen Haaren und den großen braunen Augen, die ihn wütend angefunkelt hatten.

„Hey, pass doch auf, Bohnenstange!", schrie jemand. Im nächsten Augenblick stieß Matt gegen Logans Rücken.

„Ich hab doch gar nicht ...", stammelte Matt.

„Geh mir aus dem Weg, hab ich gesagt." Ein pummeliger Kerl, fast so groß wie Matt und mit einem großen Totenkopf auf dem Kapuzenpulli, hatte sich vor ihm aufgebaut. Matt starrte ihn völlig verdattert an, bevor er einen Schritt zur Seite machte, um den Typen vorbeizulassen. Fehlte nur noch, dass er sich dafür entschuldigte, zu existieren. Obwohl Matt die meisten anderen Menschen überragte, wurde er oft respektlos behandelt. Besonders von frechen Kindern, die sich über seine drahtigen Haare lustig machten, die sich nie richtig frisieren ließen und immer irgendwie vom Kopf abstanden. Matt lächelte dann meistens nur verlegen und tat so, als würde er die gemeinen Bemerkungen für einen Witz halten.

„Was soll der Scheiß? Du hast ihn mit Absicht angerempelt." Logan machte keine Anstalten, auf die Seite zu gehen, und warf Matt einen strengen Blick zu, damit er nicht auf die Idee kam, auszuweichen. So leicht würde er sich nicht geschlagen geben. Logan war schon mit weitaus schlimmeren Typen klargekommen. Da würde er mit diesem fetten Angeber auch fertig werden.

„Was willst du denn, du Zwerg? Bist du aus dem Kindergarten abgehauen?"

Logan zeigte sich unbeeindruckt. Mit eins fünfundsiebzig war er kleiner als die meisten Männer. Dass andere sich über seine Größe lustig machten, war nichts Neues für ihn.

„Lass Matt einfach in Ruhe. Klar? Kümmer dich um deinen eigenen Scheiß."

Der Dicke lachte höhnisch. „Warte bloß, bis ich dich meinen Freunden vorstelle. Dann haben du und dein Spargeltarzan nichts mehr zu lachen." Seine Hand schoss vor und packte Logan am Kragen. Logans

Gesicht wurde heiß vot Wut. Er biss die Zähne so fest zusammen, dass es wehtat.

„Hey, vielleicht sollte ich dich mal meinen Freunden vorstellen, Lewis", erklang hinter ihnen eine tiefe Stimme. „Oder kennst du die schon?"

Sofort ließ dieser Lewis Logan los und wich einen Schritt zurück. Der Kerl, der auf sie zukam, strahlte eine unglaubliche Autorität und Stärke aus, obwohl er auch nicht älter als achtzehn sein konnte. Allein seine Erscheinung war Respekt einflößend: Er war groß und muskulös, die Arme waren mit Tattoos übersät und die braunen Haare kurz geschoren. Kurz: Er sah aus wie jemand, der gerade aus dem Knast kam. Betont lässig stellte er sich neben Lewis, der ihn angestrengt beobachtete, als würde er jeden Moment mit einem Angriff rechnen.

„Hast du nichts Besseres zu tun, als unsere Mitschüler zu schikanieren?"

„Was willst du?", zischte Lewis, der plötzlich nicht mehr so selbstsicher wirkte.

„Ich will, dass du verschwindest. Such dir ein anderes Opfer."

Lewis kniff wütend die Augen zusammen. Dann warf er Logan und Matt einen verächtlichen Blick zu.

„Du hast drei Sekunden. Du weißt, was sonst passiert", sagte der Tätowierte mit einem siegessicheren Lächeln. Fluchend stapfte Lewis davon. Ungläubig schaute Logan ihm nach.

„Was war das denn?", flüsterte Matt ihm zu, doch Logan zuckte nur ratlos mit den Schultern.

Ohne auf die vielen Gaffer zu achten, setzte sich der Typ, der Lewis in die Flucht geschlagen hatte, auf den

Tisch gegenüber von Matt und Logan und verschränkte die kunstvoll bemalten Arme vor der breiten Brust. Er bedachte Matt, der ihn noch immer mit offenem Mund anstarrte, mit einem spöttischen Grinsen.

„Was passiert denn, wenn er nicht gehen will?", wollte Logan wissen.

Sein Gegenüber lachte. „Gar nichts. Der Kerl hat einfach nur Schiss. Er ist ein Riesenfeigling."

„Und er fällt auf deine Drohungen rein? Immer wieder?" Fragend zog Logan eine Augenbraue nach oben.

„Es gibt Gerüchte." Logan schaute ihn abwartend an, doch der Typ gab keine Erklärung ab. „Ich bin Dean. Ihr dürft an meinem Tisch sitzen", sagte er stattdessen und stand auf, als würde er ganz selbstverständlich davon ausgehen, dass sie ihm folgten. Der Kerl war der geborene Anführer, und sicher schadete es nicht, sich mit jemandem wie ihm anzufreunden.

Logan stupste Matt an. „Los, komm." Neugierige Blicke folgten ihnen. Manche wirkten eingeschüchtert. Kurz fragte Logan sich, ob das nur an Deans beeindruckender Erscheinung lag oder an den angeblichen Gerüchten.

An dem Tisch, auf den Dean zusteuerte, saßen bereits drei seiner Freunde. Dean begrüßte sie alle mit einem komplizierten Handschlag.

„Das sind die zwei Neuen", verkündete Dean. „Lewis, der Idiot, hat sie dumm angemacht."

„Hi, ich bin Logan." Er deutete auf Matt. „Das ist mein bester Freund Matt."

„Und du bist neu hier?", fragte ein schmächtig

aussehender Junge mit Nasenpiercing, den Dean als Travis vorstellte.

„Eigentlich bin ich schon seit der achten Klasse auf der Schule", warf Matt mit hängenden Schultern ein.

„Aber Logan ist neu hier." Dean schob sich einen Löffel Bohnen in den Mund. „Du brauchst eine Clique. Sonst wirst du fertiggemacht. Opfer haben es nicht leicht auf der Highschool."

Sofort musste Logan an das Mädchen von gestern denken. Sie war allein gewesen. Vielleicht sollte er sie Dean vorstellen. Er konnte auch sie beschützen.

„Wir sind keine Opfer", sagte Logan voller Überzeugung. „Lewis ist eins."

Dean lachte und die anderen fielen mit ein. Außer Matt. Er stand immer noch mit seinem Tablett in der Hand vor dem Tisch und wirkte äußerst angespannt. Was war nur los mit ihm? Dean hatte ihnen geholfen und dieser Lewis würde sich ihnen sicher nicht mehr nähern, wenn er sich so sehr vor dem Typen fürchtete.

Matt fing Logans Blick auf und deutete mit dem Kinn zum Eingang der Mensa. Logan hob fragend die Augenbrauen. Daraufhin wies Matt wieder mit dem Kopf zur Tür. *Was ist?* formte Logan mit den Lippen. Als er sich zu den anderen umdrehte, bemerkte er, dass sie ihn und Matt beobachteten.

„Ich glaube, Matt geht es nicht gut. Wir sollten gehen", schwindelte Logan.

„Klar, geht nur", sagte Dean, der sich gerade erneut den Löffel mit Bohnen volllud, „Ihr wisst ja jetzt, wo ihr uns findet.

„Wir sehen uns morgen." Logan nahm sein Tablett und stand auf.

„Wir treffen uns immer nach der Schule hinten am Basketballplatz", rief Dean ihm hinterher. „Bis morgen."

Logan hob die Hand zum Zeichen, dass er ihn gehört hatte.

Eilig verließ Matt die Mensa und hastete durch den Flur zu einem der Kelleraufgänge. Verwundert folgte Logan ihm. Auf halber Strecke blieb Matt auf dem Treppenabsatz stehen.

„Was ist denn mit dir los? Hast du Angst, dass Lewis uns verfolgt? Der Typ ist ein Feigling."

„Er hat Angst vor Dean. Weil es Gerüchte gibt."

Logan lachte amüsiert auf. „Das hat Dean auch gesagt."

Kopfschüttelnd betrachtete Matt ihn. „Du findest das alles lustig, aber du hast keine Ahnung."

„Dann sag´s mir. Was sind das für Gerüchte? Hat Dean jemanden umgebracht?" Langsam hatte Logan genug von Matts Übervorsichtigkeit.

„Er hat angeblich mit irgendwelchen Kriminellen zu tun. Und er war wohl auch schon mal eine Nacht im Gefängnis."

„Weißt du das sicher?" Herausfordernd sah Logan ihn an.

„Nein, aber …"

„Dann lass es gut sein. Ich bin neu an der Schule und muss Freunde finden. Versau mir das nicht. Wenn du Dean nicht magst, musst du ja morgen nicht mit zum Basketballplatz kommen."

„Du willst da hingehen?", fragte Matt und schaute ihn an, als hätte Logan ihm gerade eröffnet, dass er morgen auf einem Esel zur Schule reiten würde.

„Klar geh ich hin, und ich bin mir sicher, dass Dean mich nicht umbringen wird."

Logan saß allein in der Küche und aß ein Thunfischsandwich, während er sich seit zwei Stunden mit den Matheaufgaben quälte. Immer wieder schweiften seine Gedanken ab. Zu dem geheimnisvollen Mädchen. Und zu Matt, der schmollend in seinem Zimmer saß.

Vielleicht war Logan unfair zu ihm gewesen. Matt meinte es nicht böse. Er machte sich einfach Sorgen. Auch wenn Logan nicht verstand, warum. Dean hätte ihnen wohl kaum geholfen, wenn er ihnen etwas antun wollte. Sein Aussehen war einfach auffällig, und die Leute liebten es nun einmal, Gerüchte in die Welt zu setzen und Halbwahrheiten zu verbreiten und dabei so zu tun, als wüssten sie ganz genau Bescheid. Doch Logan wollte sich davon nicht beeindrucken lassen. Er hatte genug von Vorurteilen und falschen Beschuldigungen. Irgendwelche dämlichen Behauptungen würden ihn nicht davon abhalten, sich mit Dean und dessen Kumpeln zu treffen. Falls Dean doch nicht der richtige Umgang für ihn war, würde er das bestimmt merken.

6. KAPITEL

Dakota

Sie konnte sich selbst nicht erklären, warum sie Logan aus dem Weg ging. Schließlich war er ein Fremder. Irgendein Junge, der auch auf die Blue Water High ging. Mit dem klitzekleinen Unterschied, dass er der einzige Mensch an der Schule war, mit dem sie bisher gesprochen hatte. Und das machte ihn irgendwie doch zu jemandem, den sie kannte.

Wenn sie daran dachte, ihm nochmal über den Weg zu laufen und wieder mit ihm sprechen zu müssen, wurde ihr kalt und heiß zugleich vor lauter Nervosität. Dass er heute Morgen vor dem Eingang gestanden und offensichtlich auf sie gewartet hatte, machte es nicht besser. Aber es erleichterte ihr die Entscheidung, wie sie mit Logan umgehen sollte. Es sah ganz danach aus als würde er sie kennenlernen wollen und das kam nicht in Frage. Sie würde sich hier an niemanden binden und wenn sie Logan keine falschen Hoffnungen machen wollte, musste sie sich weiter von ihm fernhalten.

Dakota warf sich ihren Rucksack über. Vorsichtig steckte sie den Kopf aus der Kabine und trat dann in den Waschraum. Vor einer halben Stunde hatte es zum Unterrichtsschluss geklingelt. Also sollten die letzten Schüler das Schulgelände verlassen haben. Zur Sicherheit spähte sie in den Flur, bevor sie den Waschraum verließ.

Kopfschüttelnd marschierte sie durch den leeren Flur. Sie musste wahnsinnig sein. Welcher normale Mensch dachte sich solche Strategien aus, um einem Kerl aus dem Weg zu gehen, mit dem man in der Mensa versehentlich zusammengestoßen war?

In der Wohnung war es still, als sie nach Hause kam. Die Küche war leer und auch die Tür zum Badezimmer stand weit offen. Entweder saßen Amber und Jamie beide ihn ihren Zimmer oder sie waren in der Stadt unterwegs.

Einen kurzen Moment bedauerte Dakota, dass sie allein war, und verspürte sogar den Wunsch, mit jemandem über ihre Sorgen zu reden. Doch selbst wenn ihr Verhältnis zu Amber und Jamie besser gewesen wäre: Wie hätte sie zwei fremden Mädchen erzählen sollen, dass sie Angst hatte, einem Jungen zu begegnen, nur weil sie ihm schon zweimal über den Weg gelaufen war? Sie würden nicht verstehen, warum ihr die Vorstellung so Angst machte. Sie hatte nie eine echte Freundin gehabt, mit der sie über die schlimmen Dinge hatte reden können, die zu Hause passiert waren. Es gab niemanden, der wusste, was Dads Freunde ihr angetan hatten. Einer insbesondere. Beim Gedanken an *ihn* erschauderte sie. Schnell schüttelte sie die düsteren Gedanken ab. Das war alles vorbei.

An nächsten Morgen stand Logan nicht an der Treppe vor dem Eingang. Dakota mied die Mensa wieder und aß stattdessen ihre selbst mitgebrachte Brotzeit hinter dem Schulgebäude. Außer einer Gruppe Jungs aus der Oberstufe war niemand am Basketballplatz. Man konnte den Tag also durchaus als erfolgreich bezeichnen. Aber nach Schulschluss stand sie unschlüssig im Hof. Nach Hause zu gehen und wieder den ganzen Abend in ihrem Zimmer zu sitzen, erschien ihr wenig reizvoll. An der frischen Luft konnte sie sich sicher besser auf ihre Hausaufgaben konzentrieren. Also schlug sie kurzentschlossen den Weg zum Basketballplatz ein. Dort wäre sie ungestört.

Im Rasen am Rand des Spielfeldes legte sie ihren Rucksack ab und suchte nach ihrem Mathebuch und ein paar Stiften. Ein paar Meter entfernt auf dem Platz saßen ein paar Jungs. Wahrscheinlich die gleichen wie in der Mittagspause. Einer der Typen trug ein ärmelloses Sportshirt, seine muskulösen Arme waren von oben bis unten mit Tattoos übersät. Er sah furchteinflößend aus, doch er schenkte ihr zum Glück keine Beachtung.

Sie atmete tief durch und schlug das Buch auf. Da hörte sie Schritte, gedämpft durch den roten Bodenbelag, mit dem der Basketballplatz ausgelegt war. Selbst als ein Schatten über ihr aufragte und ihr Herz zu rasen begann, tat sie so, als würde sie nichts bemerken. Nicht bewegen. Dann verlor er vielleicht das Interesse. Innerlich lachte sie auf. Als ob das je funktioniert hätte.

„Hi Mystery Girl." Jemand ließ sich neben ihr nieder. Langsam hob sie den Kopf und ihr blieb fast die Luft weg, als sie sah, wer da neben ihr saß. Vor Schreck bekam sie kein Wort raus. Logan warf einen Blick auf ihr Buch. „Algebra?" Er nahm es an einer Ecke hoch, als wäre es Müll. „Ich frag mich, wer so einen Blödsinn braucht."

„Gib es her", entgegnete sie trocken. Sie hatte keine Lust auf irgendwelche Scherze.

Doch Logan verzog die Lippen zu einem breiten Grinsen, das nichts Gutes verhieß. „Du bekommst es zurück, wenn du mir deinen Namen verrätst."

„Meinen Namen?" Oh nein, das ging in die völlig falsche Richtung.

„Ja, oder soll ich dich einfach Mystery Girl nennen? Namenlos, unsichtbar, ganz in schwarz. Wie ein Schatten."

„Ich hab auch dunkelblaue Pullis." Dakota verzog keine Miene. Dieser Kerl sollte bloß nicht glauben, dass sie sich auf seine Spielchen einlassen würde.

Logan lächelte und ihr fiel auf, wie seine Augen dabei leuchteten. „Du bist schlagfertiger, als ich dachte, Mystery Girl."

„Mystery Girl", schnaubte sie.

„Ja, das ist dein Name. Oder hast du noch einen anderen?"

Ein Lachen kitzelte sie im Hals, und sie biss sich auf die Lippe, um es zu unterdrücken. Logan war witzig, das musste sie zugeben. „Dakota", antwortete sie. Was blieb ihr anderes übrig? Er ließ ja doch nicht locker.

„Dakota? Kommst du von dort?" Das war die

typische Reaktion auf ihren Namen. Oder irgendeine andere dämliche Frage.

„Nein, aber meine Eltern dachten wohl, das wäre einfallsreich."

„Ist es ja auch. Besser, als Mary oder Jenny zu heißen."

Logan hielt noch immer ihr Mathebuch in der Hand, doch er hatte es zugeschlagen. Er sah sie einfach nur an, als versuchte er, ein Rätsel zu lösen, das sie ihm aufgab. Das tat sie wahrscheinlich auch. Wer sich unnahbar und distanziert gab, wirkte immer geheimnisvoll. Vermutlich passte die Bezeichnung Mystery Girl ganz gut.

„Kennst du jemanden, der Mary heißt?", fragte sie, nur um das unangenehme Schweigen zu brechen.

„Nein, aber ich kenne jetzt jemanden, der Dakota heißt. Das ist viel spannender." Mit diesen Worten gab er ihr das Buch zurück und ging über den Sportplatz zu seinen Freunden, die ihn johlend und lachend begrüßten. Sie schauten zu ihr herüber und löcherten Logan gleichzeitig mit Fragen, von denen sie nur Wortfetzen verstand.

„… ist sie …?" „Dakota …?"

Ihr wurde übel beim Gedanken daran, dass gleich einer seiner Freunde aufstehen und zu ihr kommen würde. Bevor das passieren konnte, packte sie ihr Zeug zusammen und verließ eilig das Schulgelände. Dann würde sie ihre Hausaufgaben eben in irgendeinem Park machen.

Die Zahlen verschwammen vor ihren Augen. Alles, woran sie denken konnte, war Logan. Jetzt kannte er ihren Namen und würde wohl erst recht ständig nach ihr Ausschau halten. Er würde mit ihr reden, ihr Fragen stellen. Und je besser er sie kennenlernte, desto unangenehmer würden die Fragen werden. Logan war nett, er hatte Humor und darüber, dass sein Lächeln ihr Herz schneller schlagen ließ, wollte sie gar nicht erst nachdenken. Aber er würde Erinnerungen in ihr wecken, die sie eigentlich vergessen wollte. Auch wenn er es nicht mit Absicht machte.

Sie schlug ihr Mathebuch so heftig zu, dass es knallte. Verdammt! Logan tat ihr nicht gut. Das spürte sie. Es gab keine andere Möglichkeit: Sie musste ihm aus dem Weg gehen, wenn sie nicht ihn und sich selbst ins Unglück stürzen wollte.

7. KAPITEL

Logan

Fast schon sehnsüchtig starrte Logan auf die Stelle, an der Dakota am Mittwoch gesessen hatte. Sie war nicht mehr gekommen. Die ganze Woche nicht. Jedes Mal, wenn er irgendwo ein schwarz gekleidetes Mädchen mit dunklen Haaren sah, keimte Hoffnung ihn ihm auf, jedes Mal, wenn sich herausstellte, dass es nicht Dakota war, machte sich Enttäuschung in ihm breit.

Was machte er sich überhaupt Gedanken? Er hatte nur ein normales Gespräch mit ihr geführt. Das bedeutete nichts. Ihr schien es jedenfalls nichts zu bedeuten. Sie hatte nicht einmal gelächelt. Aber er stellte sich gerne vor, wie sie aussehen würde, wenn sie lächelte.

„Hey Logan, kommst du zur Party heute Abend?" Ruckartig löste Logan seinen Blick vom Rand des Sportplatzes. Travis schaute ihn erwartungsvoll an. Sein Piercing glänzte in der Sonne.

„Eine Party?"

„Ja, Mann. Die Location ist echt cool. Es gibt da so eine alte Fab …"

„Da doch nicht, du Volltrottel", fuhr Dean ihm über den Mund und warf ihm einen durchdringenden Blick zu. „Es gibt da diese Firma, die seit drei Jahren leer steht. Alles noch möbliert. Da kannst du dich wie zu Hause fühlen." Ein verschlagenes Grinsen huschte über sein Gesicht, als wäre er stolz darauf, dass er in ein leeres, wahrscheinlich verrammeltes Gebäude eindringen und dort eine Party geben konnte.

„Klingt toll", sagte Logan, obwohl bei ihm sämtliche Alarmglocken schrillten. Auf einer Party wurde getrunken und gekifft, wenn nicht Schlimmeres. An jeder Ecke lauerten Versuchungen. Nach seinem Entzug hatte er sich geschworen, Orte, an denen Alkohol angeboten wurde, zu meiden. Er wollte nie wieder mit Drogen in Berührung kommen. Aber wenn er nicht auf Deans Party ging, war er unten durch.

„Du kommst doch, oder?" Deans Blick durchbohrte ihn. Logan schluckte hart. Ihm blieb nichts anderes übrig. Er musste kommen.

„Klar komm ich, wird bestimmt cool", entgegnete er mit einem hoffentlich überzeugenden Lächeln.

„Dann sehen wir uns um neun. Die Adresse schick ich dir nachher." Dean streckte ihm die Hand hin und Logan schlug ein.

„Du willst auf eine Party gehen? Mit diesem Dean?" Matt schrie beinahe, so aufgebracht war er. Schwungvoll knallte er eine Packung tiefgekühlte Bohnen auf die Arbeitsplatte neben dem Herd.

„Ich wollte heute was Leckeres kochen und du verschwindest auf eine Kifferparty für Kriminelle."

Energisch schob Logan die Bohnenpackung zur Seite und setzte sich auf die Arbeitsplatte. „Erstens ist

Dean kein Verbrecher und zweitens hab ich nicht vor, irgendwas zu trinken oder zu rauchen. Ich muss einfach nur hingehen. Dean muss sehen, dass ich da bin."

„Sonst was?" Matt bedachte ihn mit einem provokanten Blick.

„Sonst bin ich ein schlechter Freund."

Matt stieß ein freudloses Lachen aus. „Dean erpresst dich also. Entweder du gehst auf seine beschissene illegale Party oder du stehst ab sofort im Pausenhof allein in einer Ecke."

Logan zerdrückte eine Ecke der inzwischen halb aufgetauten, nassen Bohnenpackung. „Was soll der Scheiß? Ein Freund hat mich auf eine Party eingeladen, mehr nicht."

Eilig riss Matt ihm die Bohnen aus der Hand. „Natürlich, mach doch was du willst. Aber wundere dich nicht, wenn Dean dich noch öfter zu Dingen überredet, die du nicht willst."

Wütend funkelte Logan ihn an und sprang von der Arbeitsplatte. „Wenigstens hab ich Freunde und muss mich nicht das ganze Wochenende in der Küche verstecken." Er rannte aus der Küche und knallte die Tür hinter sich zu. Sollte Matt doch denken, was er wollte. Wahrscheinlich war er nur eifersüchtig, weil ihn nie jemand auf eine Party einlud. Der Kerl war ein Einsiedler. Klar war Matt ein guter Freund und meinte es nur gut. Aber bei aller Freundschaft wollte Logan nicht seinetwegen an einem Freitagabend zu Hause zu sitzen.

Die Adresse der Location befand sich im Nordosten der Stadt in einem üblen Viertel. Julian hatte dort eine

Zeit lang gewohnt, als er vor vier Jahre nach Blue Water gekommen war. Und genau dort war er in die Fänge der Blue Killers geraten, einer schlimmen Gang, und zwei Jahre später beinahe ermordet worden. Traurigerweise wusste er sonst kaum etwas über seinen Bruder. Das musste er auch gar nicht. Schließlich hatte Julian sich auch nie für ihn interessiert. Stattdessen war er feige abgehauen.

Logan fragte sich, warum Dean ausgerechnet diese üble Gegend ausgesucht hatte. Vermutlich, weil die Polizei sich dort nicht hin traute und es niemanden stören würde, dass in einer leerstehenden Firma auf einem verlassenen Gelände eine Party stattfand.

Trotzdem war ihm mulmig zumute, als er eine leere Straße entlanglief. Selbst in der Abenddämmerung konnte er erkennen, dass die Gebäude schäbig und teilweise halb verfallen waren. Breite Risse zogen sich durch die Fassaden und manche Fenster waren wohl seit Jahren nicht mehr geputzt worden. Alles erinnerte ihn an das heruntergekommene Haus, in dem er aufgewachsen war. Schaudernd dachte er an die Menschen, die wahrscheinlich vollgepumpt mit Drogen in ihren verdreckten Wohnungen lagen.

Auf einem eingezäunten Gelände befand sich eine verfallene Fabrik mit zwei Schornsteinen. Einer davon war eingestürzt. Der Asphalt war großflächig aufgebrochen und überall sprießte meterhohes Unkraut. Das musste die Fabrik sein, die Travis hatte erwähnen wollen, bevor Dean ihn unterbrochen hatte.

Neugierig spähte Logan durch den verbogenen, löchrigen Maschendrahtzaun. Ein Flügel der großen Halle war geöffnet, doch er konnte nichts weiter erkennen als ein bisschen Bauschutt. Was an dieser alten Fabrik wohl so besonders war, dass Dean sie vor ihm geheim halten wollte?

Die Adresse, die Dean ihm geschickt hatte, lag gegenüber einer Waschanlage und einer Kfz-Werkstatt, die um diese Zeit natürlich schon geschlossen war. Hinter dem Firmengelände erstreckte sich eine Wiese. Bauland, das nie genutzt wurde. Dahinter ragten noch ein paar schäbige Hochhäuser in den Himmel. Ganz schön schlau von Dean, die Party hierher zu verlegen. Niemand würde etwas mitkriegen.

Manche Fenster waren vernagelt, bei den anderen die löchrigen Rollos runtergelassen. Das rostige Schiebetor stand einen Spalt offen. Logan schob es noch ein Stück auf und zwängte sich durch die Öffnung.

Das Gebäude war nur zweistöckig und sah aus wie ein ganz normaler Bürokomplex. Vor einer Lagerhalle auf der anderen Seite des Geländes stapelten sich Paletten mit Pflaster- und Ziegelsteinen. Viele davon lagen zerbrochen daneben. Mitten im Hof lagen ein paar verrostete Stahlträger. Eine Baufirma also.

Kurz blieb Logan stehen und lauschte. Aus der Lagerhalle drangen keine Geräusche. Als er sich dem Bürogebäude näherte, konnte er gedämpft den Bass einer Musikanlage hören.

Der Vordereingang war fest verschlossen, doch die Hintertür stand offen. Logan betrat das Gebäude. Ein muffiger Geruch schlug ihm entgegen. Auf dem verfilzten grauen Teppich lagen Glasscherben, Verpackungsmüll und vereinzelt Spritzen. Schnell wandte er den Blick ab und ging weiter, immer der Musik entgegen, die mit jedem Schritt lauter wurde.

Der Bass dröhnte in seinen Ohren, als er um die Ecke bog. Vor der Treppe, die in den ersten Stock führte, lehnte ein blondes Mädchen an der Wand, einen Plastikbecher in der Hand.

„Hi", grüßte Logan, „Wo sind die anderen?" Sie hob den Kopf. Ihre glasigen Augen sahen an ihm vorbei. Unschöne Erinnerungen kamen in ihm hoch. Noch vor etwas mehr als einem Jahr war sein eigener Blick ebenfalls so leer gewesen. „Ich bin Logan. Du kennst mich wahrscheinlich noch nicht."

„Logan?" Ihr Blick ging durch ihn hindurch. Dann starrte sie wieder in ihren Becher.

„Logan", murmelte sie matt und wirkte, als wäre sie meilenweit entfernt. Mit einem verwirrten Stirn-runzeln wandte er sich ab.

Jemand packte ihn grob am Oberarm. „Hey Logan, da bist du ja." Travis schaute ihn aus blutunterlau-fenen Augen an. Logan riss sich los. Er hasste es, so angefasst zu werden. „Komm, hol dir einen Drink."

„Später vielleicht", wich Logan aus. Unter gar keinen Umständen durfte er in eine Situation kommen, in der er Alkohol trinken musste.

„Nein, jetzt", lallte Travis und wollte wieder nach Logans Arm greifen, doch er wich rechtzeitig aus.

Ungefragt drückte ihm jemand im Vorbeigehen einen weißen Plastikbecher in die Hand, der fast überschwappte. Logan fasste den Becher am oberen Rand und ließ die Hand sinken, um das Bier so weit weg wie möglich von seinem Mund zu halten. Sein Blick schweifte durch den Raum. Durch die zuge-nagelten Fenster war es schummrig und Rauch hing in der Luft. Die einzige Lichtquelle war eine hohe

Stehlampe, die schwaches gelbes Licht verbreitete. Sie stand neben einem braunen Ledersofa. Darauf saß Dean mit einem Mädchen auf dem Schoß, deren blonde Locken ihr wild ins Gesicht hingen.

Unauffällig schüttete Logan den Inhalt des Bechers auf den Boden – bei dem vielen Dreck war es sowieso egal – und ging auf das Sofa zu. Dean winkte ihm zu und verlagerte das Mädchen auf seinem Schoß.

„Setz dich." Dean wies auf einen durchgesessenen Sessel gegenüber dem Sofa und Logan gehorchte. Er würde kurz mit Dean reden und dann wieder verschwinden. Außer Dean waren offensichtlich alle betrunken und der süßlich riechende Rauch von Marihuana irritierte ihn.

„Amüsierst du dich?"

„Klar, es ist cool mal wieder unter Leuten zu sein", log Logan, obwohl er am liebsten geflüchtet wäre. Seine Finger kribbelten und sein Puls schnellte in die Höhe. Die schnellen Elektrobeats und vom Computer verzerrten Stimmen verursachten ihm Kopfschmerzen.

„Ich hab dir Mia noch nicht vorgestellt." Das Mädchen auf seinem Schoß hob den Kopf. Ihr Blick war kalt und scharf, als hegte sie bereits eine tiefe Abneigung gegen ihn. Logan beschloss, sie einfach zu ignorieren.

„Alles klar Logan? Du wirkst angespannt."

Unruhig rutschte er auf dem Sessel hin und her. „Ich war ewig auf keiner Party mehr."

Dean lächelte kühl und ließ Logan keine Sekunde aus den Augen, während er nach einer Bierflasche griff, die zu seinen Füßen stand.

„Trink ein Bier und entspann dich." Er hielt ihm die Bierflasche hin. Weil er nicht unhöflich sein wollte, nahm Logan die Flasche und stellte sie auf den Boden. Deans Blick durchbohrte ihn. Logan fühlte sich zunehmend unwohl. Was sollte das hier eigentlich werden? Wollte Dean prüfen, ob er cool genug war, um zu seiner Clique zu gehören?

„Hör zu, Dean. Echt nett, dass du mir ein Bier ausgibst, aber ich darf nichts trinken."

„Du darfst nichts trinken? Sagt das deine Mama?" Dean grinste spöttisch.

Logan seufzte und atmete tief durch, bevor er mit der Wahrheit herausrückte. „Ich hab vor acht Monaten einen Entzug gemacht. Wenn ich auch nur einen Tropfen Alkohol trinke, ist die ganze Therapie im Arsch."

Eine Weile sah Dean ihn nur an. Auch Mias abweisender, emotionsloser Blick ruhte auf ihm. „Verstehe", sagte er schließlich. „Dann musst du standhaft bleiben." Er schubste Mia vom Schoß, stand auf und nahm das Mädchen in die Arme. „Amüsier dich." Es klang wie ein Befehl, doch Logan hatte genug. Dean hatte nur noch Augen für diese Mia und würde ihn sowieso nicht weiter beachten und alle anderen waren betrunken oder bekifft oder beides.

Erleichtert atmete er die warme Nachtluft ein, die um einiges besser roch als der eklige Mief im Firmengebäude. Das war ja wohl ein absoluter Reinfall gewesen. Vor seinem Entzug hätte Logan einfach ein paar Bier getrunken, getanzt und sich später mit einem Mädchen vergnügt. Doch heute hatte er die bittere

Erfahrung machen müssen, dass er mit Partys nichts mehr anfangen konnte. Und genauso wenig mit den Menschen, die auf Partys gingen.

Dean war sein Freund, auch wenn er sich heute Abend seltsam benommen hatte, doch er würde es sicher verstehen, wenn Logan ihm am Montag in der Schule sagte, dass er nicht mehr auf seine Partys kommen würde.

Es war kurz nach halb elf, als er nach Hause kam. Nicht mal eine Stunde war er auf der Party gewesen und trotzdem fühlte er sich völlig erschöpft. Verärgert stellte er fest, dass Matt mal wieder den Fernseher besetzte. Wenigstens konnte er ihn mit den Kopfhörern auf den Ohren nicht hören. Also schlich Logan in die Küche, holte sich ein verpacktes Hühnchensandwich aus dem Kühlschrank und schloss sich in seinem Zimmer ein.

Den restlichen Abend verbrachte er damit, sich auf Netflix eine Polizeiserie anzuschauen, bis er schließlich über seinem Laptop einschlief.

8. KAPITEL

Dakota

Die restliche Woche war erfolgreich gelaufen. Wenn man es als erfolgreich bezeichnen konnte, sich in den Pausen allein auf dem Klo zu verstecken. Sollte sie so wirklich das ganze Schuljahr weitermachen? Wollte sie das? Aber das spielte keine Rolle. Denn was sie ganz sicher nicht wollte, war, sich mit Logan auseinanderzusetzen.

Auf dem Weg in die Küche kam ihr Amber entgegen, die ihr nur einen ausdruckslosen Blick zuwarf und dann im Bad verschwand. Dakota konnte es ihr nicht mal verübeln. Genauso wenig wie Jamie, die sie prüfend ansah, während sie die Finger über die Tastatur ihres Laptops gleiten ließ.

„Willst du uns nicht endlich sagen was dein Problem ist. Liegt es an uns?" Es klang fordernd, fast vorwurfsvoll. Kein Wunder. In den ganzen zwei Wochen, die Dakota schon in der WG war, hatte sie sich nur mit Amber und Jamie abgegeben, wenn es um den Koch- oder Putzplan ging.

„Ich habe kein …" Dakota wühlte im Kühlschrank und nahm ein hartgekochtes Ei vom Vortag heraus. „Ach, das würdest du nicht verstehen."

„Weil du uns nichts erklärst. Du tust so, als wären wir Aussätzige."

Kurz verharrte Dakota vor dem offenen Kühlschrank. Dann seufzte sie auf. „Tut mir leid. Es hat wirklich nichts mit euch zu tun", murmelte sie, gab der Tür einen Schubs und verließ die Wohnung. Das Ei aß sie auf dem Weg zu Mr. Percy.

„Du bist zu spät", keifte Milly, da war Dakota noch nicht mal richtig durch die Tür.

Es war fünf nach neun und das Café hatte erst seit wenigen Minuten geöffnet. Normalerweise kamen die ersten Kunden erst gegen halb zehn. Bis dahin gab es meistens nicht viel zu tun. Aber Milly spielte sich eben gern auf.

Wortlos band Dakota sich ihre Schürze mit dem lächelnden Cookie auf der Brusttasche um. Sie spürte Millys giftige Blicke im Rücken. Sollte sie sich doch ärgern.

Der Verkaufsraum war noch leer. Nur Percy und Sam standen hinter dem Tresen. Percy checkte die Kaffeemaschinen, während Sam den Tresen abwischte. Cookies, Donuts und unterschiedlich belegte Bagels lagen schon appetitlich angerichtet in der Auslage. Obwohl Dakota nur Kunden am Tresen bedienen musste, fühlte sie sich plötzlich schlecht, weil sie erst um neun kam, und nicht beim Saubermachen und Herrichten helfen konnte.

„Hey." Sam warf ihr ein Lächeln zu. Wenigstens sie war nett.

„Gibt's für mich schon was zu tun?"

In dem Moment öffnete sich die Tür und zwei

junge Frauen kamen herein.

„Du darfst gleich bedienen. Du weißt ja, wie's läuft."

Das Mr. Percy füllte sich immer mehr und in den nächsten zwei Stunden riss der Kundenstrom nicht ab. Sie und Sam hatten keine ruhige Minute, doch Dakota mochte es, sich in die Arbeit zu stürzen und über nichts anderes nachdenken zu müssen.

Gerade als sie für einen ungeduldigen Kunden einen weißen Schokoshake mixte, rief jemand nach ihr. Sie drehte sich um und fast wäre ihr vor Schreck das übervolle Glas aus der Hand gefallen. Logan stand vor dem Tresen, mit einem triumphierenden Grinsen im Gesicht. Als hätte er nach ihr gesucht und sie endlich gefunden. Geistesabwesend rechnete sie den Milchshake ab und reichte ihn dem Kunden, der ungeduldig aufstöhnte und sich über ihre Langsamkeit beschwerte. Doch sie beachtete ihn gar nicht, sondern starrte Logan an, als wäre er ein Geist.

„Was machst du hier?"

„Ist das dein Ernst? Ich will was zu essen, natürlich." Der Typ neben ihm lachte. Dakota erstarrte. Es war einer der Kerle, mit denen Logan sich nach der Schule am Basketballplatz traf. Der Tätowierte.

„Zwei Bagel mit Hühnchen. Und einen Kaffee. Schwarz." Seine Stimme war kalt, genauso wie sein Blick. Dakota fröstelte.

„Gerne. Und für dich, Logan?"

„Einen Cappuccino." Sein Lächeln trieb ihr die Hitze ins Gesicht. Vielleicht lag es aber auch einfach nur daran, dass sie seit Stunden hin und her rannte. Ja, das musste es sein.

„Setzt du dich zu uns?", fragte Logan, während Dakota seinen Kaffee zubereitete.

Sams Augen blitzten amüsiert. Sie musste sich eindeutig das Lachen verkneifen. Dakota dagegen fühlte sich eher unwohl bei dem Gedanken, zwischen Logan und diesem unheimlichen Typen zu sitzen. Noch dazu an ihrem Arbeitsplatz. Seit sie bei Percy arbeitete, war das Café privat für sie ein absolutes No-Go.

„Spinnst du? Ich muss arbeiten", sagte sie und klang weniger vorwurfsvoll als beabsichtigt.

Logans Kumpel grinste sie an, doch es sah eher aus wie ein Zähnefletschen. Schmerzhaft erinnerte er sie an die Typen, die bei ihren Vater ein- und ausgegangen waren. Ihr Magen zog sich vor Ekel zusammen. Wenn Logan mit solchen Leuten befreundet war, sollte sie sich noch dringender von ihm fernhalten.

„Logan hatte gestern einen schlechten Tag. Er würde sich freuen." Der Blick, den er ihr zuwarf, ließ es ihr kalt den Rücken herunterlaufen. Es fehlte nicht viel und sie hätte sich ein Geschirrtuch um den Hals gebunden, um ihren ohnehin kleinen Ausschnitt zu verbergen.

„Nein danke", entgegnete sie und knallte ihnen die Teller mit den Bagels und die Kaffeetassen hin.

„Komm schon", bat Logan. „Ignorier Dean einfach. Er ist ein Idiot."

Das glaub ich dir ausnahmsweise mal. Dean war offensichtlich nicht nur ein Idiot, sondern auch ziemlich gruselig. Ob Logan das überhaupt bemerkte? Oder war es ihm egal?

„Ich muss arbeiten." Bevor Logan etwas sagen konnte, fügte sie hinzu: „Und danach bin ich müde."

„Dann vielleicht ein andermal." Logan schenkte ihr ein warmes Lächeln. Schnell wandte sie sich ab und wischte die Arbeitsfläche vor der Kaffeemaschine sauber.

Sam stupste sie an. „Wer war das denn?" Ihre Augen blitzten auf vor Neugier.

„Niemand."

„Niemand? So sah es aber nicht aus." Sam zog eine Augenbraue nach oben. „Er ist doch süß."

„Er ist vor allem nervig und hat noch nicht kapiert, dass ich keine Lust auf ihn hab."

Bevor Sam noch etwas erwidern konnte, nahm Dakota die nächste Bestellung auf und packte ein paar Donuts in eine Papiertüte.

„Keine Lust heißt aber nicht, dass du ihn nicht magst.", rief Sam ihr zu.

„Nicht hier. Ok?", knurrte Dakota.

Die restliche Zeit wechselten sie nur ein paar Sätze, die sich allesamt um irgendwelche Bestellungen drehten. Trotzdem war die Stimmung nicht angespannt. Mit Sam konnte sie ganz normal reden, obwohl sie ihr Fragen über Logan gestellt hatte. Wahrscheinlich lag es daran, dass sie Sam nur einmal die Woche sah und sie nur Kolleginnen waren. Wäre sie mit Amber und Jamie so vertraut, könnte sie ihnen nicht so einfach ausweichen. Es war schwer, ein Geheimnis zu bewahren, wenn man sich eine Wohnung teilte.

„Bist du sicher, dass da nichts ist?" Sam sah sie fast schon schuldbewusst an, weil sie schon wieder fragte.

„Ich meine, zwischen dir und dem Kerl heute Vormittag."

Dakota zog gerade ihre Schürze aus und warf sich den Rucksack über die Schulter. Statt einer Antwort stieß sie einen tiefen Seufzer aus.

„Sorry, ich dachte nur … Also wenn du einen Rat brauchst, komm einfach zu mir."

„Danke, aber ich denke, den brauch ich nicht. Er wird es schon verstehen."

Sam lächelte, wirkte aber enttäuscht. Sie war eine junge Studentin. Klar redete sie gern über Männer. Nur musste sie sich da leider jemand anderen suchen.

„Wir sehen uns nächste Woche", verabschiedete sich Dakota und ging durch den kurzen Flur in Richtung Hintereingang.

Wie immer ging sie um das Gebäude herum und noch mal am Vordereingang vorbei, um einen Blick durchs Fenster zu werfen. Das Café war gut besucht. Zwei Kollegen begannen gerade ihre Schicht. Die Schlange vor dem Tresen reichte fast bis zum Eingang.

Dakota war noch keine drei Schritte gegangen, als sie vor dem Dunkin Donuts nebenan eine vertraute Gestalt stehen sah. Das konnte doch nicht wahr sein. Sie schaute sich nach allen Seiten um, auf der Suche nach einer Fluchtmöglichkeit, doch vor der Ampel über die viel befahrene Straßen zu rennen, wäre Selbstmord. Vielleicht sollte sie einfach in die andere Richtung gehen und einen kleinen Spaziergang machen, bevor sie nach Hause ging.

Kaum hatte sie den Gedanken gefasst, kam er schon auf sie zu. Verdammt, war dieser Typ hartnäckig.

„Da bist du ja." Logan verzog die Lippen zu einem leichten Lächeln. Seine Augen leuchteten. Freute er sich etwa, sie zu sehen? Mit den Händen in den Hosentaschen blieb er vor ihr stehen.

„Hast du ernsthaft drei Stunden auf mich gewartet?"

Er zuckte nur mit den Schultern. „Na ja. Wir waren eine Stunde bei Percy´s und danach hab ich mich noch ein bisschen rumgetrieben."

„Du bist doch nicht normal", schnaubte sie.

„Na und? Du auch nicht, Mystery Girl."

Seine Worte versetzten ihr einen Stich, doch sie ließ sich nichts anmerken. „Du hast gesagt, du nennst mich nicht mehr so, wenn ich dir meinen Namen verrate."

Er legte den Kopf schräg und lächelte. „Aber du bist immer noch mysteriös."

„Weißt du, jeder hat Geheimnisse und nicht jeder möchte darüber reden", wies Dakota ihn scharf zurecht.

Entschuldigend hob er die Hände. „Ok, tut mir leid."

„Mir tut´s auch leid", murmelte sie und ließ ihn stehen. Sie wusste, dass sie zu heftig reagiert hatte. Logan meinte es nicht böse und sie tat ihm mit ihrem abweisenden Verhalten Unrecht. Aber seine Absichten waren eindeutig. Ständig lief er ihr nach, offensichtlich in der Hoffnung, dass zwischen ihnen mehr sein konnte als nur eine harmlose Schwärmerei. Aber da würde nie mehr sein. Deshalb war es das Beste, ihn auf Abstand zu halten.

9. KAPITEL

Logan

Logan hatte aufgehört, zu zählen, wie oft Dakota ihn schon hatte stehen lassen. Eigentlich hätte ihm klar sein müssen, dass sie nicht an ihm interessiert war. Trotzdem war da diese Hoffnung, sie aus ihrem Schneckenhaus locken zu können. Er wollte das Mädchen hinter dieser abweisenden Fassade kennenlernen. Er wollte sie zum Lachen bringen. Und er wollte, dass die Traurigkeit aus diesen wunderschönen dunklen Augen verschwand.

Ausnahmsweise saß Matt mal nicht vor dem Fernseher, sondern blätterte in einem echten Buch. Einem Kochbuch. Enttäuscht blickte er auf Logans leere Hände.

„Hast du nichts zu essen mitgebracht?"

„Wolltest du nicht kochen?"

Matt schlug das Buch zu. „Ich wusste nicht, wann du heimkommst und ob du überhaupt was Vernünftiges willst." Seine Stimme klang vorwurfsvoll. Fast schon eifersüchtig. Logan musste sich das Grinsen verdrücken.

„Du klingst, als wären wir verheiratet."

„Blödsinn. Aber wir sind Freunde, WG-Partner, und du hängst in letzter Zeit ständig mit diesen Gangstern ab."

Jetzt fing das schon wieder an. „Sie sind keine Gangster, klar? Sie sind einfach nur meine Freunde. Du könntest auch mal mitkommen, wenn wir uns treffen."

„In alten Fabriken voller zwielichtiger Gestalten? Nein danke." Wütend warf Matt das Buch auf den Couchtisch und rauschte aus dem Wohnzimmer, hinein in die Küche und schlug die Tür hinter sich zu. Verwirrt schaute Logan auf die geschlossene Tür. Was sollte das denn schon wieder?

„Was war denn am Freitag mit dir los?" Travis schlug ihm freundschaftlich auf die Schulter. Am liebsten hätte Logan ihn abgeschüttelt.

„Ach … ich …"

„Erzähl's ihm doch", forderte Dean und ließ seinen Blick über die Runde schweifen. „Dave und Cooper wollen es auch wissen."

Zwei weitere Augenpaare richteten sich auf ihn. Logan fühlte sich in die Ecke gedrängt. Was blieb ihm jetzt noch anderes übrig? „Na gut, ich hab's Dean ja schon gesagt. Letzten Winter hab ich eine Entzugstherapie gemacht. Weil ich alkoholsüchtig war. Ich darf nichts mehr trinken."

„Du warst Alkoholiker?", fragte Dave ungläubig, „Mit achtzehn?"

„Ich habe mit fünfzehn angefangen, zu trinken."

„Krass", murmelte Travis.

„Meine Schwester hat mit fünfzehn angefangen, Crack zu rauchen", warf Cooper ein, als wäre es eine unwichtige Nebensache. Ironischerweise drehte er sich in dem Moment auch noch eine Zigarette. Travis zupfte an seinem Piercing.

Dean legte Logan einen Arm um die Schulter. „Siehst du? Wir haben alle unsere Probleme. Wir müssen zusammenhalten."

Logan lächelte dankbar. Er war erleichtert. Dieses Geheimnis endlich zu teilen, war die richtige Entscheidung gewesen.

Erst am späten Nachmittag verließ Logan das Schulgelände. Dunkle Wolken zogen über den Häusern auf und kündigten das erste Herbstgewitter an. Es war drückend heiß. Das T-Shirt klebte ihm feucht am Rücken. Er konnte es kaum erwarten, endlich nach Hause zu kommen.

Obwohl es in der Einkaufsstraße belebt war und überall um ihn herum Menschen waren, hatte er plötzlich das Gefühl, beobachtet zu werden. Trotz der Hitze bekam er eine Gänsehaut. Als er sich umdrehte, drückte sich eine dunkle Gestalt an die Hauswand. Konnte das Zufall sein? Logan schüttelte den Kopf. Wer sollte ihn verfolgen?

Donner grollte in der Ferne und Logan beschleunigte seine Schritte, so wie hundert andere, die sich vor dem Gewitter in Sicherheit bringen wollten. Wieder drehte er sich um. Ein paar Meter hinter ihm lief ein schwarz gekleideter Mann, die Kapuze tief ins Gesicht gezogen und den Kopf gesenkt, sodass nur seine schmalen Lippen zu erkennen waren. Auch er hatte sein Tempo beschleunigt. Wer war dieser Kerl? Logan blieb am Rand des Gehwegs stehen und holte sein Handy aus der Hosentasche. Aus den Augenwinkeln sah er, wie sein Verfolger in einem Laden verschwand.

Jetzt oder nie. Logan hastete weiter und betrat den nächsten Supermarkt. Hinter ihm kam noch eine Frau durch den Eingang. Sonst niemand. Innerlich triumphierte Logan.

Wenn er schon mal hier war, konnte er auch gleich ein paar Lebensmittel mitnehmen. Spontan kaufte er einen Becher Sahne, einen frischen Brokkoli, einen Karton Eier und Orangensaft. Matt würde etwas damit anzufangen wissen.

Als Logan den Supermarkt verließ, fielen die ersten dicken Regentropfen. Er hielt sich die Einkaufstüte über den Kopf und rannte. So würde er auch seinen Verfolger abschütteln, falls der noch hinter ihm her war. Vielleicht hatte der Kerl sich auch getäuscht und in Wirklichkeit jemand anderen gesucht. Oder seine Sinne spielten ihm einen Streich. Das kam sicher von der Hitze.

Niemand war mehr hinter ihm, als er die Einkaufsstraße und schließlich auch das Kneipenviertel hinter sich ließ. Pfützen hatten sich auf der Straße gebildet. Blitze zuckten über den schwarzen Himmel. Logan war völlig durchnässt. Die Tüte schützte nur seine Schultern und seinen Kopf.

Als der schmutzig weiße Wohnblock vor ihm auftauchte, in dem sich seine und Matts Wohnung befand, kramte er in seiner Hosentasche nach dem Hausschlüssel. Er fiel ihm aus den nassen Händen. Logan bückte sich, um ihn aufzuheben. Als er sich wieder erhob, erstarrte er mitten in der Bewegung. Die

Tüte, die er noch mit einer Hand festhielt, rutschte ihm vom Kopf und er konnte sie gerade noch vor einem Sturz bewahren. Krampfhaft hielt er mit einer Hand die Tüte zu und umklammerte mit der anderen den kleinen Schlüsselbund, während er da stand wie ein Reh im Scheinwerferlicht und den Mann anstarrte, der auf der anderen Straßenseite stand. Erst jetzt aus der Nähe sah Logan, wie groß und breitschultrig der Mann war. Die Kapuze hing ihm bis über die Augenrauen. Ein dunkelgraues Tuch mit Totenkopffratze bedeckte Nase und Mund. Alles, was Logan von ihm sah, waren stechend graue Augen, die ihn musterten wie ein Raubtier seine Beute.

Logan konnte sich kaum bewegen. Sein Herzschlag hallte in seinen Ohren wider. Den kalten Regen spürte er kaum. Die Minuten vergingen und nichts passierte. Dann griff der Mann plötzlich unter seinen weiten Pulli. Obwohl Logan sein Gesicht nicht sehen konnte, spürte er förmlich das fiese Grinsen, als der Mann eine Pistole aus seinem Gürtel zog.

Logan riss die Augen auf und machte einen Schritt rückwärts. Die dunkle Mündung der Pistole richtete sich auf seinen Oberkörper. Seine Brust zog sich schmerzhaft zusammen. Keuchend schnappte Logan nach Luft, aber nichts davon schien in seinen Lungen anzukommen. Panik ergriff ihn. Noch nicht mal in seinem alten Viertel in New Town war er jemals mit einer Waffe bedroht worden.

Der Mann ließ die Pistole wieder sinken und deutete damit auf den Hauseingang. Fragend schaute Logan ihn an. Der Unbekannte wiederholte die Bewegung. Bevor sein Verfolger es sich anders überlegen konnte, rannte Logan zur Haustür. Seine Hände zitterten so sehr, dass er mehrere Versuche brauchte, um aufzusperren.

Oben schlug Logan die Wohnungstür hinter sich zu. Schweiß und Regenwasser rannen ihm übers Gesicht. Eine Pfütze bildete sich zu seinen Füßen. Die Lampe im Flur flackerte. Die Glühbirne hätte längst ausgetauscht werden müssen.

Bevor Logan das Wohnzimmer betrat, warf er einen vorsichtigen Blick in die Tüte. Die Eier hatten den Beinahe-Sturz überlebt.

Matt schaute, beide Arme aufs Fensterbrett gestützt, herunter auf die Straße.

„Matt", krächzte Logan. Sein Hals fühlte sich an wie Sandpapier.

„Ich hab dir gesagt, dass so was passieren wird."

Fassungslos schaute Logan auf Matts Rücken. „Was soll das heißen?", fragte er, obwohl er die Antwort kannte.

Ruckartig stieß Matt sich vom Fensterbrett ab und drehte sich um. „Deans Spitzel steht immer noch da unten." Er blieb erstaunlich ruhig, doch Angst stand in seinen Augen. „Danke, dass du uns solche Typen auf den Hals hetzt."

Endlich erwachte Logan aus seiner Erstarrung. Er warf die Tüte auf den Boden – Scheiß auf die Eier! – und stürzte sich auf Matt, packte ihn an den Oberarmen und schüttelte ihn. „Hör endlich auf, Dean solche Sachen zu unterstellen. Er ist kein Gangster, verdammt nochmal!"

„Wie naiv bist du eigentlich? Der Typ wollte dich erschießen. Wer weiß, ob er nicht wiederkommt."

Matt wand sich unter Logans Griff, doch er hatte keine Chance.

Logan war weitaus kleiner, dafür aber viel kräftiger als Matt. „Gib nicht Dean die Schuld. Er kann nichts dafür, dass durchgeknallte Leute mit Waffen durch die Stadt laufen."

Matt amtete heftig. Seine Augen sprühten wütende Funken. „Was muss passieren damit du endlich vernünftig wirst? Muss erst jemand sterben?"

„Übertreib es nicht mit deiner Eifersucht", zischte Logan. Dann ließ er Matt los und rauschte zur Tür. Im Flur drehte er sich nochmal um. „Ich hab Essen gekauft. Vielleicht willst du was kochen." Er versuchte, so versöhnlich wie möglich zu klingen, auch wenn er kurz davor war zu explodieren.

Im Bad drehte Logan heißes Wasser auf und wusch den Regen, den Schweiß, die Angst und die Wut ab. Als er aus der Dusche kam, fühlte er sich etwas besser. Ruhiger. Heißer Dampf waberte durchs Badezimmer. Der Spiegel war beschlagen.

Er öffnete das kleine rechteckige Fenster und ließ die kühle Luft herein. Was war nur in ihn gefahren? Seit er und Matt befreundet waren, hatten sie sich noch nie so heftig gestritten. Noch nie war Logan ihm gegenüber so aggressiv geworden, das verdiente Matt nicht. Schließlich war er damals für ihn da gewesen. Ohne Matt wäre er auf der Straße gelandet. Doch seine Panik hatte ihn alles vergessen lassen. Erst war er verfolgt und bedroht worden, und dann hatte er sich auch noch anhören müssen, es wäre seine Schuld. Verdammt, das war es nicht. Dean hatte nichts damit zu tun.

Vorsichtig spähte er in den Flur. Die Küchentür war geschlossen. Von drinnen hörte Logan das Klappern von Töpfen. Nach kurzem Zögern klopfte er an. Keine Reaktion. Er wartete ein paar Sekunden und klopfte nochmal. Musik wurde aufgedreht. Matt war also noch nicht bereit für eine Entschuldigung.

Logan sperrte sich in seinem Zimmer ein, doch das Gefühl der Bedrohung blieb. Er wusste nicht, wer dieser Typ war und was er von ihm wollte. Hatte er nur jemandem Angst machen wollen und Logan zufällig ausgewählt? Oder würde er wiederkommen? Vielleicht sollte er morgen Dean von dem Vorfall erzählen. Doch er verwarf den Gedanken gleich wieder. Dean würde ihn für einen Feigling halten und ihm wahrscheinlich gar nicht glauben. Von Matts Theorie, dass Dean Verbindungen zu irgendwelchen Kriminellen hatte, wollte er nichts wissen. Selbst wenn. Es gab keinen Grund, warum Dean jemanden auf ihn ansetzen sollte. Matt machte sich nur Sorgen. Das war alles.

10. KAPITEL

Dakota

So konnte es nicht weitergehen. Dakota warf ihren Rucksack aufs Bett. Nach der Schule war sie direkt zu Perc ins Café gegangen, um die Spätschicht zu übernehmen. Eifrig hatte sie sich in die Arbeit gestürzt und wie ein Roboter alle Arbeitsschritte ausgeführt, wie in den letzten vier Wochen, seit sie hier arbeitete. Nur nicht nachdenken. Bloß keine Ablenkung.

Um elf Uhr hatte Percy sie überreden müssen zu gehen. „Es ist nur ein Nebenjob, Dakota. Übertreib es nicht."

„Ich arbeite gern", hatte sie entgegnet, ohne ihn anzusehen. „Zu Hause wartet sowieso niemand auf mich." Percys betretenen Blick sah sie jetzt noch vor sich. Warum sagte sie sowas? Sie legte sich auf den Rücken und fuhr sich mit beiden Händen übers Gesicht. Das war einfach die Erschöpfung. Vielleicht sollte sie wirklich nicht so viel arbeiten. Es tat ihr nicht gut. Wenn sie am Abend Schicht hatte, schlief sie spät ein und war in der Schule den ganzen Tag müde. Ihre erste Englischprüfung war eine Katastrophe gewesen und das Geschichtsreferat, das sie nächsten Montag halten sollte, war auch noch längst nicht fertig.

Die blauen Ziffern auf dem digitalen Wecker leuchteten sie hämisch an. Kurz nach zwölf. Seufzend vergrub sie das Gesicht in den Kissen. Heute würde sie nichts mehr für die Schule machen.

Draußen im Flur hörte sie Amber und Jamie kichern. Wenige Minuten später fiel die Wohnungstür ins Schloss. Obwohl vor einer Woche die Uni begonnen hatte, gingen sie immer noch regelmäßig abends aus. Klar, ihre Vorlesungen fingen ja auch oft erst um zehn oder elf Uhr vormittags an.

Dakota ertappte sich in letzter Zeit oft bei dem Gedanken, dass sie sich ihnen gerne anschließen würde. Erst gestern war sie kurz davor gewesen, sich bei ihnen für ihr unfreundliches Verhalten zu entschuldigen, hatte es sich im letzten Moment aber anders überlegt. Etwas hielt sie davon ab. Angst. Angst, was passieren würde, wenn Amber und Jamie tatsächlich ihre Freundinnen wären. Wie lange konnte sie dann ihr Geheimnis noch für sich behalten? Beste Freundinnen redeten über alles. Deshalb hatte sie auch noch nie eine beste Freundin gehabt.

Sie lauschte in die unerträgliche Stille, die die Wohnung einnahm. Zu viele Geheimnisse machten einsam. Zu viel Angst machte einsam. Sie war ein hoffnungsloser Fall.

„Dakota, Schätzchen." Seine Stimme hallte durch die Dunkelheit. In solchen Situationen waren ihr die ständigen Stromausfälle tatsächlich nützlich. Es dauerte länger, bis er sie fand.

Sie drückte sich noch enger in die Ecke. Die Kälte der Wand drang durch ihren Pulli. Seine Stimme jagte ihr

*einen eiskalten Schauer durch den Körper. Mit den Armen
bedeckte sie ihre kleinen Brüste, die unter dem weiten Pulli
kaum zu sehen waren. Doch anders als erhofft, hielt ihn
das nicht davon ab, ihr nachzustellen.*

*Er war der Schlimmste von allen. Die Pfiffe und anzügli-
chen Bemerkungen der anderen Männer konnte sie ertragen.
Aber niemand kam ihr so nah wie er. Kein Mensch war so
abstoßend wie er. Vor niemandem hatte sie mehr Angst.
Nicht mal vor Dad. Der fasste sie nie so an. Aber er hielt
seine Freunde nicht davon ab, es zu tun.*

*„Ich weiß, dass du hier bist. Komm raus und lass uns
ein bisschen Spaß haben."*

*Dakota versuchte, so flach wie möglich zu atmen. Ihre
Lungen schrien nach mehr Sauerstoff, doch er durfte sie
nicht hören.*

*Er musste ihre Angst spüren. Und sie spürte seine
Nähe. Er war in diesem Zimmer. Wahrscheinlich nur
wenige Schritte von ihr entfernt. Ihr rasender Herzschlag
war verräterisch laut.*

*Zitternd wie ein verängstigter Hund kauerte sie in der
Ecke und zuckte bei jedem seiner keuchenden Atemzüge
zusammen. Er stand direkt vor ihr.*

*„Jetzt hab ich dich." Kalte Panik packte sie. Stumme
Tränen liefen ihr übers Gesicht. Eine Hand legte sich wie
ein Schraubstock um ihren Unterarm.*

*„Versteckst du dich vor mir?" Er riss sie auf die Beine.
Ihr Rücken stieß hart gegen den Schrank neben ihr. Sie
schrie. Nicht vor Schmerz, sondern aus Angst vor dem,
was er mit ihr machen würde.*

*Er zog sie hinter sich her durch die Dunkelheit. Überall
war Dunkelheit. Dakota schrie und schlug nach ihm. Vergeblich …*

Sie schrie lauter. Ihre eigene schrille Stimme hallte in ihren Ohren. Verzweifelt strampelte sie mit den Beinen, doch sie schlug ins Leere. Mit einem Knall fiel etwas auf den Boden.

Dakota riss die Augen auf und saß im selben Augenblick aufrecht im Bett. Hektisch huschte ihr Blick durchs Zimmer und blieb an einer dunklen Silhouette hängen. Jemand war im Zimmer! Er war hier!

Sie hätte zusperren sollen. Warum hatte sie nicht zugesperrt? Er würde ihr wieder wehtun. Verzweifelt kauerte sie sich unter der Decke zusammen. Zitternd wartete sie auf das Grauen. Die Matratze senkte sich unter dem Gewicht eines menschlichen Körpers. Jemand riss ihr die Decke weg. Dakota schluchzte leise. Vielleicht würde er wieder gehen, wenn sie ganz leise war.

„Dakota?" Langsam gewöhnten sich ihre Augen an die Dunkelheit und sie sah Jamie vor sich sitzen. Die braunen Haare waren zu zwei geflochtenen Zöpfen gebunden. „Was ist los? Du hast geschrien?"

Ihr Herzschlag beruhigte sich. Es war nur Jamie. Niemand würde ihr wehtun. Wie gern würde sie sich einfach in die Arme ihrer Mitbewohnerin werfen, aber eine andere Angst stieg in ihr auf. Die Angst, wie sie reagieren würde, wenn sie erfuhr, was Keith ihr angetan hatte. Bestimmt würde sie es nicht verstehen. Vielleicht würde sie ihr nicht mal glauben.

„Bitte geh raus", stieß sie atemlos hervor.

„Süße …" Sie hörte echte Sorge in Jamies Stimme. „Willst du uns nicht endlich sagen, was los ist? Amber denkt, es hätte etwas mit ihr zu tun. Ich hab ihr gesagt, dass das nicht stimmt, aber …"

„Alles ist gut", bekräftigte Dakota, auch wenn gar nichts gut war. „Ich hab nur schlecht geträumt."

Jamie runzelte die Stirn, stand aber zögerlich auf und ging zur Tür.

Dort drehte sie sich noch einmal um. „Falls du doch mal darüber reden willst … Wir sind für dich da."

Dakota schwieg und knetete die Bettdecke mit ihren Fingern. Jamie schloss die Tür und sie blieb allein in der Dunkelheit zurück.

Stundenlang war Dakota wach gelegen und bei jedem Geräusch zusammengezuckt. Wenn jemand durch den Flur tapste, wenn sie unten auf der Straße Stimmen hörte.

Irgendwann musste sie doch eingeschlafen sein, denn als sie das nächste Mal die Augen öffnete, war es taghell im Zimmer. Gestern Abend war sie so müde gewesen, dass sie vergessen hatte, die Rollläden runterzulassen.

Sie schaute sich im Zimmer um. Alles war normal. Nur der Wecker lag neben dem Bett auf dem Boden. In ihrer Panik musste sie ihn wohl aus Versehen vom Nachttisch gefegt haben. Die Batterien lagen daneben.

Mühsam schwang Dakota die Beine über die Bettkante und hob den Wecker und die Batterien auf. Sie steckte sie rein. Die Ziffern blinkten ihr entgegen. Halb neun. Dann hatte die Schule ja noch nicht angefangen.

Die Schule! Plötzlich war sie hellwach. Um neun Uhr fing der Unterricht an. Das würde sie niemals schaffen. Da sie in ihren Klamotten geschlafen hatte, musste sie sich wenigstens nicht umziehen. Sie schnappte sich den Rucksack und rannte in die Küche. Amber und Jamie starrten sie an, während sie im Kühlschrank nach etwas suchte, das sie für die Mittagspause mitnehmen konnte. Alles, was sie fand, war eine Packung Fleischwurst und ein paar Tomaten. Sie packte alles in eine Plastikbox und verließ fluchtartig die Wohnung.

Auf der Treppe rutschte sie beinahe aus vor lauter Eile. Zum ersten Mal wünschte sie sich ein Auto. Damit wäre sie in zehn Minuten in der Schule. Zu Fuß würde sie es nie rechtzeitig schaffen.

Um Punkt neun Uhr erreichte sie den Parkplatz. Ihre Lungen brannten und ihre Beine fühlten sich an wie Wackelpudding, weil sie den ganzen Weg gerannt war. Erschöpft kniete sie sich auf den kühlen Asphalt. Jetzt war sie sowieso schon zu spät. Wozu sollte sie sich noch weiter hetzen?

Nach Luft ringend hockte sie auf dem Boden. Das Gewicht des Rucksacks drückte auf ihre Schultern. Sie hatte extra ein paar Bücher mit nach Hause genommen, um zu lernen, die Bücher aber kein einziges Mal aufgeschlagen. Selbst jetzt fühlte sie sich nicht in der Lage, sich auf irgendetwas zu konzentrieren. Vielleicht sollte sie doch nicht so viel arbeiten. Sie war hierher gekommen, um ein neues Leben anzufangen. Ein besseres. Wenn sie jetzt in der Schule versagte, war alles verloren. Kein College würde sie nehmen.

Dakota legte den Rucksack neben sich auf den Boden. Sofort fühlte sie sich etwas besser, aber immer noch müde. Sie fühlte sich absolut nicht in der Lage, jetzt aufzustehen und die Treppen in den zweiten

Stock hochzugehen. Ein paar Minuten würde sie noch sitzen bleiben.

„Hallo?" Wie aus weiter Ferne drang eine Stimme an ihr Ohr. Etwas Spitzes stach in ihre Stirn.

„Ist das nicht Logans Freundin?"

Wie bitte? Logans Freundin? Stöhnend richtete sie sich auf. Jeder einzelne Knochen tat ihr weh. Sie fuhr sich übers Gesicht. Kleine Kieselsteinchen fielen auf den Boden. Vor sich sah sie weiße Linien und Autoreifen. Oh nein! War sie etwa auf dem Parkplatz eingeschlafen?

Ruckartig setzte sie sich auf und ignorierte den Schmerz, der durch ihren Rücken fuhr. Zwei Paar Augen blickten sie fragend an. Hitze schoss ihr ins Gesicht. Wie peinlich war das denn?

„Geht's dir gut?", fragte der kleinere von beiden. Er hatte ein silbrig glänzendes ringförmiges Piercing in der Nase. Übelkeit stieg in ihr auf. Das war einer von Logans Freunden.

Der andere musterte sie eingehend. „Hast du was genommen?"

„Wie bitte?"

„Meine Schwester raucht Crack und ich dachte du hast vielleicht auch …"

„Sag mal, spinnst du?", schrie Dakota empört und richtete sich auf. „Ich rauche überhaupt nichts und ich nehme auch keine Drogen."

„Sicher, dass alles in Ordnung ist mit dir?" Der Kerl mit dem Piercing hob ihren Rucksack auf und streckte ihn ihr hin. Dakota riss ihn ihm aus den Händen.

„Mir geht's gut. Lasst mich einfach in Ruhe."

„Da gibt's nur ein Problem." Betreten sah er sie an

und fummelte an seinem Piercing herum.

„Und das wäre?"

„Jemand hat schon die Schulkrankenschwester informiert."

Ihr Herz setzte einen Moment aus. Eine Schulkrankenschwester. Jemand, der ihr unangenehme Fragen stellen würde. Man würde sie untersuchen und am Ende vielleicht sogar einem Psychologen vorstellen, der sie zu ihren familiären Verhältnissen und möglichen traumatischen Erlebnissen befragte. So etwas wollte sie nie wieder erleben.

„Alles ok? Ich glaub, dir geht's wirklich nicht gut."

Dakota konnte ihn nur fassungslos anstarren. Sie konzentrierte sich auf seinen Daumen und Zeigefinger, die an dem Piercing zogen, um nicht in Panik auszubrechen.

Verschwommen sah sie eine Person im weißen Kittel auf sich zukommen. Ihr Magen rebellierte. Ein saurer Geschmack stieg in den Mund. Plötzlich tauchte ein anderes Gesicht vor ihr auf.

„Was soll das? Lasst sie in Ruhe!"

„Ich war das nicht. Irgend so 'ne Tussi hat die Krankenschwester gerufen."

„Siehst du nicht, dass sie Angst hat?"

„Sie ist krank."

Die Stimmen wirbelten in ihrem Kopf durcheinander. Dakota konnte sie nicht voneinander unterscheiden.

„Dakota?" Sie verlor den Boden unter den Füßen. Starke Arme griffen nach ihr und hoben sie hoch. Halt suchend krallte sie ihre Finger in den weichen Stoff eines Pullis. Sie wusste nicht, wie weit sie sich von den anderen entfernt hatten, als sie etwas Hartes an ihrem Rücken spürte. Ihre Finger fuhren über etwas Raues, Gummiartiges. Sie war auf dem Sportplatz. Obwohl sie keine Stimmen mehr hörte, traute sie sich nicht, die Augen aufzumachen. Auch ohne ihn zu sehen, wusste sie, dass es Logan gewesen war, der sie weggetragen hatte.

Langsam sickerte diese Erkenntnis zu ihr durch. Sie war in Logans Armen gelegen und hatte sich vertrauensvoll an ihn gedrückt und ihn festgehalten. Als wäre er ihr Rettungsanker und nicht der Kerl, vor dem sie sich seit einem Monat versteckte. Was passierte da nur gerade?

„Hey, alles ok?" Er berührte ihren Arm, doch diesmal zog sie ihn weg.

„Brauchst du Hilfe?"

Kopfschüttelnd setzte sie sich auf, noch immer mit geschlossenen Augen. „Ich komm schon klar."

Obwohl sie ihn nicht sehen konnte, spürte sie seinen besorgten Blick auf sich. Vorsichtig öffnete sie ein Auge und dann noch eins. Er saß mit kaum einem halben Meter Abstand vor ihr und musterte sie.

„Was war da los?", fragte er. Nicht wie jemand, der eine Erklärung forderte. In seinem Blick lag ehrliches Interesse.

„Ich bin einfach nur eingeschlafen. Ich arbeite viel in letzter Zeit und die Schule …"

„Das meine ich nicht." Seine Stimme wurde schärfer und sie zuckte zusammen. „Sag mir, was wirklich los ist. Vielleicht kann ich dir helfen."

Tränen stiegen ihr in die Augen. Schnell drehte sie sich weg. Sie wollte keine Schwäche mehr zeigen.

„Das geht dich nichts an. Geh einfach." Ihre Stimme war nicht mehr als ein ersticktes Flüstern.

„Wovor hast du Angst?" Verdammt! Warum konnte er nicht aufhören nachzubohren? Ausgerechnet er. Ein Mann.

„Angst? Ich habe keine Angst, wie kommst du denn darauf? Es geht einfach niemanden etwas an. Ich will nicht, dass sie wissen, dass ... dass ich ... Wie auch immer."

Eine Weile war es vollkommen still und sie glaubte schon, er wäre gegangen, doch als sie sich umdrehte, saß er immer noch an der gleichen Stelle und sah sie an, als wäre sie etwas das man auf keinen Fall kaputt machen durfte. Wenn er wüsste, wie kaputt sie schon war. Aber dieser Blick beruhigte sie ein Stück weit.

„Danke. Du hast mich vor der Krankenschwester gerettet. Mehr kannst du nicht tun."

„Du hast Angst vor der Krankenschwester? Warum? Sie will dir nur helfen."

Das hatte sie früher auch gedacht. „Viele Menschen wollen nur helfen, aber sie haben alle keine Ahnung."

„Woher sollen sie es auch wissen? Du redest mit niemandem."

Obwohl er nicht vorwurfsvoll klang, fühlten sich seine Worte an wie ein Messer, das ihr jemand in die Brust rammte. Ja, sie redete mit niemandem. Sie konnte es nicht. Ihre Gedanken fraßen sie auf, aber sie konnte sich niemandem anvertrauen. Die Leute würden über sie lachen und sie für eine Dramaqueen halten. Logan würde lachen. Aus unerklärlichen Gründen schmerzte sie das am meisten.

Mit dem Ärmel ihres Pullis wischte sie sich die

Tränen ab. „Lass uns nicht mehr darüber reden. Frag nicht mehr. Bitte."

Er nickte verständnisvoll. „Ok. Aber falls irgendwas ist, bin ich da." Schweigend sah sie ihn an. Es waren leere Worte. Niemand war je wirklich da gewesen. Logan war nicht anders. Er hatte Freunde. Er würde sich mit ihnen beschäftigen und nicht mehr an sie denken.

„Ich geh jetzt besser nach Hause. Falls jemand fragt, du weißt nicht, wo ich bin." Sie stand auf und klopfte sich den Staub von der Jeans.

„Warte, dein Rucksack. Ich hol ihn."

„Nein. Dann fragen sie, wo ich bin. Gib ihn mir morgen."

Ratlos sah er sie an. „Morgen vor dem Tor", sagte sie. Dann drehte sie sich um und verließ das Schulgelände durch den Hintereingang. Das Tor war nicht abgesperrt. Niemand hielt sie auf.

Eigentlich hätte sie sich besser fühlen müssen, als sie die Schule hinter sich ließ. Aber das Gegenteil war der Fall. Plötzlich fühlte sie die Last, die sie seit Jahren mit sich herumtrug, überdeutlich auf ihren Schultern. Sie konnte nicht leugnen, dass es mit jedem Tag schlimmer wurde. Die düsteren Gedanken kamen immer öfter. Kein Albtraum war je so real und klar gewesen wie der letzte Nacht. Irgendetwas war anders als sonst. Es fiel ihr zunehmend schwerer, das alles zu verdrängen. Sie hatte davor fliehen wollen, aber diese Geister ließen sich nicht abschütteln. Dass Logan und Jamie sie zusätzlich damit konfrontierten, machte es nur noch schlimmer.

Ihr Blick schweifte über die Menschen, die an ihr vorbeiliefen. Manche lachten sorglos, andere richteten den Blick in die Ferne, auf einen unbestimmten Punkt. Viele klebten mit den Augen am Handydisplay. Jeder von ihnen hatte ein Geheimnis. Es gab schöne Geheimnisse, die man am liebsten mit der ganzen Welt teilen wollte. Und schreckliche, die man am liebsten vergraben und vergessen wollte.

Sie sah die freundlichen blauen Augen einer Schulkrankenschwester vor sich. Den mitleidig-verständnisvollen Blick des Schulpsychologen.

„Du musst über das reden, was passiert ist. Das macht es leichter."

„Die Zeit heilt alle Wunden."

Blödsinn. Das waren alles nur leere Floskeln. Wie sollte jemand, der traumatische Erlebnisse nur aus Büchern kannte, je verstehen, wie sie sich fühlte? Nicht jeder meinte es schlecht mit ihr. Doch auch die, die es gut meinten, verstanden nicht, wie es wirklich in ihr aussah. Sie wussten nichts von dem Schmerz und der tiefen Wunde, die Keiths widerwärtiges Verhalten und Dads Gleichgültigkeit hinterlassen hatten.

Dakota vergrub das Gesicht in den Händen, damit niemand ihre Tränen sah. Für sie gab es keine andere Möglichkeit, als zu hoffen, dass der Schmerz mit der Zeit irgendwann nachließ. Vielleicht stimmte ja wenigstens das.

11. KAPITEL

Logan

„Ich hab gehört, du warst heute der Retter in der Not."
Dean schlug ihm auf die Schulter. Schnell stellte Logan
seine Kaffeetasse hin, um nichts zu verschütten. Das
Mr. Percy war wieder gut besucht. Sie hatten gerade
noch den letzten freien Tisch bekommen.

„Also hat sich das schon rumgesprochen." Logan
nahm einen großen Schluck von seinem Kaffee, um
Zeit zu gewinnen.

„Travis kann nicht die Klappe halten."

Travis grinste verschlagen. „Mach dir nichts vor.
Morgen weiß es die ganze Schule."

„Scheiße", murmelte Logan. Nicht, weil es ihn
störte, als angeblicher Held betitelt zu werden. Aus
sowas machte er sich nichts, doch für Dakota würde
es schlimm sein. Jemand, der sich so sehr zurückzog,
wollte sicher nicht das Gesprächsthema Nummer eins
der gesamten Schule sein.

„Vielleicht kommt sie dann endlich mal raus aus
ihrem Schneckenhaus."

„Nein Travis, sag deinen tausend Kontaktpersonen,
dass sie das für sich behalten sollen."

„Sehr lustig." Travis grinste und zupfte an seinem Nasenring. Das machte er ständig, und Logan befürchtete schon, er würde ihn irgendwann abreißen.

„Er hat Angst, dass jemand von seinen vergeblichen Eroberungsversuchen erfährt." Logan zeigte Dean den Stinkefinger. Der lachte nur. „Sei nicht traurig. Es gibt genug andere Frauen da draußen, die sich nicht so zieren."

Verächtlich schnaubend biss Logan in seinen Bagel. Er wusste, dass Dean eine Frau nur so lange interessant fand, bis er sie ins Bett gekriegt hatte. Viele Mädchen mochten sich gerne auf solche Spielchen einlassen. Doch Dakota war nicht so. In ihren braunen Augen stand ein Schmerz, der ihn beinahe wahnsinnig machte, weil er ihr nicht helfen konnte. Sie wollte es nicht. Dakota war einsam und er konnte nichts daran ändern, solange sie ihn nicht ließ.

„Sag bloß, du bist echt verliebt." Vielsagend wackelte Travis mit den Augenbrauen. „Die Kleine ist schon ganz süß. Wenn sie nur nicht immer so weite Pullis tragen würde."

„Lass bloß die Finger von Logans Braut", warnte Dean im Scherz.

Klar, für ihn und Travis war das alles nur ein Spiel. Man eroberte eine Frau und gab damit an. So war er früher auch gewesen. Auf jeder Houseparty seiner damaligen Freunde hatte er ein Mädchen aufgerissen. Zum ersten Mal mit vierzehn. In den folgenden drei Jahren hatte er öfter Sex gehabt, als er zählen konnte. Damals war er sich cool vorgekommen. Was gab es für einen Mann Besseres, als bei den Frauen beliebt zu sein? Dass die meisten Mädchen, die mit ihm geschlafen hatten, betrunken oder auf Drogen gewesen waren, war ihm egal gewesen. Er war ja selbst nicht besser gewesen.

Inzwischen fand er sein Verhalten von damals abstoßend. Typen, die so etwas machten, waren feige Hunde, die keine Beziehung eingehen und keine Verantwortung übernehmen wollten. Aber er war kein Kind mehr. Diesmal wollte er es besser machen.

„Was ist los?" Travis riss ihn aus seinen Gedanken. „Hat sie dir die Sprache verschlagen?"

„Lasst den Scheiß, klar? Und erzählt keinen Blödsinn über Dakota. Sie hat schon genug Probleme. Da muss sie sich nicht auch noch blöde Sprüche von irgendwelchen Idioten anhören."

Erstaunt riss Travis die Augen auf. „Schon gut, Mann. Reg dich ab."

Dean schaute ihn nur an, als würde er versuchen, seine Gedanken zu lesen. „Dich hat´s voll erwischt", sagte er, ohne eine Miene zu verziehen.

Verdammt. Hatte Dean Recht? War er in Dakota verliebt? In dieses geheimnisvolle, traurige Mädchen, das sich seit Wochen vor ihm versteckte? Wenn verliebt sein bedeutete, dass er ständig im Schulhof und im Flur nach ihr suchte, sie tröstend in die Arme nehmen und ihr die Tränen aus dem Gesicht wischen wollte, war er wohl verliebt. In ein Mädchen, das sich vermutlich nie auf ihn einlassen würde.

Trotzdem konnte er nicht aufhören, alle dreißig Sekunden zur Theke zu schauen, in der Hoffnung, sie dort zu entdecken. Und obwohl er wusste, dass es sinnlos war, würde er sofort aufstehen und sie in ein Gespräch verwickeln. Er würde sie zum gefühlt hundertsten Mal fragen, ob sie ihn nicht doch besser kennenlernen wollte. Er würde ihr sagen, dass er für sie da sein wollte. Ob sie es wollte oder nicht. Aber sie würde nein sagen. Er war echt ein Idiot.

Aber Dakota war nicht da. Logan wusste nicht, ob das gut oder schlecht war.

Um sich von seinen ständigen Gedanken an Dakota abzulenken, ließ er den Blick durch das Café schweifen und beobachtete die anderen Gäste. Ein junges Pärchen kam gerade von der Terrasse nach drinnen. Die Frau lächelte den Mann verliebt an. Er wandte ihr das Gesicht zu und fuhr sich mit einer Hand durch die schwarzen lockigen Haare. Irgendetwas an seinem Profil kam ihm bekannt vor. Vielleicht war es jemand aus der Schule? Der Mann drehte sich in seine Richtung und Logan verschluckte sich an seinem letzten Schluck Kaffee. Er drückte sich eine Serviette an den Mund, in dem lächerlichen Glauben, dass so niemand seinen röchelnden Husten hören würde. Doch mit dem zerknüllten Stück Papier im Gesicht fiel er erst recht auf.

Julian blieb mitten im Raum stehen und starrte zu ihm herüber. Eine Kellnerin zwängte sich keifend an ihm vorbei. Die Frau, die offensichtlich seine Freundin war, nahm seine Hand und schaute ihn fragend an. Als Julian nicht reagierte, schaute sie auch in Logans Richtung. Jetzt war es zu spät zum Flüchten. Leise fluchend wischte er sich mit der Serviette über die tränenden Augen. Dann kratzte er die Krümel auf seinem leeren Teller zusammen. Vielleicht würde Julian einfach wieder gehen. Sicher würde er das. Schließlich hatte er sich in den letzten vier Jahren auch nicht für ihn interessiert.

Ok, seit er aus dieser Gang ausgetreten war, hatte er gelegentlich halbherzig versucht, Kontakt zu Logan aufzunehmen, doch sein geheucheltes Interesse konnte er sich sonst wohin stecken. Als er seinen Bruder am dringendsten gebraucht hatte, war er einfach abgehauen. Julian musste gesehen haben, dass es ihm schlecht ging, aber sein eigenes Glück war ihm scheinbar wichtiger gewesen. Ein bisschen freute Logan sich, dass in Blue Water nicht das erhoffte bessere Leben auf ihn gewartet hatte. Mit seiner neuen Freundin schien er jedoch glücklich zu sein. Auch wenn es schäbig war, ärgerte Logan sich darüber.

Vorsichtig schaute er auf und sah, wie Julian sich auf ihn zu bewegte. Dieser Verräter wollte doch tatsächlich zu ihm kommen. Nach all den Jahren.

Das konnte er vergessen. Ruckartig schob Logan den Stuhl zurück und dachte gerade noch daran, das Geld für seinen Bagel und seinen Kaffee auf den Tisch zu legen, bevor er fluchtartig das Café verließ.

Ohne sich umzudrehen, wusste er, dass Julian hinter ihm durch die Tür kam. Wenige Sekunden später rief er seinen Namen. Logan beschleunigte seine Schritte.

„Logan!" Er erreichte die Kreuzung gerade, als die Ampel auf Rot umsprang. Die Autos setzten sich in Bewegung. Nein! Während er noch überlegte, ob er einen Umweg nehmen sollte, stand Julian schon neben ihm. Seine Freundin lief ein paar Meter hinter ihm.

„Logan, hey."

Kühl musterte Logan seinen Bruder. Sein braunes Auge und das grüne, das seinen eigenen so ähnlich war. Da hörte die Ähnlichkeit auch schon auf. Von alten Fotos wusste Logan, dass Julian und auch seine Schwester Charlie ihrer Mutter wie aus dem Gesicht geschnitten waren. Er selbst hatte Mikes glattes dunkelbraunes Haar und seine Augen. Das war fast schon ein Fluch.

„Oh, unglaublich, du erinnerst dich an meinen Namen?"

„Ich weiß, dass du sauer bist ..."

„Und? Wundert dich das?" Angestrengt schaute Logan auf die Ampel. Sie musste jede Sekunde auf Grün umspringen. Dann konnte er diesem Albtraum endlich entkommen.

„Es tut mir wirklich leid. Ich hätte mich mehr um dich kümmern sollen."

Heiße Wut stieg in Logan auf. Für wen hielt der Kerl sich? „Mehr?! Du hättest dich überhaupt um mich kümmern sollen!"

Seine Freundin stand daneben und schaute betreten auf den Boden. Fast tat sie ihm leid, dass sie das hier miterleben musste. Andererseits hätte sie längst merken müssen, was für ein verantwortungsloses Arschloch Julian war.

„Ich weiß und es tut mir leid. Du weißt, dass ich ... eigene Probleme hatte." Julians schuldbewusste Miene wirkte echt, trotzdem konnte Logan ihm seine Reue nicht abnehmen. Sie kam viel zu spät.

„Ja, das weiß ich. Aus der Zeitung. Weil du es nicht für nötig gehalten hast, mich mal anzurufen."

Julian seufzte. „Ich hatte das Gefühl, du willst es nicht. Auf meine Nachrichten hast du nie reagiert."

„Jeder Idiot kann eine Nachricht schreiben." Er dachte an die SMS, die Julian ihm nach dem Entzug geschickt hatte.

Glückwunsch, du hast es geschafft. Ich bin stolz auf dich.

Logan hatte das als bedeutungslose Floskel abgetan, was es wahrscheinlich auch war. Jeden Tag schrieben Millionen Menschen solche Sätze und nicht mal die Hälfte von ihnen meinte es ernst. Und Julian schon gleich gar nicht.

„Das heißt nicht, dass ich mich nicht bessern will."

„Ich wette, das hast du in deinem Leben schon tausend Mal gesagt."

Die Ampel sprang endlich auf Grün um. Erleichtert atmete Logan auf. „Bis dann", sagte er, hoffte aber, dass er Julian nie wiedersehen und sich sein blödes Gerede über Reue anhören musste. Er war nie für ihn da gewesen und jetzt brauchte er ihn nicht mehr.

Die Wut löste sich langsam auf, als er die Kreuzung hinter sich ließ. Aber ein bitterer Nachgeschmack blieb. Er konnte Julian nicht vorwerfen, dass er sich nie gemeldet hatte. Nur eben zu falschen Zeit. Als er damals in dieses tiefe Loch gerutscht war, hätte er jemanden gebraucht, der ihm da raushalf. Doch was nützte es schon, sich darüber Gedanken zu machen. Es war Vergangenheit. Logan hatte es geschafft, sein altes Leben hinter sich gelassen. Auch ohne Julian. Julian, der wahrscheinlich selbst jetzt noch nicht mit ihm geredet hätte, wenn sie sich nicht zufällig über den Weg gelaufen wären. Seine Worte bedeuteten nichts. Sie waren genauso nutzlos wie die Nachrichten, die er alle paar Wochen schickte, wenn ihm einfiel, dass er einen Bruder hatte.

Aus einem Impuls heraus schaute er auf sein Handy. Keine neuen Nachrichten. Was glaubte er eigentlich? Dass Julian ihm gleich noch eine Entschuldigungs-SMS hinterherschickte? Das war doch lächerlich. Das Gespräch, das sie geführt hatten, ersetzte wahrscheinlich die nächsten drei Nachrichten, die er sonst geschrieben hätte. Dieses Jahr würde er wohl nichts mehr von Julian hören. Und das war auch gut so. In seinem neuen Leben war kein Platz für Julian und die Enttäuschung über sein ignorantes Verhalten.

12. KAPITEL

Dakota

Lustlos wischte Dakota mit einem nassen Lappen über den Tresen vor der Kaffeemaschine. Obwohl sie sonst gerne hierher kam, wünschte sie sich heute, der Arbeitstag würde möglichst schnell vergehen. Sie fühlte sich wie erschlagen und hatte sich zwingen müssen, das Bett zu verlassen. Alles fiel ihr schwerer, jede Bewegung kostete sie zusätzlich Kraft.

Eigentlich wollte sie nicht darüber nachdenken, woher ihre Kraftlosigkeit kam, doch es war zu offensichtlich. Das ständige Verstecken und die Einsamkeit zerrten an ihren Kräften. Sich niemandem anvertrauen zu können, war schrecklich.

Dakota ertappte sich bei dem Gedanken, wie es wäre, einfach jemandem alles zu erzählen. Jemandem, der es verstand.

Frustriert pfefferte sie den Lappen auf den Tresen. Andere Menschen erlebten auch schlimme Dinge und hatten Geheimnisse, die sie mit niemandem teilen wollten. Der Unterschied war, dass normale Menschen trotzdem Kontakte knüpften und Freunde fanden. Normale Menschen konnten über normale Dinge reden. Aber nicht mal das bekam sie hin. Sobald

Logan oder Jamie versuchten, sie in ein Gespräch zu verwickeln, überfiel sie die Angst vor unangenehmen Fragen, die sie nicht beantworten konnte, oder Erinnerungen, die plötzlich auf sie einstürzten. Was Dad und Keith ihr angetan hatten, bestimmte ihr ganzes Leben. Es machte sie einsam.

Mit einem Mal stieg Wut in ihr auf. Warum konnte sie nicht so sein wie alle anderen? Warum musste sie sich abschotten? Sie wollte das alles nicht mehr.

Jemand kam aus der Küche und betrat den Verkaufsraum. Dakota atmete tief durch und schluckte die Wut hinunter. Jetzt war nicht der richtige Zeitpunkt dafür.

Sam blieb abrupt stehen als sie Dakota sah. „Du bist schon da? So früh?"

„Ich fand es unfair, dass ich immer erst komme, wenn ihr schon alles vorbereitet habt." Das entsprach wenigstens teilweise der Wahrheit.

Sam lächelte. „Das ist nett. Danke." Sie stellte das große Tablett, das sie trug, ab und begann, Cookies, Muffins und Bagels in die Auslage zu legen. Der Duft nach frisch gebackenem Kuchen und warmer Schokolade erfüllte den Raum. Bisher hatte sie diesen Geruch immer nur nebenbei wahrgenommen. Zum ersten Mal sog sie ihn richtig in sich auf. Auch die bunten Papiergirlanden, die an der Decke über den Tischen hingen, hatte sie sich noch nie genauer angesehen. Vielleicht sollte sie ihren Tunnelblick bei der Arbeit ablegen und ab und zu kurz innehalten, um all die Eindrücke in sich aufzusaugen.

Dakota arrangierte die Cookies in der vorderen Reihe. Dunkle, helle, mit Schokostreuseln oder Smarties oben drauf. Als sie nach dem nächsten Cookie griff, stoppte sie mitten in der Bewegung. Er war hellrosa mit roten Stückchen obendrauf.

„Was sind das für welche? Sind die neu?"

„Oh ja." Sam grinste wie ein Kind im Spielzeuggeschäft. „Das sind Erdbeercookies. Percy möchte auch noch welche mit Pistazien machen."

Bei der Vorstellung musste Dakota lächeln. „Sollen die dann grün sein?"

„Ich hoffe es." Mit einem gierigen Blick bedachte Sam den Erdbeercookie. „Percy hat immer so coole Ideen." Sie begann, die Muffins in die Auslage zu legen. „Deshalb arbeite ich gerne hier. Es gibt ständig was Neues. Und weißt du, was am schönsten ist?" Ihre Augen leuchteten.

Fragend sah Dakota sie an und konnte nicht anders, als dieses Mädchen für ihre positive Haltung und Begeisterung zu bewundern. So waren wohl Menschen, die nur die schönen Seiten des Lebens kannten. Bitterer Neid stieg in ihr auf und sie schämte sich sofort dafür. Es war nicht Sams Schuld, dass in ihrem Leben so viel schiefgelaufen war.

„Am meisten mag ich es, den Kunden eine Freude zu machen. Manche kommen mit Kindern und denen fällt sofort auf, wenn es eine neue Sorte gibt."

Dakota erinnerte sich an ein kleines Mädchen, das am Donnerstagnachmittag mit seiner Mutter hier gewesen war. Das Kind hat an ihrer Hand gezerrt und auf einen Cookie mit extragroßen Schokostückchen gezeigt.

„Den will ich. Bitte, Mom." Die Mutter hatte warm gelächelt und dem Mädchen über die blonden Haare gestreichelt und natürlich den Cookie gekauft. „Danke Mom." Mit leuchtenden Augen hatte das Kind der Mutter die kurzen Arme um die Hüften geschlungen und dann sofort in den viel zu großen Cookie gebissen.

Sie selbst hatte nie etwas geschenkt bekommen. Nicht mal an Weihnachten oder zum Geburtstag. Nicht mal einen Schokoriegel oder einen Lutscher. Niemals wäre sie auf die Idee gekommen, nach so etwas zu fragen. Mom hatte ihr weniges Geld lieber für billigen Schnaps ausgegeben. Und Dad …

Ihre Augen brannten. Schnell wischte sie den Gedanken weg. Sie hatte es kurz geschafft, mit Sam zu reden, ohne über ihre Vergangenheit oder ihre Familie nachzudenken. Wäre da nicht die glückliche Mutter mit dem glücklichen Kind gewesen.

„Alles ok?" Sam legte ihr eine Hand auf die Schulter und sah sie besorgt an. Wie Jamie damals nach dem Albtraum. Ihr Magen verkrampfe sich. Es gab Menschen, die es gut mit ihr meinten. Sie musste endlich aufhören, diese Menschen so abweisend zu behandeln.

„Nicht so wichtig." Dakota wich zurück. Bemitleidet zu werden, machte alles nur noch schlimmer.

„Ok, aber wenn du mal reden willst …"

„Schon klar. Danke."

Um Punkt neun stürmten die ersten Kunden ins Mr. Percy. Eltern und drei kleine Kinder, die wild durcheinanderschrien und aufgeregt auf die Muffins zeigten. Schon wieder eine glückliche Familie. Der Anblick bereitete Dakota körperliche Schmerzen. Gezwungenermaßen unterdrückte sie das Bedürfnis, sich in irgendeiner Ecke zu verkriechen und zu weinen. Das änderte nichts an den Tatsachen.

Um zwei beendete Sam ihre Schicht. Percy trat hinter die Theke. Noch im Gehen band er sich die Schürze zu.

„Wenn du willst, kannst du auch gehen. Ich übernehme jetzt und in einer halben Stunde kommt Tim."

Eine lange Schlange hatte sich gebildet. Dakota konnte ihn unmöglich allein bedienen lassen. „Dann bleib ich so lange noch."

„Das musst du nicht", versicherte Percy zwischen zwei Kunden. Er war erfahren, routiniert und vor allem schnell. „Ich kann dir deine Überstunden auch nicht bezahlen."

„Das macht nichts. Ich arbeite gern hier." Sie reichte ihm zwei Kaffeebecher.

„Gut. Mach nochmal drei Latte zum Mitnehmen. Aber dann gehst du."

„Percy …"

Doch Percy schüttelte entschieden den Kopf. „Keine Widerrede. Du bist keine Sklavin."

Alles lief wie von selbst, während sie die Kaffees machte. Sie musste nicht mal mehr darüber nachdenken. Hier ging alles so einfach. Aber Percy hatte recht. Sie konnte nicht ewig arbeiten. Irgendwann musste sie sich der Realität stellen. Und die bestand leider nicht nur aus der Arbeit bei Percy.

Dakota hängte die Schürze an den Haken, warf sich den Rucksack auf den Rücken und verließ das Mr. Percy durch die Hintertür. Wie immer umrundete sie das Café und die Terrasse. Ihr Blick schweifte über die Menschen, die an ihren Tischen saßen, lachten, tranken und aßen. Auch wenn sie selbst nicht glücklich war, fühlte es sich gut an, mit ihrer Arbeit wenigstens andere Menschen glücklich zu machen. Sie kamen gern ins Mr. Percy und Dakota war ein Teil davon.

Einige der Menschen erkannte sie als Stammgäste, die sie in beinahe jeder Schicht hier sah und sie fragte sich, was sie am Mr. Percy so sehr faszinierte. War es das Essen oder die Atmosphäre? An der Bedienung konnte es nicht liegen. Sowohl Milly als auch ihr Kollege Simon waren meistens genervt und nicht besonders freundlich. Vielleicht würde Percy sie einmal kellnern lassen. Sie würde trotz allem versuchen, freundlich zu den Gästen zu sein, und so vielleicht sogar ihre eigenen Probleme vergessen.

Eine bekannte Stimme riss sie aus ihren Gedanken. „Dieser Percy ist echt süß."

„Bist du sicher, dass er Percy ist?"

„Klar, es steht auf seinem Namensschild."

Bevor Dakota in ihre Richtung schaute, wusste sie, dass es Amber und Jamie waren. Obwohl sie eigentlich hätte flüchten sollen, konnte sie nicht anders, als stehen zu bleiben und in ihre Richtung zu sehen. Amber und Jamie saßen an einem kleinen runden Tisch, beide einen hohen Becher mit Eiskaffee vor sich. Sie waren so sehr in ihr Gespräch über Percy vertieft, dass sie ihre Beobachterin gar nicht bemerkten. Trotzdem sollte sie jetzt gehen, bevor die beiden sie entdeckten.

Dakota ging noch ein paar Schritte. Jetzt stand sie ihrem Tisch genau gegenüber. In diesem Moment bückte Amber sich, um etwas aus ihrer Tasche zu holen. Als sie den Kopf wieder hob, sah sie genau in

Dakotas Richtung. Wie erstarrt stand sie da. Ungläubig stupste Amber Jamie an. Die lächelte, als sie Dakota sah. Freute sie sich etwa, sie zu sehen? Oder hatte sie nur Mitleid, weil sie Dakota für ein armes hilfloses Mäuschen hielt?

„Dakota?" Oh nein, jetzt stand sie auch noch auf und kam auf sie zu. Zum Abhauen war es definitiv zu spät. Wie angewurzelt blieb sie stehen und umklammerte mit beiden Händen die Träger ihres Rucksackes.

„Was machst du hier? Musst du heute nicht arbeiten?" Jamie wirkte nicht vorwurfsvoll oder misstrauisch. Nur neugierig.

„Ich arbeite hier."

Mit geweiteten Augen sah Jamie sie an. „Wirklich? Hier? Das wusste ich gar …" Sie stockte, als würde ihr gerade aufzugehen, dass Dakota es ihnen ja nicht erzählt hatte. So wie sie ihnen nichts erzählte.

„Tut mir leid. Ich wollte euch nicht beobachten."

„Schon gut. Wir sind auch überrascht." Verlegen spielte Jamie mit ihrem langen Pferdeschwanz.

Vorsichtig warf Dakota einen Blick auf Amber, die ausdruckslos zu ihnen herübersah und den langen Löffel blind in ihrem Glas kreisen ließ.

„Setz dich doch zu uns", sagte Jamie plötzlich.

Dakota verschluckte sich fast an ihrer eigenen Spucke. „Was? Aber …"

Jamie lächelte. „Du bist doch jetzt sowieso hier. Oder willst du dich wieder verstecken?"

Ihr Gesicht fühlte sich heiß an. Jamie hatte recht. Es war lächerlich, sich weiter zu verstecken. Wenn sie noch bis zum Ende des Schuljahres bei ihr und Amber wohnen wollte, musste sie sich endlich wie ein normaler Mensch benehmen und nicht wie ein Einsiedler.

„Ok." Zögerlich folgte sie ihr, blieb aber vor dem Tisch stehen, als Jamie sich setzte. Amber war dazu übergegangen, in ihr Eisglas zu schauen, als würde sie das alles nichts angehen. Dakota konnte es ihr nicht mal verübeln, dass sie sauer war.

„Setz dich", sagte Jamie und zog ihr einen Stuhl heran.

„Ich bleib nicht lang."

„Ich möchte aber, dass du bleibst. Amber?" Die zuckte nur mit den Schultern. „Komm schon Amber. Du weißt, dass wir was ändern müssen."

„Weiß sie es auch?", entgegnete sie kalt.

Am liebsten wäre Dakota vor Scham im Boden versunken. Sie hatte gewusst, dass Vorwürfe kommen würden. Und trotzdem tat es weh.

„Es tut mir leid", sagte sie, „Ich kann euch nicht erklären warum ich … warum ich so … bin." Den Rucksack noch immer auf dem Rücken setzte sie sich, blieb aber vorne an der Stuhlkante sitzen. „Aber ich weiß, dass es falsch ist. Ihr lasst mich bei euch wohnen und ich bin so …"

Ambers kalter Blick traf sie. „Unfreundlich? Undankbar?"

„Amber."

„Was denn? Es stimmt doch. Wir lassen sie bei uns wohnen. Wir lassen ihr mehr Privatsphäre, als ein normaler Mensch braucht. Und was bekommen wir dafür? Eine Mitbewohnerin, die nicht mit uns reden will und sich aus dem Haus schleicht. Deinen letzten Küchendienst hast du auch nicht gemacht."

Dakota zuckte zusammen. Jedes Wort traf sie wie eine Pfeilspitze in die Brust. Und das schlimmste war: Es stimmte, was Amber sagte. Alles, was sie sagte stimmte, sogar, dass sie gestern ihren Küchendienst vergessen hatte. Nach dem, was in der Schule passiert war, hatte sie keinen Kopf für Hausarbeit gehabt. Aber das konnte sie Amber nicht sagen. Sie konnte ihr gar nichts sagen. Ihr Hals war wie zugeschnürt.

Dafür hatte Amber keine Probleme, ihr weiter Vorwürfe zu machen. „Wir mussten die Küche heute aufräumen, nachdem du dich mal wieder aus dem Haus geschlichen hast. Was machst du eigentlich, wenn du dich den ganzen Tag in deinem Zimmer einschließt? Denkst du, wir finden es nicht komisch, mit jemandem eine Wohnung zu teilen und nicht zu wissen, was diese Person treibt?"

„Hör auf, Amber. Ich glaube, sie hat es verstanden."

Dakota stand auf. „Ich sollte jetzt gehen." Niemand widersprach ihr. Niemand hielt sie auf. Aber es war besser so.

Obwohl Amber und Jamie wohl nicht so bald nach Hause kommen würden, sperrte sie die Wohnungstür zweimal ab. Erschöpft ließ sie sich an der Tür entlang auf den Boden sinken. Endlich hatte sie sich überwinden können, mit ihren Mitbewohnerinnen zu reden. Sie war bereit gewesen, Frieden zu schließen und sich mehr am WG-Leben zu beteiligen, doch es war zu spät. Amber hasste sie und zwar zu Recht. Zu lange hatte sie sich zurückgezogen. Jamie und Amber mussten sich ausgenutzt vorkommen. Was war sie nur für eine Idiotin?

Es war schon dunkel, als es an ihrer Tür klopfte. Das Geografiebuch lag aufgeschlagen vor ihr. Ihr

Notizbuch war gefüllt mit Stichpunkten für ein Referat, das sie spätestens am Dienstag abgeben musste.

Ganz still saß sie da, doch Jamie ließ sich nicht vertreiben. Ohne auf eine Antwort zu warten, steckte sie den Kopf zu Tür herein.

Bewegungslos blieb Dakota sitzen und wagte es kaum, Jamie anzusehen. Doch auch das schreckte Jamie nicht ab, sie stellte sich neben den Schreibtisch.

„Ich hab noch mal mit Amber geredet."

„Bemüh dich nicht. Ich hab mich ja auch nicht um euch bemüht", gab sie niedergeschlagen zu. „Ich kann verstehen, dass Amber mich hasst."

Jamie atmete hörbar aus. „Amber hasst dich nicht. Sie ist einfach nur sauer. Sie versteht es nicht."

„Ich kann es euch nicht erklären."

„Ich weiß", sagte Jamie, „Das musst du auch nicht. Wir werden dich nicht fragen. Wir wollen nur, dass du aufhörst, dich zu verstecken."

Verstecken. Das klang so negativ. Dabei war es in ihrem Leben das Einzige gewesen, das sie wenigstens kurzzeitig geschützt hatte. Beim Gedanken an Keiths gierige Finger packte sie das Verlangen, sich wieder zu verstecken. Aber er war nicht hier. Es war vorbei. Vielleicht sollte sie endlich aufhören, sich zu verstecken. Es wenigstens versuchen.

„Egal, was dich bedrückt. Es wird nicht besser, wenn du damit allein bist. Die eigenen Gedanken können schrecklich sein."

Als würde Jamie irgendetwas davon verstehen. Aber Dakota konnte ihr nicht böse sein. Jamie gab sich Mühe.

„Ist es für Amber überhaupt ok, wenn ich mich öfter blicken lasse?"

„Sie will es. Sonst wäre sie nicht so wütend." Skeptisch schaute Dakota sie an. „Weißt du was?", sagte Jamie mit einem Lächeln, „Wir sollten mal was zusammen unternehmen. Wir haben am Montag nur zwei Vorlesungen am Vormittag. Was hälst du davon, wenn wir dich von der Schule abholen und zusammen in die Stadt gehen?"

Mit offenem Mund starrte sie Jamie an. Ihr wurde übel. Genau davor hatte sie sich immer gefürchtet. Und es sich gleichzeitig immer gewünscht. Sie könnte einfach Ja sagen und wie ein normales Mädchen in ihrem Alter mit zwei Freundinnen zum Shoppen oder an den Strand gehen. Aber wenn sie das machte, gab es kein Zurück mehr.

Erwartungsvoll sah Jamie sie an. „Also, was sagst du?"

13. KAPITEL

Dakota

Dakota steckte vorsichtig den Kopf aus der Kabine und stellte erleichtert fest, dass niemand im Waschraum war. Die letzten Klassen hatten vor zwanzig Minuten Schulschluss gehabt. Endlich. Sie stellte sich vor den großen Spiegel und betrachtete sich kritisch. Die dunklen Haare hatte sie sich zu einem langen, hoch sitzenden Pferdeschwanz zusammengebunden und auf Make-up komplett verzichtet. Für den Strand erschien ihr selbst das dezente Make-up, das sie immer trug, zu viel. Ihre Nackenhaare stellten sich auf, als sie an die vielen Kerle in Badehose dachte, die in den Strandbars saßen und Mädchen im Bikini hinterher pfiffen.

Sie zog sich ihr weites, hochgeschlossenes T-Shirt über die Oberschenkel und zog den Rock so weit nach unten, dass er ihre Knie bedeckte. Stöhnend schlug sie sich die Hände vors Gesicht. Was dachte sie sich eigentlich dabei? Eingepackt wie ein Sandwich in Alufolie zum Strand zu gehen, während alle anderen Menschen dort viel Haut zeigten. Amber und Jamie würden es nicht verstehen. Sie würden Fragen stellen. Es würde eine Katastrophe werden. Am besten sagte sie ihnen einfach ab. Die Englischprüfung nächste Woche war eine gute Ausrede.

Den Rucksack fest umklammert ging sie durch den leeren Flur. Im Pausenhof standen ein paar Leute in kleinen Grüppchen zusammen. Logan war nicht darunter. Gut so. Das hätte ihr gerade noch gefehlt.

Den Blick stur geradeaus gerichtet überquerte sie den Schulhof. Sie spürte die Blicke der anderen, die ihr schon den ganzen Tag gefolgt waren. Wenigstens waren blöde Kommentare ausgeblieben. Das hätte sie nicht überlebt. Schlimm genug, dass scheinbar schon die ganz Schule von ihrem Zusammenbruch vorige Woche wusste.

Amber und Jamie standen vor dem Tor. Als Jamie sie sah, winkte sie, während Amber sie nur prüfend musterte und sich wahrscheinlich fragte, ob Dakota ein übergroßes T-Shirt und einen schwarzen Jeansrock für ein passendes Strandoutfit hielt. Sie und Jamie trugen beide kurze, luftige Röcke und ärmellose Tops. Schon beim Gedanken, so etwas selbst anziehen zu müssen, bekam sie schwitzige Hände.

„Und, alles gepackt für den Strand?" Jamies Lächeln ließ ihre Augen leuchten. Sie freute sich so sehr auf den Tag am Strand, dass Dakota sich nicht traute zu fragen, ob sie nicht lieber etwas anderes machen wollten. Irgendwie würde es schon gehen. Sie könnte einen Sonnenallergie vortäuschen. Dann müsste sie nicht mal die Strumpfhose ausziehen.

„Klar."

„Cool, dann lass uns gehen."

Ein leichter Wind fuhr ihr durch die Haare. Es roch nach Salz und Sonnencreme. Angenehm. Ganz anders als in New York. Dort hatte sie sich ab und zu mit ein paar Freunden am Hafen herumgetrieben, aber an einem Sandstrand war sie nie gewesen.

Dicht an dicht lagen die Menschen auf ihren Handtüchern und genossen den warmen Oktobertag. Überall wurde gelacht, geredet und gegessen. Und alle trugen Bikini oder Badehose. Niemand kam auf die Idee, bei so warmem Wetter am Strand ein übergroßes T-Shirt zu tragen. Oder sogar Strumpfhose und Schnürstiefel. Zum ersten Mal fühlte Dakota sich in ihren geliebten dunklen Klamotten unwohl. Zwischen all den Menschen in Badekleidung kam sie sich vor wie ein Fremdkörper, doch sich auszuziehen kam für sie nicht in Frage.

Amber, die gerade dabei war, ihre Sandalen auszuziehen, drehte sich zu ihr um. „Was ist? Willst du dich nicht von deiner Strumpfhose befreien?" In ihrer Stimme war kein verächtlicher Unterton, kein Unverständnis stand in ihrem Gesicht. Es war eine ganz neutrale Frage und trotzdem schnellte Dakotas Puls in die Höhe. Wie sollte sie das erklären?

„Alles ok?" Jamie legte ihr eine Hand auf die Schulter.

„Klar."

„Wirklich? Geht's dir gut?"

Sie nickte. „Gehen wir."

Die Stimmung war merklich abgekühlt. Schweigend suchten sie sich einen Platz vorne am Wasser. Während Amber noch das Handtuch ausbreitete, streifte sich Jamie schon Rock und Top ab und entblößte einen hübschen hellblauen Bikini mit Blumen-muster. Amber trug einen schlichten dunkelroten Bikini. Beide wirkten so selbstbewusst in ihren Strand-outfits. Kein Wunder. Sie waren schlank und hübsch.

Ein paar Jungs schauten zu ihnen rüber und stießen sich gegenseitig grinsend in die Rippen. Nur schwer widerstand Dakota dem Drang, sich zusammenzurol-len und sich das weite T-Shirt über die Knie zu ziehen.

„Ist dir so nicht zu warm?", fragte Amber.

„Nein, schon gut."

„Aber wir sind am Strand", entgegnete sie, als würde das alles erklären. Und das Schlimmste war, sie hatte recht. Die Menschen kamen her, um baden zu gehen und sich zu sonnen. Manche wollten sich auch einfach nur zeigen. Dakota wollte nichts davon. Nicht mal in der Schule, wenn sie im Gang von allen angegafft wurde, fühlte sie sich so unwohl wie hier.

„Schon gut. Lass sie. Du musst dich nicht auszie-hen, wenn du nicht willst", sagte Jamie. Sie setzte sich mit etwas Abstand neben sie. „Warum hast du denn nichts gesagt? Wir hätten doch auch woanders hingehen können."

„Ich wollte euch den Tag nicht versauen."

„Das tust du nicht. Wir wollten einfach nur was mit dir unternehmen. Irgendwas und wir dachten eben, dass der Strand eine gute Idee ist."

Dakota schaute aufs Meer und beobachtete, wie sich die Wellen am Strand brachen. Unter anderen Umständen hätte sie das beruhigend gefunden. Viel-leicht wenn sie allein hier wäre.

„Es ist schön hier. Wirklich. Aber ich … Ich kann mich nicht …"

„Schon gut. Dann lass uns woanders hingehen."

„Ja wirklich", stimmte Amber zu. „Ich hätte verstehen müssen, dass du … Du weißt schon. Dass es dir nicht gut geht."

„Nein, bitte. Das geht doch nicht."

Jamie griff nach ihrem Rock und stand auf. „Wir gehen." In wenigen Sekunden hatte sie sich den Rock und das Top wieder übergestreift. Auch Amber war schon dabei, sich anzuziehen. Sie waren bereit, ihren Ausflug an den Strand zu verschieben. Für sie. Weil sie sich so anstellte. Warum konnte sie nicht einfach normal sein?

„Wartet", sagte sie, „Ich will, dass ihr hierbleibt. Ihr wolltet an den Strand und ich will euch das nicht kaputtmachen. Ich werde einfach nach Hause gehen."

„Und wieder allein in deinem Zimmer sitzen?" Entschieden schüttelte Jamie den Kopf. „Das kommt gar nicht in Frage."

„Genießt einfach die Zeit hier. Wir sehen uns später."

Dakota warf den Rucksack über eine Schulter und stampfte, so schnell es ihr möglich war durch den Sand. Wie konnte man so blöd sein? Vielleicht war das hier ihre einzige Möglichkeit, sich wenigstens ein bisschen mit Amber und Jamie anzufreunden, und sie versaute es einfach. Wieder hatte die Angst die Kontrolle übernommen.

Jamie rief ihren Namen, doch Dakota kam mit ihren groben Stiefeln schneller voran. Sie sank im feinen Sand nicht so stark ein wie Jamie, die, wenn überhaupt, nur Flip-Flops trug.

Als sie die Promenade erreichte, zitterte sie am

ganzen Körper. Zwischen den vielen Menschen und Handtüchern suchte sie nach Jamie, konnte sie aber nicht entdecken. Wahrscheinlich hatte sie aufgegeben.

Es war ein Fehler gewesen, herzukommen. Sie hätte von Anfang an ehrlich sein müssen. Nachdem Jamie auch weiterhin nicht mehr auftauchte, setzte Dakota sich auf das niedrige Mäuerchen, das die Promenade vom Strand trennte. Den vielen halbnackten Menschen drehte sie den Rücken zu. Gruppen von jungen Leuten gingen fröhlich schwatzend und lachend an ihr vorbei. Händchenhaltende Pärchen, die sich glücklich anlächelten. Kinder auf Fahrrädern oder mit Eistüten in der Hand. Ob sie jemals sein würde wie sie? Das Leben könnte so schön sein, wenn sie sich nur Gedanken darüber machen müsste, wie sie den Abend verbringen wollte. Wenn die schwerste Entscheidung die wäre, was sie zum Essen bestellen oder welchen Film sie anschauen sollte.

Ein Lachen drang zu ihr herüber und sie schreckte auf. Zwischen den Menschen auf der Promenade entdeckte sie eine vertraute Gestalt. Unwillkürlich musste sie lächeln. Die dunklen Haare waren feucht. Er schlug seinem riesigen tätowierten Freund auf die Schulter und erzählte ihm offenbar einen Witz, denn er lachte laut. Der andere war ein bisschen kleiner mit zerzausten schwarzen Haaren. Selbst im Profil sah sie seinen Nasenring aufblitzen. Er war auch da gewesen, als sie auf dem Parkplatz eingeschlafen war. Und Logan war da gewesen. Damals hatte er sie einfach in die Arme genommen und weggetragen. Ein warmes Kribbeln breitete sich bei diesem Gedanken in ihrem Bauch aus.

Logan war nicht viel größer als sie selbst, doch jetzt in dem ärmellosen Shirt konnte sie seine kräftigen Arme sehen. Es war schön gewesen in diesen Armen zu liegen. Viel zu schön.

Sein Freund zeigte auf etwas. Suchend schaute Logan sich um und ihre Blicke trafen sich. Die Wärme in ihr explodierte und fuhr durch ihren ganzen Körper. Logan lächelte und kam auf sie zu. Die Alarmglocken, die normalerweise sofort läuteten, blieben still. Ruhig blieb sie sitzen.

Mit einem frechen Grinsen stand er vor ihr. „Hallo Mystery Girl."

Gegen ihren Willen musste sie lächeln. Obwohl es bedenklich war, dass er einen Spitznamen für sie hatte, musste sie sich eingestehen, dass sie es süß fand.

„Du sollst mich doch nicht so nennen."

„Ich nenne dich so, bis ich das Rätsel gelöst hab." *Das wird wohl nie passieren*, dachte sie bitter, *nicht, wenn ich es ihm nicht erzähle.*

„Da hast du dir aber viel vorgenommen."

Logan setzte sich neben sie. Er roch angenehm nach Sonne und Meer. Sie ertappte sich bei dem Wunsch, sich einfach an ihn anzulehnen, und erschrak über ihre eigenen Gedanken. So durfte sie nicht empfinden.

„Keine Angst. Ich werde dich nicht fragen. Ich will es selber rausfinden."

In seinen Augen lag eine sanfte Entschlossenheit. Dakota ahnte, dass es ihm nicht nur darum ging, irgendetwas über sie herauszufinden, um sich selbst etwas zu beweisen. Es interessierte ihn wirklich und das war fast noch schlimmer. Vielleicht war es doch keine so gute Idee, hier mit ihm zu sitzen. Egal wie gut es sich anfühlte.

„Logan, ich …"

Er griff nach ihrer Hand. „Nein. Diesmal läufst du nicht weg."

Sie versuchte, ihm ihre Hand zu entziehen, doch er hielt sie fest. „Du verstehst das nicht."

„Ich verstehe es sehr gut. Du hast gesagt, jeder hat Geheimnisse, und es stimmt. Sogar ich hab welche."

Sie konnte nicht anders, als ihm die Augen zu sehen. Grün mit braunen Sprenkeln.

„Ich will dir was zeigen", sagte er und lächelte sie warm an, „Und ich schlage dir einen Deal vor."

„Einen Deal?" Ihr wurde mulmig.

„Ja. Du verbringst den Abend mit mir und dafür vergessen wir für heute alle unsere Geheimnisse. Wir tun so, als wären sie nicht da."

Ein Abend ohne Sorgen und Ängste. Das war genau das, wonach sie sich sehnte.

„Ok."

Dakota biss in ihren Crêpe mit extra viel Schokolade. Die warmen geschmolzenen Schokostückchen zergingen auf der Zunge. Noch nie hatte sie so etwas Leckeres gegessen.

„Ich hab doch gesagt, das sind die besten Crêpes, die du in Blue Water bekommen kannst." Logan biss ein großes Stück von seinem Schokocrêpe ab.

„Die machen Percy ernsthaft Konkurrenz." Sie schlug sich die Hand vor den Mund und lachte. „Mist, sowas darf ich nicht sagen."

„Wieso nicht? Bei Mr. Percy gibt es die besten Cookies der Stadt und das hier sind eben die besten Crêpes."

Eine Weile liefen sie schweigend nebeneinander her und genossen ihre Crêpes. Traurigerweise war es das erste Mal, dass jemand sie zum Essen einlud. Und gleichzeitig war es das Schönste, was ihr je passiert war. Das erste Geschenk, dass ihr je jemand machte.

„Danke, Logan. Das ist mein erster Crêpe überhaupt."

„Tatsächlich? Dann müssen wir das wiederholen." Verlegen senkte sie den Blick. Worauf hatte sie sich da nur eingelassen? „Ich mein es ernst. Du bist zu viel allein."

Sie seufzte. „Das stimmt wohl."

„Komm." Er nahm ihr die inzwischen leere Serviette aus der Hand und warf sie in einen Mülleimer.

„Wohin?"

„Ich dachte, du wolltest dir heute keine Sorgen machen."

Bevor sie widersprechen konnte, packte er ihre Hand und schlängelte sich mit ihr zwischen den vielen Spaziergängern auf der Promenade durch. Dann über den Strand bis zu einem Arm aus großen Steinen, die weit ins Meer hineinreichten. Dakota war froh um ihre Stiefel, als Logan sie über die ineinander verkeilten Felsen führte. Ein paar Mal stolperte sie, doch Logan ließ sie keine Sekunde los. Seine Hand legte sich auf ihren Rücken und sie musste sich anstrengen, um sich von seiner Berührung nicht ablenken zu lassen.

Je weiter sie an die Spitze kamen, desto rutschiger wurden die Steine.

„Müssen wir wirklich bis ganz vor? Ich will nicht ins Wasser fallen."

„Wirst du nicht. Versprochen."

Den Blick fest auf den Boden gerichtet, setzte sie einen Fuß vor den anderen. Bis die Steine vor ihr im Meer versanken. Sie hob den Kopf und sah das dunkle, glitzernde Meer vor sich. Die Sonne stand tief und tauchte den Himmel in ein warmes Orange.

Jetzt wo sie sicher stand, entzog sie ihm ihre Hand. Sie sollten sich nicht so nah sein.

„Alles ok?", fragte er mit sanfter Stimme.

„Ja, es ist toll. Ich hätte nicht gedacht, dass das Meer so schön sein kann."

„Du warst noch nie am Meer?"

„Na ja, in New York war ich manchmal am Hafen, aber da …" Sie stockte und wich einen Schritt zurück. Wie konnte sie so unvorsichtig sein? Logan wusste nichts von ihr und das musste auch so bleiben.

„Was ist?" Besorgt sah er sie an.

„Ich muss jetzt gehen."

Logan machte einen Schritt auf sie zu. „Warum? Es ist doch nichts passiert."

„Du verstehst das nicht. Auch wenn du es glaubst."

„Aber …"

„Nein, ich weiß, was du von mir willst, aber das geht nicht." Tränen brannten in ihren Augen und sie wandte den Blick ab.

„Dakota …"

„Nein, es macht keinen Sinn. Wir können nicht zusammen sein."

Die Enttäuschung in seinen Augen war unerträglich. Ihre nächsten Worte schmerzten sie. „Wir sollten uns nicht mehr sehen."

In der zunehmenden Dämmerung stolperte sie über die Felsen. Ohne Logan an ihrer Seite fühlte sie sich schutzlos. Als sie endlich die Promenade erreicht hatte, suchte sie sich eine freie Bank. Stumme Tränen liefen ihr über die Wangen. Sie vergrub das Gesicht in den Händen, damit niemand sah, wie sie weinte. Für einen kurzen Moment hatte sie sich wie ein normaler Mensch gefühlt. Fast hatte sie sogar geglaubt, irgendwann ein normales Leben führen zu können. Vielleicht konnte sie das auch. Aber ohne Logan. Denn was er von ihr wollte, konnte sie ihm nicht geben. Nicht, ohne sich vor ihm zu entblößen.

Es war nach Mitternacht, als es an der Tür klopfte. Dakota zog sich die Decke über den Kopf. „Lass mich allein."

Die Tür schabte leise über den Teppich, als sie sich öffnete. Wenige Sekunden später sank die Matratze unter Jamies Gewicht. Es konnte nur Jamie sein, da Amber sicher nicht zu ihr ins Zimmer kommen würde.

„Es tut mir leid", murmelte Dakota unter der Decke.

Jamie zog die Decke weg. Es war dunkel im Zimmer. Nur aus dem Flur drang ein breiter Lichtstrahl durch die halb offene Tür ins Zimmer. Seufzend richtete Dakota sich auf. Es half ja nichts. Ewig konnte sie sich nicht verstecken.

„Ich hab dich heute mit dem Typ gesehen", begann Jamie.

Erstaunt schaute Dakota sie an. „Du hast uns gesehen?"

Jamie nickte. „Ja, und ich finde du sahst glücklich aus." Ihre Lippen verzogen sich zu einem kleinen Lächeln.

Ungläubig hob Dakota die Augenbrauen an. „Das denkst du?"

„Mach dir nichts vor. Du kannst glücklich sein und du musst auch nicht immer allein in deinem Zimmer sitzen."

„Vielleicht muss ich es doch."

Jamie griff nach ihrer Hand und Dakota musste all ihre Willenskraft aufbringen, um sie ihr nicht zu entziehen. „Ich weiß nicht, was dir passiert ist, und ich werde dich auch nicht fragen. Dabei bleibt es. Aber was auch immer es ist, du darfst nicht zulassen, dass es deine Zukunft bestimmt."

„Das ist nicht so einfach."

„Ich weiß, dass es nicht einfach ist. Aber loslassen ist einfacher, als daran festzuhalten."

Dakota verkniff sich die Frage, ob Jamie aus Erfahrung sprach. Was sie sagte, klang so aufrichtig. Als wüsste sie genau, wovon sie redete. Kurz fühlte sie sich versucht, sich ihr anzuvertrauen, überlegte es sich dann aber doch anders. Noch nie hatte sie mit jemandem über das geredet was Keith ihr angetan und wie Dad einfach zugesehen hatte. Wie konnte sie es dann einem Mädchen sagen, vor dem sie noch am selben Abend davongelaufen war? Das wäre lächerlich und naiv. Egal was Jamie behauptete, sie konnte nicht wissen, ob sie es wirklich ehrlich meinte.

„Danke, Jamie. Ich werde darüber nachdenken."

„Ok, aber vergiss nicht, dass du gern mal wieder Zeit mit uns verbringen kannst. Ganz unverbindlich. Ohne Fragen." Jamie ließ ihre Hand los und ging. Als sie die Tür hinter sich schloss, fühlte Dakota sich leer und einsam. Sie konnte nicht begreifen, warum Jamie so nett zu ihr war, nachdem sie sich in den letzten Wochen so danebenbenommen hatte. Es war ein Fehler gewesen, sie schon wieder wegzuschicken, aber sie konnte Jamie nicht hinterherlaufen. Sie durfte niemanden hinterherlaufen. Vielleicht schaffte sie es irgendwann, sich jemandem zu öffnen. Bis dahin würde sie einfach vorsichtig bleiben.

14. KAPITEL

Logan

„Wenn sie nicht gefunden werden will, wirst du sie nicht finden." Matt legte ihm einen Arm um die Schulter.

„Irgendwas stimmt nicht mit ihr." Zum bestimmt hundertsten Mal suchte Logan den Schulhof mit den Augen ab. Vergeblich. Seit Montagabend war Dakota spurlos verschwunden. Seit vier Tagen. „Vor irgendwas hat sie Angst."

„Und du willst wissen wovor? Ich glaube nicht, dass …"

Logan schlug Matts Arm weg. „Ich werde es rausfinden. Sie kann sich doch nicht ewig vor mir verstecken."

Es machte ihn fast verrückt, dass er nicht verstand, was am Montag am Strand passiert war. Er hatte sie nicht gezwungen, mit ihm einen Crêpe zu essen. Sie war freiwillig mitgekommen. Zum ersten Mal, seit er sie kannte, hatte sie glücklich ausgesehen. Er dachte an ihr Lachen, als sie die Crêpes mit Mr. Percys Cookies verglichen hatte. In dem Moment war er kurz davor gewesen, sie in seine Arme zu ziehen und zu küssen. Alles war perfekt gewesen. Doch dann war etwas passiert. Und er wusste nicht was. Dakota hatte etwas von New York erzählt und dann die Flucht ergriffen. Irgendetwas musste in New York passiert sein, das ihr Angst machte. Oder jemand.

„Sie hat einen Grund, warum sie sich versteckt. Kannst du das nicht einfach respektieren?"

„Nein, verdammt noch mal. Das kann ich nicht. Ich will ihr helfen."

„Das kannst du nicht, wenn sie nicht will." Eindringlich sah Matt ihn an. „Mach dich bloß nicht verrückt wegen eines Mädchens, das nicht mit dir zusammen sein will."

„Matt …" Logan schüttelte den Kopf und ließ ihn stehen. Es machte keinen Sinn, weiter mit ihm zu diskutieren. Matt verstand das nicht. Er hatte nie um etwas oder jemanden kämpfen müssen. Und er würde es auch nicht tun, sondern sich mit dem zufrieden geben, was ihm in den Schoß fiel, und das war mehr als genug. Seine Eltern waren reich. Sie zahlten die Wohnung, in der er wohnte, seit er sechzehn war. Wenn Matt Geld brauchte, zahlte sein Dad. Nicht, weil er sich um seinen Sohn sorgte, sondern um sein Gewissen zu beruhigen, weil er nie für Matt da gewesen war. Eigentlich war Matts Vater die reiche Version von Mike.

Das Schlimmste an der ganzen Sache war, dass Logan auch von diesem Geld lebte. Matts Dad finanzierte sein Leben und wusste es noch nicht mal.

Damals, als er frisch aus dem Entzug kam, war es seine einzige Möglichkeit gewesen, überhaupt ein Dach über dem Kopf zu haben, doch je mehr Zeit verging, desto mehr störte es ihn, dass er kein eigenes

Geld verdiente. Nach der Schule musste das aufhören. Sobald er studierte, würde er nebenbei arbeiten gehen.

„Hey Logan." Dean ließ sich neben ihn auf die durchgesessene Couch fallen und drückte ihm eine Cola in die Hand. Er hielt seine Bierflasche hoch. „Auf deinen erfolgreichen Entzug." Sie stießen an und nahmen beide einen großen Schluck aus ihren Flaschen.

„Eigentlich schade für dich. So ganz ohne Alkohol macht das Leben keinen Spaß."

„Das dachte ich auch immer. Bis ich gemerkt hab, wie viel es kaputt macht."

„Schon gut. Ich will dich nicht überreden." Deans verschlagenes Grinsen verhieß nichts Gutes. Er stellte ihn auf die Probe und schien nach Schwachstellen zu suchen. Doch Logan würde diese dämliche Prüfung bestehen. Dean konnte seinetwegen so viel saufen, wie er wollte. Logan würde nie wieder einen Tropfen Alkohol anrühren.

Eine Weile saßen sie schweigend da und tranken. Laute Technomusik schallte aus den großen Lautsprecherboxen und brachte den Boden unter Logans Füßen zum Vibrieren. Am anderen Ende des Raums hingen Dave und Travis in zwei gelben Sitzsäcken, beide eine Dose Bier in der Hand. Neben ihnen stand ein eng umschlungenes Pärchen in der Ecke. Der Typ strich dem Mädchen die blonden langen Locken aus dem Gesicht und Logan erkannte Mia, die beim letzten Mal auf Deans Schoß gesessen hatte. Kurz trafen sich ihre Blicke. Ihre Augen waren kalt und ausdruckslos.

Gleichgültig. Als wäre ihr alles egal und das war es vermutlich auch. Logan ertappte sich bei dem Gedanken, dass er genauso sein könnte, hätte er den Entzug nicht gemacht.

Er stieß Dean in die Seite. „Ist das nicht deine Freundin?" Dean lachte nur und Logan kam sich dämlich vor. Weder Dean noch Mia machten den Eindruck, als wären sie an einer festen Beziehung interessiert.

„Mia ist eine kleine Wildkatze. Unberechenbar. Tut mir fast leid für den armen Trottel. Sie kommt immer wieder zu mir zurück." Ein selbstgefälliges Grinsen zierte sein Gesicht, das von den zuckenden Scheinwerfern nur halb beleuchtet wurde.

„Und du nimmst sie zurück? Obwohl sie mit anderen Typen rummacht?"

„Tu nicht so, als hättest du keine Ahnung. Du bist nicht so fromm wie du dich immer gibst."

Logan schnaubte verächtlich. So war er früher gewesen. Immer auf der Suche nach dem nächsten Kick. Damals war er zu jung gewesen, um zu verstehen was es bedeutete, eine Beziehung zu führen und für jemanden da zu sein. Bei Dakota wollte er es anders machen. Wenn sie nur endlich aufhören würde, vor ihm davonzulaufen.

„Noch 'ne Cola?", fragte Dean, während er sich schon das zweite Bier aufmachte.

„Nein. Ich bleib nicht mehr lange." Eigentlich hatte er überhaupt nicht kommen wollen, aber Dean abzusagen war unmöglich. Aus irgendeinem Grund wusste er, dass Dean ihm das sehr übel nehmen würde. Für ihn war die Loyalität innerhalb der Clique wichtig und wenn Logan nicht von einem Tag auf den anderen allein dastehen wollte, musste er sich fügen. Wenigstens ein bisschen. Ob es ihm passte oder nicht.

„Überleg dir das nochmal. Wenn du jetzt abhaust, entgeht dir eine einzigartige Gelegenheit."

Deans lauernder Blick gefiel ihm gar nicht. Er würde kein Nein akzeptieren.

„Was ist das für eine Gelegenheit?"

„Eine, wie du zu Geld kommen kannst." Dean zupfte an Logans Kapuze. „Dann musst du nicht mehr diese alten Pullis tragen."

„Als ob dich meine Pullis interessieren." Logan stellte die leere Colaflasche auf den Boden.

„So macht man das unter Freunden. Komm, ich stelle dir jemanden vor."

Sein Ton ließ keinen Widerspruch zu. Während Logan ihm widerwillig folgte, wurde er das Gefühl nicht los, dass irgendwas nicht stimmte. Wie auch immer Dean ihm Geld beschaffen wollte, um einen normalen Job handelte es sich bestimmt nicht. Ihm fiel ein, was Matt gesagt hatte. Dass Dean angeblich in kriminelle Geschäfte verwickelt war und an der Schule einige Leute unter Kontrolle hatte. Vielleicht war da doch was dran. Logan hatte heute Abend nicht zum ersten Mal den Verdacht, dass Dean ihn auf die Probe stellte und versuchte herauszufinden, wie weit er gehen konnte.

Er folgte Dean in den Flur und die Treppe nach oben. Es war dunkel. Nur aus einer angelehnten Tür drang schwaches Licht nach draußen und ein Geruch, den er zu gut kannte. Jemand rauchte einen Joint. Dean stieß die Tür auf.

„Hey Dean, lässt du dich auch mal blicken."

„Ich hab jemanden mitgebracht, der Arbeit sucht."
Logan sah sich im dunklen Flur um. Er konnte einfach
gehen und nachher behaupten, ihm wäre schlecht
gewesen. Doch da drehte Dean sich schon zu ihm
um. „Los komm. So eine Gelegenheit bietet sich nicht
noch mal."

Ein leichter, süßlich riechender Nebel hing in der
Luft. Im Hintergrund wummerte hektische Musik. Nur
zwei Männer waren im Raum. Einer saß breitbeinig
auf einem Ledersofa und musterte Logan von oben
bis unten. Der andere hing in einem Sessel daneben
und rauchte.

„Du suchst also Arbeit?", fragte der Kerl auf dem
Sofa und lächelte, obwohl es eher aussah, als würde
er die Zähne fletschen. Der Drang zu flüchten, wurde
immer stärker. Das hier ging in eine Richtung, die ihm
kein bisschen gefiel. Wenn er diesen sogenannten Job
annahm, machte er sich von diesen Leuten abhängig.
Aber einen Rückzieher konnte er jetzt nicht mehr
machen. Er steckte bereits zu tief in der Scheiße.

„Logan hat keinen Cent in der Tasche."

Unschlüssig stand Logan mitten im Raum.
Niemand bot ihm einen Platz an. Auch Dean setzte
sich nicht.

„Was ist das denn für ein Job?"

„Machst du dir etwa Sorgen, dass es hier nicht mit
rechten Dingen zugeht?", spottete sein Gegenüber.
„Jason! Wo ist das Päckchen?"

„Auf dem Fensterbrett", entgegnete der ausdruckslos und zog kräftig an seinem Joint.

„Bring es mir."

Jason kicherte schrill. „Ich soll dir was bringen? Du bist doch nicht der Boss."

„Heute bin ich der Boss. Ist das klar?" Seine Stimme klang eisig. Logan verschränkte die Arme vor der Brust, damit niemand sah, wie es ihn bei seinen Worten schüttelte. Dieser Kerl kannte keine Skrupel. Und mit dem sollte er sich auf einen Deal einlassen?

Jason ließ sich von der indirekten Drohung nicht beeindrucken. Betont langsam stand er auf und zog nochmal an seinem Joint, bevor er sich auf den Weg zum Fensterbrett machte und seinem stellvertretenden Boss ein kleines, flaches Päckchen übergab. „Bitte sehr, Boss", sagte er und verbeugte sich theatralisch, wobei er gackernd lachte.

Der riss ihm das Päckchen aus der Hand und verzog das Gesicht zu einer wütenden Fratze. „Raus hier. So kann ich dich nicht gebrauchen." Immer noch mit einem blöden Grinsen auf dem schmalen Gesicht ging Jason rückwärts zur Tür. „Und nimm dein Gras mit." Sein Boss warf ihm einen Tütchen hinterher. „Raus!"

„Ja, ja, David." Plötzlich hatte Jason es ganz eilig. Er hob das Tütchen auf und verließ auf wackeligen Beinen den Raum.

„So ein Trottel", fluchte David, „Für nichts zu gebrauchen." Dann wandte er sich wieder Logan zu. „Es ist ganz einfach. Du bringst dieses Päckchen zu der Adresse, die ich dir sage. Leg es bloß vor die Tür und komm dann wieder. Kriegst du das hin?"

Logan starrte auf das Päckchen. Man bot ihm hier einen Job als Drogenkurier an. Er sollte für irgendeinen Gangster, der sich im Hintergrund hielt, die

Drecksarbeit machen. War das nicht fast schon so, als würde man zu einer Gang gehören? Trauen konnte er diesem David auf keinen Fall. Doch wenn er jetzt Nein sagte, machte er sich gefährliche Leute zu Feinden.

„Wie viel bekomm ich dafür?"

„Hundert Dollar. Mehr kann ich dir als Kurier nicht anbieten."

„Nein, schon gut. Hundert Dollar sind ok." Scheiße, was machte er hier eigentlich? Dean für die Party abzusagen wäre nur halb so schlimm gewesen. Aber andererseits konnte er mit dem Geld, das er heute Abend verdiente, endlich anfangen, Matt alles zurückzuzahlen. Es waren hundert Dollar und dafür musste er nur eine kleine Schachtel vor eine Haustür legen. So schwer konnte das nicht sein, und falls Dean ihm nochmal einen Job beschaffen wollte, würde er einfach ablehnen.

„Also gilt der Deal?"

„Er gilt."

Ein raubkatzenartiges Lächeln huschte über Davids Gesicht. Er übergab Logan das Päckchen und nannte ihm eine Adresse ganz in der Nähe.

Das Päckchen war so flach, dass Logan es in die Vordertasche seines Pullis stecken konnte. Ständig tastete er nach der Erhebung, um zu prüfen, ob es noch da war.

Die meisten Straßenlaternen waren ausgefallen und die wenigen, die noch funktionierten, flackerten oder verbreiteten nur ein dumpfes, schwaches Licht. Die Straße vor ihm war leer und dunkel. Eine unheimliche Stille lag in der Luft. Außer dem Licht hinter einigen Fenstern deutete nichts darauf hin, dass die schäbigen Blocks bewohnt waren. Und trotzdem spürte er die Blicke einer anderen Person im Nacken und es lief ihm kalt den Rücken herunter. David hatte jemanden auf ihn angesetzt, um sicher zu gehen, dass er seinen Auftrag richtig ausführte. Vielleicht war es Dean. Oder der maskierte Typ, der ihn vor seiner Wohnung bedroht hatte.

Logan beschleunigte sein Tempo. Je schneller er diesen Job hinter sich brachte, desto besser.

Das Haus, in das Logan das Päckchen bringen sollte, befand sich direkt gegenüber der alten Fabrik. Das Gelände lag dunkel und verlassen vor ihm. Wie es wohl in der Halle aussah? Das Tor stand offen. Niemand würde ihn aufhalten. Aber das Gewicht des Päckchens erinnerte ihn daran, dass er einen Auftrag zu erledigen hatte.

Die Tür des düsteren Wohnblocks war nicht abgeschlossen. Sie ließ sich einfach aufdrücken.

Auch im Treppenhaus war es dunkel, die Stufen nur als Umrisse zu erkennen. Logan umklammerte mit einer Hand das kalte Geländer, die andere lag schützend über dem Päckchen. Langsam setzte er einen Fuß vor den anderen und wäre einmal fast gestolpert. Wenigstens musste er nur in den zweiten Stock. Dort hing sogar eine schwach glimmende Glühbirne an der Decke. Unsicher stand Logan vor drei Türen. David hatte ihm nicht gesagt, vor welche er das Päckchen legen sollte. Oder doch? Sein Blick huschte über die Namensschilder, die ihm natürlich nicht weiterhalfen.

Hinter einer der Türen hörte er ein Kratzen. Logan gefror das Blut gefror ihm in den Adern. Wie angewurzelt stand er da und starrte den Türspion an. Täuschte er sich oder zwinkerte er ihm zu?

Wieder hörte er das Kratzen. Die Person zog eindeutig ihre Fingernägel über das Holz der Tür. Es klang ungeduldig. Wie jemand, der ganz dringend seinen Stoff brauchte.

War das die richtige Tür? Sollte er das Päckchen einfach dorthin legen? Davids Warnung schwirrte ihm im Kopf herum.

„Leg das Päckchen auf keinen Fall vor die falsche Tür. Wenn die Ware verloren geht, wirst du dafür bezahlen."

Dass er damit kein Geld meinte, war klar. Aber er war sich so sicher, dass David keine Türnummer genannt hatte. Verdammt! Das war eine Prüfung. Und wenn er sie nicht bestand, konnte das schlimm enden.

Er atmete tief durch und klopfte an die Tür. „Hallo?"

„Gib her und mach, dass du wegkommst", krächzte eine Stimme, von der er nicht wusste, ob sie einem Mann oder einer Frau gehörte.

„Ist das Päckchen für dich?", fragte Logan. Sein Hals fühlte sich an wie Sandpapier.

Die Tür öffnete ich einen Spalt. Eine knochige Hand kam heraus und ließ einen Hundertdollarschein auf den Boden fallen. Logan legte das Päckchen vor die Tür, nahm das Geld und polterte die Treppen hinunter. Raus aus diesem widerlichen, dreckigen Haus auf die dunkle Straße.

Langsam beruhigte sich sein Herzschlag und sein Atem. Wieder fiel sein Blick auf die Fabrik. Die Anlage lag ruhig und verlassen da. Nichts regte sich. Er überquerte die Straße und legte die Hand an den Griff des Tors. Es war bereits halb offen. Sollte er das wirklich tun? David hatte gesagt, er sollte nur das Päckchen abgeben und sofort wieder zurückkommen.

Logan schaute sich nach seinem Verfolger um, konnte aber niemanden entdecken. Was natürlich nicht hieß, dass niemand da war.

Er ließ das Tor los und trat einen Schritt zurück. David wollte bestimmt nicht, dass er hier herumschnüffelte. Er war sowieso schon viel zu lange weg.

„Wo ist das restliche Geld?" David baute sich vor ihm auf. Er überragte ihn um einen Kopf.

„Welches Geld? Du hast gesagt, für den Auftrag bekomme ich hundert Dollar."

„Du Idiot!", schrie David und packte Logan am Kragen. „Der Bote bekommt hundert Dollar. Für den Boss gibt es das Fünffache."

„Davon hast du nichts gesagt." Logan riss sich los und wich vor David zurück, doch der griff wieder nach ihm. Diesmal härter. Dean stand daneben und beobachtete das Schauspiel mit einem selbstzufriedenen Grinsen. Als wäre genau das sein Ziel gewesen. Vermutlich war es auch so.

„Das hättest du wissen müssen."

„Woher denn, verdammte Scheiße! Was soll das?"

„Das wirst du früh genug erfahren." Abrupt lockerte David den Griff und Logan war so überrascht, dass er rückwärts stolperte. David packte ihn an den Schultern. Seine Gesicht war nur wenige Zentimeter von Logans entfernt.

„Mein Boss will bis spätestens morgen Mittag um zwölf seinen Anteil. Bis dahin wirst du die Schulden eintreiben."

„Wo soll ich denn so viel Geld herbekommen?", fragte Logan und wusste im nächsten Moment, dass es falsch gewesen war, diese Frage zu stellen. David schlug ihm hart ins Gesicht. Logan keuchte erschrocken auf. Davids vor Wut verzerrte Fratze verwandelte sich vor seinen Augen in Mike, der ihm mit seinem Schnapsatem ins Gesicht lachte.

„Das ist mir scheißegal. Vielleicht hilft dir Dean, wenn du brav bist."

Kurz schaute Logan zu Dean, der ihn nur mit einem überheblichen Blick bedachte.

„Und jetzt raus hier!", brüllte David.

Eilig verließ Logan den Raum und das Gebäude. Die Blicke der anderen ignorierte er. Erst als er draußen war, merkte er, dass seine Lippe blutete. Er wischte sich das Blut ab und lehnte sich an den Zaun. Irgendwas musste er sich einfallen lassen.

15. KAPITEL

Logan

Ziellos lief Logan durch die Straßen des Viertels. Er wusste, dass ihn jemand beobachtete, und obwohl er gerne nach Hause gegangen wäre, traute er sich nicht, das Viertel zu verlassen. David erwartete, dass er die Schulden eintrieb, und zwar so schnell wie möglich. Fünfhundert Dollar! Bis morgen Mittag! Was, wenn dieser bekiffte Kerl das Geld gar nicht hatte? Oder es ihm nicht geben wollte?

In was für eine Scheiße war er da nur hineingeraten? In New Town hatte er sich von Leuten ferngehalten, die mit irgendwelchen Gangs in Verbindung gebracht wurden. Von Freunden wusste er, dass solche Leute keine Gnade kannten und nicht zögerten, Gewalt anzuwenden. Was Julian vor zwei Jahren passiert war, war das beste Beispiel dafür. Und jetzt machte er den gleichen Fehler.

Logan schlug mit der Faust gegen eine Hauswand. Putz fiel auf den Gehweg. Matt hatte recht gehabt, aber er war taub für seine Warnungen gewesen. Seine Gesellschaft hatte ihm nicht gereicht, obwohl er ihm ein Dach über dem Kopf verdankte. Stattdessen hatte er sich in diese Freundschaft mit Dean verrannt, die gar keine war. Er nutzte ihn nur aus. Dean war kriminell, und daran, dass er derselben Gang angehörte wie Julian damals, bestand kaum noch ein Zweifel. Es würde nicht lange dauern, bis jeder in diesem verdammten Viertel wusste, dass Logan für die Blue Killers den Kurier spielte. Denn zu glauben, dass es bei diesem einen Auftrag bleiben würde, wäre dumm. Das hatte er jetzt davon – er steckte bis zum Hals in der Scheiße.

„Hey, was machst du hier?" Dean packte ihn hart an der Schulter und riss ihn herum. „Wenn du dich im Gebiet der Street Fighters rumtreibst, kann dir niemand mehr helfen."

„Erzähl du mir nichts von helfen", knurrte Logan. „Du hast mich hier mit reingezogen." Er ballte die Hände zu Fäusten. „Du hast es von Anfang an geplant, stimmt's? Eure dämliche Gang hat einfach nur einen blöden Botenjungen gebraucht und ich war grade gut genug."

Deans Finger bohrten sich eisern in Logans Schultern. Seine Augen sprühten wütende Funken. „Wag es nicht, meine Leute als dämlich zu bezeichnen. Dem Boss würde das sicher nicht gefallen."

„Was interessiert mich das? Ich will damit nichts zu tun haben." *Klar Logan, als ob es dafür nicht schon zu spät wäre.*

„Dafür ist es längst zu spät", sagte Dean als hätte er seine Gedanken gelesen, „David kennt dich, Jason kennt dich. Ich kenne dich. Glaub nicht, dass du uns verarschen kannst."

Logan wand sich unter Deans festem Griff, der sich nicht lockerte.

„Ich zeig dir jetzt, wie man Schulden von sturen Kunden eintreibt, und beim nächsten Mal machst du deine Arbeit gleicht richtig. Nochmal lässt David dir so was nicht durchgehen."

„Niemand hat mir ein Wort davon gesagt", versuchte Logan sich rauszureden, doch er wusste, dass alles was er sagte, zwecklos war.

„Dann lass uns verschwinden, bevor einer dieser Scheißkerle uns hier erwischt. So eine Begegnung ist nichts für schwache Nerven." Höhnisch grinsend legte Dean Logan einen Arm um die Schulter und zog ihn mit sich. Logan brauchte nicht zu fragen, was Dean meinte. Kämpfe zwischen rivalisierenden Gangs hatte es auch in New Town gegeben.

Logan straffte die Schultern und hoffte, Dean würde ihm seine Aufregung nicht anmerken. Es hatte angefangen zu nieseln und er zog sich die Kapuze tief ins Gesicht. Er schielte zu Dean, der ein blaues Stoffband ums Handgelenk trug. In der Tasche seines Kapuzenpullis verbarg sich eine Pistole, auf die Logan vorhin kurz einen Blick geworfen hatte. Ob Dean sie tatsächlich benutzen würde?

Fast geräuschlos schlichen sie die Treppen hoch in den zweiten Stock. Breitbeinig stellte Dean sich vor die Tür mit dem Spion und hämmerte mit der Faust dagegen.

„Mach auf, du Miststück! Verstecken bringt dir nichts. Ich komm da rein. Darauf kannst du dich verlassen!"

„Verschwinde", zischte die Stimme, „Dein Bote hat mir keinen Preis genannt. Jetzt ist es zu spät."

Dean warf sich mit seinem gesamten Gewicht gegen die Tür, die bedenklich knarzte. „Du hast jetzt noch eine Chance, mich freiwillig reinzulassen, sonst trete ich die Tür ein, und dann wird es ab sofort zugig in deinem Drecksloch." Dean lachte und es klang amüsiert. Schadenfroh.

Hinter der Tür war es plötzliche totenstill. Ein paar Augenblicke warteten sie. Logan hielt den Atem an und lauschte. Leise Geräusche drangen aus der Wohnung. Er wüsste gern, ob Dean wirklich die Tür eintreten würde, aber er fragte nicht nach. Es war besser, Dean nicht noch mehr zu reizen. Mit einer Hand umklammerte er die Pistole, die andere hatte er zu Faust geballt. In Kampfeshaltung stand er im Flur, bereit, sofort anzugreifen.

„Ok, du wolltest es so." Dean entsicherte seine Waffe und richtete sie auf die Türklinke. Gebannt starrte Logan ihn an. „Eins …"

Schritte trappelten durch den Flur.

„Zwei … stell meine Geduld bloß nicht auf die Probe. Ich warte nicht mehr."

Es klapperte, als die Türkette ausgehängt wurde. Langsam öffnete sich die Tür einen Spalt. Wie vorhin wurde nur eine lange knochige Hand herausgestreckt. Ein Geldschein befand sich darin. Ungeduldig riss Dean ihm – oder ihr – das Geld aus der Hand. Wütend schrie er auf. „Hundert Dollar! Willst du mich ver- arschen?"

„Mehr gibt es nicht", flüsterte die heisere Stimme.

„Was heißt das, mehr gibt es nicht? Willst du nicht oder hast du nichts?"

„Verschwinde."

„Du dreckige kleine Kröte!" Mit einem Schrei stieß Dean die Tür auf. Dahinter war es dunkel. Nur in einem drachenförmigen Kerzenhalter im Flur brannte schwach eine Stummelkerze, die jeden Moment ausgehen müsste. Als Logan die Wohnung betrat, wehte ihm ein beißender Gestank entgegen. Hinter einer Tür kratzte und miaute es. Eine großgewachsene, dürre Gestalt stand im Flur. Die hellen Augen stachen deutlich aus dem mageren Gesicht hervor. Logan schluckte hart. Dieser Mensch sah aus, als wäre er längst tot. Nicht mal Mike war so verwahrlost gewesen.

Ungerührt und ohne zu zögern, setzte Dean der Gestalt die Pistole auf die Brust. „Du wagst es, meinen Bruder zu bescheißen, und jetzt willst du immer noch nicht mit dem Geld rausrücken?"

„Mehr habe ich nicht. Nehmt mir nicht alles weg", jammerte die Gestalt.

„Du hast deinen Stoff bekommen, verdammt", knurrte Dean, „Den darfst du behalten. Aber du weißt, wie es läuft. Wenn du nicht zahlen willst, bist du so gut wie tot. Also überleg es dir nochmal."

Fünfhundert Dollar. Logan fühlte sich zunehmend unwohl. Er wollte gar nicht daran denken, was passierte, wenn sie das Geld hier nicht fanden. Aber egal wie sehr er diesen Job verabscheute, er musste mitspielen.

„Lass uns die Wohnung durchsuchen", rief er und war erstaunt, wie autoritär seine Stimme klang. „Irgendwo werden wir schon Geld finden."

Die Augen fixierten Logan prüfend. Wahrscheinlich versuchte der Kerl herauszufinden, ob er von Logan Gnade erwarten konnte. Wenn es nach ihm gegangen wäre, hätte er den armen Kerl einfach in Ruhe gelassen, aber ihm saß eine gefährlich Gang im Nacken. Er konnte keine eigenen Entscheidungen treffen.

„Also gut", stimmte Dean zu. „Du bekommst noch eine letzte Chance. Aber beim nächsten Mal gibst du uns das Geld gleich. Und zwar alles. Sonst …" Dean setzte dem Kerl die Pistole an die Stirn und ließ sie bis zu seinen Lippen gleiten. Mit einem bösen Grinsen wandte er sich Logan zu. „Na dann, fang an."

Kurz zögerte Logan. Sollte er etwa allein die ganze Wohnung durchsuchen?"

„Was glotzt du so blöd? Fang an zu suchen. Es war doch deine Idee."

Logan nickte nur und fing an, die beiden klapprigen Schränke im Flur zu durchsuchen. Er öffnete alle Türen und Schubladen und versuchte, das Kratzen und Fauchen hinter der geschlossenen Badezimmertür zu ignorieren. Die ganze Zeit spürte er Deans kalten Blick im Nacken. Mit jeder Schublade, die er öffnete, wurde er nervöser. Hier war kein Geld.

„Scheiße, hier ist nichts!", rief er und hätte sich am liebsten sofort auf die Zunge gebissen. Konnte er nicht einmal nachdenken?

„Der Kerl hat also nichts? Das ist schlecht. Dann verlieren wir einen Kunden."

Ein ängstlicher Schrei hallte durch die Wohnung, gefolgt von einem Wimmern.

Mit zitternden Händen wühlte Logan in den Ritzen des verdreckten Sofas und versuchte, das klebrige Gefühl an seinen Händen zu ignorieren. Als er sie wieder rauszog, hatte er nichts als Krümel an den Händen. Angewidert wischte er sich die Hände an der

Hose ab. Schweiß lief ihm übers Gesicht. Er musste verhindern, dass Dean diesen Mann kaltblütig erschoss. Hier musste doch irgendwo Geld sein. Aber selbst wenn. Er konnte sich nicht vorstellen, dass jemand, der in so einer armseligen Bude lebte, fünfhundert Dollar zu Hause hatte.

Gehetzt sah er sich in dem düsteren Wohnzimmer um. Überall lagen Müll und alte Klamotten herum. Nie hätte er gedacht, dass es irgendwo schlimmer sein konnte als bei Mike zu Hause. Wieder hörte er einen Schrei. Da fiel sein Blick auf eine Metalldose, die auf dem Fensterbrett stand.

„Warte, Dean. Ich glaub, ich hab was gefunden!" Keine Antwort. Auch von dem anderen war nichts mehr zu hören. Doch Logan verließ sich darauf, dass er noch lebte, solange kein Schuss gefallen war. Er eilte zum Fensterbrett und schraubte die Dose auf. Fast hätte er gelacht vor Erleichterung. Die Dose war voll mit zusammengefalteten Scheinen. Er leerte sich den Inhalt aufs Fensterbrett. Und seine Freude verflog. Zweihundert Dollar und ein paar Münzen. Zweihundertneun Dollar. Vielleicht hatte er sich in seiner Eile verzählt, doch auch beim zweiten Mal war es nicht mehr. Zweihundertneun Dollar. Auch wenn Logan sich fragte, woher der Kerl so viel Geld hatte, war das natürlich zu wenig. Er machte sich keine Illusionen, dass Dean die fehlenden zweihundert Dollar unter den Teppich kehren würde. Und David oder dessen Boss schon gleich gar nicht. Schließlich war das viel Geld.

„Hey!", brüllte Dean, „Wo bleibt das Geld? Langsam ist meine Geduld echt am Ende!"

Logan hatte das Wohnzimmer noch nicht verlassen, als ein Schuss die Stille zerriss. Der Kunde kreischte.

„Nein!", schrie Logan, „Ich hab doch das Geld!" Er stürmte in den Flur. Dort kauerte der Junkie mit weit aufgerissenen Augen in der Ecke und hatte die Beine an die Brust gezogen. Über seinem Kopf war ein Loch in der Wand. Putz rieselte auf seine knochigen Schultern.

Dean stürzte auf Logan zu und riss ihm die Scheine aus der Hand. Die Münzen fielen auf den Boden. „Es sind Zweihundert Dollar. Mehr hab ich nicht gefunden."

Mit hasserfüllter Miene starrte Dean erst Logan, dann den in der Ecke kauernden Mann an.

„Bitte, das ist alles, was ich hab", jammerte der.

„Das reicht aber nicht", entgegnete Dean kalt.

„Bitte. Bitte." Der Mann schlug sich die Hände vors Gesicht. Obwohl er sich durch die Sucht sein Leben selbst zerstört hatte, tat er Logan leid. Er konnte nicht wissen, welche Umstände den Kerl dazu gebracht hatten, Kokain zu nehmen. Logan selbst hätte fast genauso geendet.

„Wir nehmen alles, was du hast", sagte er, „Zweihundert Dollar fehlen. Dafür erhöhen wir den Grammpreis für die nächste Lieferung."

Der Mann nickte. Immer wieder. Dann stand er auf und griff mit seinen skelettartigen Fingern nach Logans Händen. „Vielen Dank. Danke. Ich danke dir, junger Mann."

„Schon gut." Schnell entzog Logan sich seinen kalten Händen. „Aber das ist eine Ausnahme. Beim nächsten Mal gibt es keine zweite Chance."

Er verbeugte sich albern. „Es kommt nicht mehr vor. Ich verspreche es."

„Das kann ich nur für dich hoffen", knurrte Dean und zog ihm die Pistole über den Kopf. Dann packte er Logan grob am Arm und marschierte mit ihm in den Hausflur. Ohne die Wohnungstür zu schließen, liefen sie die Treppe hinunter und verließen das Haus.

Logan spannte die Schultern an und versuchte das Zittern unter Kontrolle zu bringen. Er war aus New Town weggegangen, um die Kriminalität und das Elend hinter sich zu lassen, und jetzt hatte er einem armen Schwein Drogen verkauft und ihn dann auch noch abgezockt.

„Gut gemacht", lobte Dean. „Fürs erste Mal." Sein Gesicht blieb ausdruckslos und angespannt. Ganz zufrieden schien Dean nicht zu sein. „Aber eine Sache: Was ist mit den zweihundert Dollar? David wird merken, dass sie fehlen. Ist dir das noch nicht eingefallen, du Idiot?" Mit geballten Fäusten stand er vor Logan. „Du wirst es ihm erklären müssen. Also lass dir was einfallen."

„Woher soll ich zweihundert Dollar nehmen?"

Dean Gesicht verfinsterte sich. „Das ist dein Problem. Treib das Geld bis morgen auf. Egal wie."

Mit fest zusammengepressten Lippen starrte Logan ihn an. Am liebsten hätte er Dean am Kragen gepackt und ihn gefragt, was das Ganze hier sollte. Warum er ihn in diesen Mist mit reingezogen hatte.

Ohne Vorwarnung gab Dean ihm einen heftigen Stoß. Logan stolperte und fiel auf die nasse Straße. „Was soll das?" Er stand auf und wischte sich über die feuchte Hose.

„Machst du dir vor Angst schon in die Hose?", lachte Dean.

„Halt dein Maul", knurrte Logan, „Ich krieg das schon hin. Ganz ohne dich." Er musste sich zusammenreißen, um Dean nicht mit einem Faustschlag das arrogante Grinsen aus dem Gesicht zu wischen. Bevor er die Beherrschung verlor, sollte er besser nach Hause gehen. „Du wirst schon sehen. Ihr kriegt mich nicht klein" sagte er und drehte sich um.

„Du wärst ein guter Mann für uns", rief Dean ihm hinterher, doch Logan ignorierte ihn. Nie im Leben würde er sich dieser Gang anschließen. Der Gang, die auch Julians Leben fast zerstört hatte.

Müde fuhr er sich übers Gesicht. Eigentlich war er nicht besser als Julian. Nur, dass der sich diesen Typen freiwillig angeschlossen hatte, um ein Dach über dem Kopf und Freunde zu haben. Typisch Julian. Immer nur auf seinen eigenen Vorteil bedacht. So wollte Logan nicht werden. Er musste nur irgendwie das Geld beschaffen und sich ab sofort von Dean, Travis und den anderen fernhalten. Die hundert Dollar, die er heute verdient hatte, waren damit wohl weg. Musste er nur noch irgendwo hundert Dollar auftreiben.

16. KAPITEL

Dakota

Er war nicht da. Die ganze letzte Woche hatte er vor dem Schulgebäude gestanden und auf sie gewartet. Und die ganze Woche war sie ihm aus dem Weg gegangen. Sie konnte sich einfach nicht überwinden, auf ihn zuzugehen, nachdem sie ihm am Strand beinahe von New York erzählt hätte. Logan würde sie nicht bedrängen. Das wusste sie. Aber die lächerliche Angst, er würde es doch tun, saß ihr ständig im Nacken. Dass er nach einer Woche vergeblichem Warten aufgegeben hatte, konnte sie ihm nicht mal verübeln. Vier Tage Ignoranz waren zu viel. Trotzdem versetzte es ihr einen Stich, dass sie ihn nicht mal mehr aus der Ferne beobachten konnte.

Seufzend kehrte sie dem Schulgebäude den Rücken zu und zählte die Minuten, bis es zum Unterrichtsbeginn klingelte. Wahrscheinlich war es besser so. Sie konnte nicht offen zu ihm sein. Warum sollte sie ihm dann noch Hoffnungen machen?

Die Mittagspause verbrachte sie auf der Kellertreppe. Hier kam nie jemand vorbei. Dakota packte ihr Sandwich aus. Kaltes Hühnchen. Seufzend biss sie hinein. Es war zäh und schmeckte fad. Was erwartete sie auch von einem fertig verpackten Sandwich aus dem Supermarkt? Manchmal wünschte sie sich, sie könnte in die Mensa gehen und dort wenigstens etwas Warmes essen. Doch der Gedanke, dass jeder sah, wie sie allein an einem Tisch saß und alle sie angafften, verursachte ihr Bauchschmerzen. Hastig würgte sie den Rest des ekligen Sandwichs herunter.

War sie wirklich dazu verdammt, für immer allein zu bleiben? Wollte sie Keith, diesem Arschloch, zugestehen, dass er ihr Leben zerstört hatte? Sein dreckiges Grinsen, als er mit runtergelassener Hose vor ihr gestanden hatte, verfolgte sie. Jamie hatte gesagt, sie sollte die Vergangenheit hinter sich lassen, aber wie sollte sie das tun, wenn die Vergangenheit sie bis in die Gegenwart verfolgte? Sie war ein Teil von ihr, den sie nicht abschütteln konnte. Und sie würde Teil jeder Beziehung sein, die sie je führen würde.

Dakota versteifte sich, als sie Schritte im Flur hörte. Angestrengt lauschte sie. Es war nur eine Person. Sie zog sich am Geländer hoch und ging ein paar Stufen weiter nach unten. Von dort aus hatte sie den Flur gut im Blick. Erst starrte sie nur auf die Schuhe. Abgetragene schwarze Adidas, die ihr sehr bekannt vorkamen. Ihr Herzschlag beschleunigte sich. Obwohl wahrscheinlich eine Million andere Menschen die gleichen Schuhe besaßen, wusste sie, dass er es war. Aber was wollte er hier? Suchte er sie? Sie fühlte sich in die Ecke gedrängt. Genau wie damals.

Mit gesenktem Blick stand sie auf der Treppe und hoffte, dass er einfach vorbeigehen würde, ohne sie zu entdecken. Doch den Gefallen tat er ihr nicht.

„Dakota." Die Schuhe blieben wenige Meter vom Treppenabsatz entfernt stehen. Nun traute sie sich doch, ihn anzusehen, und erschrak. Unter dem linken Auge prangte ein riesiger violetter Bluterguss. Ihr Herz zog sich schmerzhaft zusammen. Jemand hatte ihm wehgetan.

Sie ließ alle Bedenken fallen und eilte zu ihm. Er stand so dicht vor ihr, dass sie ihn beinahe berührte. Sie hätte nur einen kleinen Schritt nach vorne machen müssen.

Entsetzt betrachtete sie sein Gesicht. „Wer war das?" „Niemand", antwortete er nach kurzem Zögern.

„Lüg nicht. War es dieser tätowierte Kerl, mit dem du immer abhängst?"

Er wich zurück. „Ich lüg dich nicht an. Ich erzähl dir nur nicht alles." Sein prüfender Blick lag auf ihr und plötzlich kam sie sich lächerlich vor. Wie konnte sie erwarten, dass er ihr bereitwillig erzählte, wer ihn so zugerichtet hatte, wenn sie ihm auch nicht sagen konnte, was sie so sehr quälte?

„Es ist nichts. Nur eine kleine Meinungsverschiedenheit."

„Und da habt ihr euch gleich geprügelt?"

„So was kommt vor unter Männern." Er grinste. „Man muss sich eben beweisen." Sein Lächeln war ansteckend. Ihre Unsicherheit verschwand völlig. Mit den Fingerspitzen fuhr sie ihm über die verletzte Wange. Er ließ es zu, ohne mit der Wimper zu zucken.

„Tut es nicht weh?", fragte sie.

„Wolltest du mich testen? Ob ich anfange, zu weinen, wenn du in meinen Wunden bohrst?"

Sie konnte gar nicht mehr aufhören zu lächeln. Es fühlte sich schön an, hier mit ihm zu stehen. Und diesmal würde sie es nicht versauen.

„Tut mir leid wegen Montag.“

„Nein, nein, es ist nicht deine Schuld“, sagte sie schnell. Jetzt war nicht der richtige Moment, um darüber zu reden. „Lass uns einfach …“ Bevor sie den Satz beenden konnte, legte er seine Lippen auf ihre. Erschrocken schnappte sie nach Luft, bevor sie seinen Kuss erwiderte. Sie vergaß, was sie hatte sagen wollen. Es war nicht wichtig, solange sie hier mit Logan war. Er nahm sie in die Arme und zog sie weg vom Treppenabsatz. Ihre Hände umklammerten seine Schultern. Diesmal wollte sie ihn nicht loslassen.

„Das wollte ich schon so lange tun“, flüsterte er an ihren Lippen, dann presste sie ihren Mund wieder auf seinen, verschmolz mit ihm. Logan schob sie ein Stück von sich weg, damit er ihr in die Augen sehen konnte. Dakota versuchte, zu begreifen, was hier gerade passierte. Logan hatte sie geküsst. Und sie ihn.

Es war wunderschön gewesen – aber sie hatte eine Grenze überschritten. Es war ein Fehler gewesen. Nie im Leben hatte sie ihm oder irgendwem so nah kommen wollen. Sie wand sich aus seiner Umarmung.

„Dakota, was …? Hab ich was falsch gemacht?“

„Es hat nichts mit dir zu tun. Ich kann nicht …“ Tränen stiegen ihr in die Augen und sie drehte ihm den Rücken zu. Sie hätte wissen müssen, dass sie noch nicht bereit war, sich ihren Gefühlen zu stellen. Und sie hatte gewusst, was Logan wollte. Niemals würde er sich damit zufrieden geben, sie gelegentlich heimlich auf dem Schulflur zu küssen. Er wollte mehr. Mehr als sie geben konnte.

„Dakota.“ Logan legte ihr eine Hand auf die Schulter. „Lauf nicht mehr weg.“

„Es tut mir leid. Ich kann das nicht." Ihre Stimme zitterte. „Bitte lass mich einfach in Ruhe." Sie schlug seine Hand weg, ohne ihn anzusehen. Mit hängendem Kopf stapfte sie durch den Flur, der sich langsam füllte. Als es zum Ende der Pause klingelte, verließ sie das Schulgebäude. Dass ihr Rucksack noch im Klassenzimmer lag, war ihr gleichgültig. Alles, was sie wollte, war, den Ort, an dem Logan sie geküsst hatte, so schnell wie möglich hinter sich zu lassen.

Vergeblich versuchte Dakota, sich mit einem Aufsatz für Englisch abzulenken. Doch jetzt starrte sie schon seit über einer halben Stunde auf ihren leeren Block. Der Stift lag unberührt neben ihr. Ihr Kopf war wie leergefegt, und sobald sie versuchte zu denken, sah sie Logans zerschundenes Gesicht vor sich. Wut stieg in ihr auf. Sie glaubte ihm kein Wort. Warum sollte ihm dieser Kerl wegen einer kleinen Meinungsverschiedenheit gleich ein Veilchen und eine blutige Lippe verpassen? Dahinter musste mehr stecken.

Sie traute seinen seltsamen Freunden nicht. Besonders nicht diesem Dean. Wenn sie Logan mit ihm sah, stieg dieses Gefühl einer nahenden Bedrohung in ihr auf, als würde ein Stein in ihrem Magen liegen. Es war fast wie damals mit Keith. Wenn sie gespürt hatte, dass er in der Nähe war.

Sie fröstelte. Wahrscheinlich wurde sie einfach langsam paranoid, weil sie ständig allein mit ihren Gedanken war. Niemals würde Logan sich mit Typen wie Keith abgeben. Sein Kumpel mochte unheimlich sein, aber bestimmt keine Verbrecher. Vielleicht war auch garnicht er für Logans blaues Auge verantwortlich. Er konnte auch einfach auf der Straße durch einen unglücklichen Zufall in eine Schlägerei verwickelt worden sein. Oder es war ein Haushaltsunfall gewesen und Logan war es peinlich, ihr davon zu erzählen. Typisch Mann eben.

Am besten schrieb sie jetzt einfach ihren Aufsatz und hörte auf, sich verrückt zu machen. Schließlich ging es sie nichts an, was mit Logan passiert war, nachdem sie ihn zum wiederholten Mal hatte stehen lassen.

Entschlossen griff sie nach dem Stift und schrieb das Datum oben auf das Blatt. Dann begann sie zu schreiben. Das erste Blatt füllte sich, dann das zweite. Zum dritten Mal blätterte sie um. Sie wunderte sich selbst, warum es ihr plötzlich so leicht fiel, den Aufsatz zu schreiben.

Als sie fast fünf Seiten beschrieben hatte und ihr vom Halten des Kugelschreibers die Finger wehtaten, blätterte sie zurück, und begann den Aufsatz zu lesen.

„Verdammt", stöhnte sie auf. Das konnte sie auf keinen Fall in der Schule abgeben. Ihr Aufsatz war eine Geschichte über Logan, der von einem stark tätowierten Muskelprotz verprügelt wurde und sich daraufhin im Keller der Schule versteckte. Dort traf er auf ein geheimnisvolles Mädchen, dem er sich anvertrauen wollte. Doch sie ließ ihn einfach stehen. Am Ende verschwand Logan aus der Stadt und das Mädchen bereute, dass sie ihn hatte gehen lassen.

Ihre Wangen brannten beim Lesen. Von wegen Ablenkung. Nicht mal bei den Hausaufgaben konnte sie aufhören, an ihn zu denken. Ein lächerlicher

Gedanke setzte sich in ihrem Kopf fest. Was, wenn er wirklich nichts mehr von ihr wissen wollte? Wundern würde es sie nicht. Wie oft konnte man einen Menschen versetzen, ohne ihn zu vergraulen?

Dakota riss alle fünf Blätter aus dem Block, knüllte sie zusammen und warf den Papierball in den Mülleimer unter dem Schreibtisch. Sie stand auf, verließ ihr Zimmer und marschierte durch den Flur. Jamie und Amber waren nicht zu Hause. Niemand konnte sie aufhalten. Kurz kam ihr der Gedanke, dass es Wahnsinn war, was sie vorhatte, doch das war ihr egal. Sie durfte Logan nicht fallen lassen. Sie musste zu ihm. Jetzt sofort.

Eine Horde Schüler kam ihr entgegen, als sie das Schulgelände betrat. Sie zwängte sich an den Gruppen vorbei und hielt nach Logan Ausschau. Statt ihm kam ihr ein großer dünner Typ mit abstehenden dunklen Haaren entgegen. Am ersten Schultag war er mit Logan in der Mensa gewesen. Und auch danach noch ein paar Mal.

Kurz entschlossen sprach sie ihn an. „Hey, hallo."

Er blieb stehen und Erkennen leuchtete in seinen Augen auf. „Dich kenn ich doch. Du hast dem armen Logan den Kopf verdreht."

Verlegen senkte sie den Blick. So war es wohl. „Weißt du, wo er ist?"

Seufzend fuhr er sich durch die unordentlichen Haare. „Er hängt bestimmt schon wieder mit Dean und seinen komischen Kumpels ab." Sein angewiderter Blick verriet, was er von diesem Dean hielt. Wenigstens einer, der ihre Meinung teilte.

„Du magst ihn nicht", stellte sie fest.

„Das ist noch untertrieben. Ich trau dem Kerl keinen Meter über den Weg. Die halbe Schule hat Angst vor ihm. Ich wette, er ist für Logans blaues Auge verantwortlich. Auch wenn er´s nicht selbst war."

Fragen sah Dakota ihn an. „Was meinst du damit?"

Er winkte ab. „Ach, vergiss es. Will doch sowieso niemand hören." Ein ungutes Gefühl stieg in ihr auf. Dieser Dean wurde ihr immer unheimlicher. Umso wichtiger war es, dass sie Logan erwischte, bevor er sich zu seiner Clique gesellte. „Falls du ihn suchst, er ist bestimmt wieder hinten beim Sportplatz."

„Danke", rief sie ihm noch zu, während sie schon in Richtung Sportplatz lief. Als die Basketballkörbe vor ihr auftauchten, wurde sie langsamer. Die kleine Gruppe saß laut grölend am Rand des Platzes. Plötzlich kam ihr die Idee, Logan einfach in der Schule abzufangen, gar nicht mehr so toll vor. Sie würden lachen, wenn sie nach Logan fragte. Blöde Sprüche ablassen. Wie Keith …

Ihr Magen drehte sich um bei der Vorstellung. Sie schaffte das nicht. Wie hatte sie auch nur einen Moment glauben können, dass sie einfach auf Logan zumarschieren und ihn um ein Gespräch bitten konnte? In ihrer Vorstellung war er allein gewesen. Doch es war lächerlich zu glauben, dass er wegen einer Schlägerei plötzlich nichts mehr mit seinen Freunden zu tun haben wollte.

„Hey Süße!" Sie fuhr zusammen und riss erschrocken die Augen auf.

„Suchst du Logan? Der ist nicht hier."

Ein Typ mit kinnlangen, schief geschnittenen schwarzen Haaren stand auf. An dem Nasenring erkannte sie, dass es der war, der sie damals auf dem Parkplatz gefunden hatte. Travis, wenn sie sich nicht täuschte. Sie entspannte sich ein wenig. Er war einigermaßen nett gewesen. Trotzdem würde sie ihm im Dunkeln nicht gern über den Weg laufen.

Wenige Schritte von ihr entfernt blieb er stehen. „Logan ist nach Hause gegangen. Der war beleidigt."

„Und wo wohnt er?"

Travis lachte. „Woher soll ich das denn wissen?" Er drehte seinen Nasenring zwischen Daumen und Zeigefinger und streckte den anderen Arm aus. „Er geht immer in die Richtung. Beeil dich. Vielleicht erwischt du ihn noch." Mit einem spöttischen Grinsen musterte er sie.

„Was ist?"

Das Grinsen wurde breiter. „Ach, ich dachte mir nur, endlich besorgt es Logan mal jemand. Der Arme ist immer so angespannt. Vielleicht muss er mal Dampf ablassen." Travis Freunde brachen in schallendes Gelächter aus. Vor Empörung brachte Dakota kein Wort heraus. Sie drehte sich um und stapfte davon. Pfiffe und johlendes Gelächter folgten ihr, doch sie ignorierte das blöde Getue und stolzierte mit hocherhobenem Kopf über den Schulhof. Erst als sie auch den Parkplatz hinter sich gelassen hatte, sank sie auf eine leere Bank und wurde auf einmal von ihren Gefühlen überwältigt. Heiße Tränen liefen ihr über die Wangen. Menschen liefen an ihr vorbei. Niemand achtete auf sie.

Mit einem Mal wurde sie wütend. Dakota ballte die Hände zu Fäusten. Warum ließ sie sich von diesen Idioten so fertigmachen? Sie waren nicht wie Keith. Sie machten sich nur einen Spaß daraus, ihr hinterher zu pfeifen. Sie meinten es gar nicht ernst.

Entschlossen wischte sie sich die Tränen weg und stand auf. Wenn sie Logan noch erwischen wollte, konnte sie nicht hier sitzen und Trübsal blasen.

Die Straße war voller Menschen, doch Logan sah sie nirgends. Sie wusste nicht mal, ob sie in die richtige Richtung lief. Eigentlich war es sinnlos, überhaupt nach ihm zu suchen; die Stadt war groß, sie kannte sich nicht aus. Wenn sie wenigstens seine Nummer hätte, wäre es um einiges einfacher, ihn zu finden. Aber sollte sie sich eigentlich nicht von Logan fernhalten? Es tat ihr nicht gut, mit ihm zusammen zu sein. Nein, das stimmte nicht. Noch nie in ihrem Leben hatte sie sich besser gefühlt als in seiner Gegenwart. Dakota dachte an den Kuss, an seine starken Arme, seine Wärme. Am liebsten wäre sie jetzt wieder dort. Bei ihm im Schulflur. Oder irgendwo anders, wo sie niemand störte.

Sie bahnte sich ihren Weg zwischen den Menschen, die vor den Cafés und Geschäften in Grüppchen herumstanden, und Touristen, die mitten im Weg standen, um Fotos zu machen. Schließlich ließ sie die überfüllte Einkaufsstraße hinter sich und schlenderte durch einen kleinen Park. Es war nicht viel mehr als eine Wiese, durch die ein gekiester Fußweg führte. Links befand sich ein Hotdog-Stand, rechts ein Spiel-platz. Ein junges Pärchen saß mit einem Kleinkind im Sandkasten. Dakota blieb am Wegrand stehen und beobachtete sie. Sie wirkten glücklich, und zum ersten

Mal konnte sie einer Familie beim Spielen zusehen und sich für sie freuen. Es musste ein schönes Gefühl sein, zu wissen, dass jemand da war. Eine Mom und ein Dad, auf die man sich verlassen konnte. Ob Logan auch so jemand war? Würde er sich auch noch mit ihr abgeben, wenn er wüsste, wie sie wirklich war? Würde er akzeptieren, dass sie sich ihm nicht einfach so hingeben konnte wie jede andere Frau?

Sie schüttelte den Kopf und ging weiter. Warum sollte er das tun, wenn es tausend andere Mädchen gab, die er haben konnte? Warum sollte ein Mann wie Logan, dem die Frauen wahrscheinlich scharenweise hinterherliefen, sich ausgerechnet für jemanden wie sie entscheiden? Das war absolut lächerlich. Wunschdenken eben.

Eine Hand legte sich auf ihre Schulter. Erschrocken fuhr sie herum und sah direkt in Logans grüne Augen. Die braunen Flecken darin funkelten im Sonnenlicht.

„Hey, tut mir leid. Ich wollte dich nicht erschrecken." Dakota versuchte, ruhig und gleichmäßig zu atmen, was ihr schwerfiel, wenn er sie so ansah. Als würde er etwas in ihr sehen, das sonst noch niemand gesehen hatte. Etwas, das nicht da war.

„Was machst du hier?", fragte sie und bemühte sich um einen gleichgültigen Tonfall.

„Das Gleiche wie du, würde ich sagen."

„Und was ist das?"

Er lächelte und griff nach ihren Händen. „Du versuchst wegzulaufen, aber du kannst nicht anders, als mich zu suchen."

Unter seinem intensiven Blick fühlte sie sich nackt. „Nein, ich …"

Logan hob sanft ihr Kinn an. „Mach dir nichts vor. Der Kuss hat dir gefallen." Ein freches Grinsen umspielte seine schönen Lippen.

Ihr Gesicht fühlte sich heiß an, doch sie hatte keine Chance, seinem Blick zu entkommen. „Idiot", murmelte sie halbherzig. Sie musste sich eingestehen, dass er recht hatte.

Er stieß nur ein leises Lachen aus und zog sie an den Wegrand. Bevor Dakota sich nach ungebetenen Zuschauern umsehen konnte, senkte Logan seine Lippen auf ihre. Wie von selbst öffnete sie ihre Lippen ein Stück und ließ seine Zunge ein. Nichts an diesem Kuss erinnerte an die Küsse, die Keith ihr aufgezwungen hatte. Er war grob gewesen und hatte ihr seine Zunge so tief in den Hals gesteckt, dass sie würgen musste. Doch Logan war ganz anders. Sanft und vorsichtig. Nicht stürmisch oder fordernd. Er streichelte ihren Rücken und ließ ihr die Gelegenheit, sich zurückzuziehen. Doch zu ihrer eigenen Überraschung wollte sie das nicht. Sie musste sich zwingen, sich von ihm lösen, um Luft zu holen. Aber selbst dann berührten sich ihre Lippen. Einfach so, nur um ihn nicht loslassen zu müssen.

„Dakota, ich …"

„Sag es nicht." Sie sah ihm in die Augen. Ihre Hände lagen locker auf seinen Schultern. Ein Kuss war eine Sache, aber diese drei Worte wollte sie nicht hören. Noch nicht. Das würde es endgültig machen.

„Du weißt doch gar nicht was ich sagen wollte."

„Ich denke schon", wisperte sie, „Aber dafür ist es noch zu früh."

Verwirrt schaute er sie an. „Ich wollte nur sagen,

dass wir vielleicht woanders hingehen sollten. Hier sind wir nicht unter uns."

„Oh, natürlich." Enttäuschung machte sich in ihr breit. Er hatte ihr nicht seine Liebe gestehen wollen. Natürlich nicht. Schließlich kannten sie sich kaum. Wie konnte sie da erwarten, dass er sie liebte? Vor wenigen Sekunden hatte sie noch Angst davor gehabt.

„Komm." Bereitwillig ließ sie zu, dass er ihre Hand nahm und sie den Weg entlangführte. Zwei kleine Mädchen starrten sie an. Dann wandten sie sich ab und kicherten. Das meinte er also.

„Wo gehen wir hin?", fragte Dakota, nachdem sie eine Weile schweigend die Straße entlanggelaufen waren.

„Zu mir nach Hause. Matt ist nicht da."

Ruckartig blieb Dakota stehen und entzog ihm ihre Hand. „Nein, das geht nicht. Ich bin noch nicht so weit."

Fassungslos schüttelte Logan den Kopf. „Denkst du echt, dass ich so einer bin?"

„Ich weiß nicht, ich …"

„Hab ich dir jemals einen Grund gegeben, so was zu denken? Glaubst du, ich merke nicht, wann ein Mädchen will und wann nicht?" Er stockte, offensichtlich erschrocken über seine eigenen Worte. „Sorry. Ich …"

„Nein, schon gut. Ist doch klar, dass ich nicht die Erste bin. Wir sind ja keine dreizehn mehr."

Warum störte es sie überhaupt, dass er vor ihr schon andere Mädchen gehabt hatte? Bis vor wenigen Tagen hatte sie sich noch eingeredet, dass sie nichts von ihm wissen wollte.

Er strich sanft über ihre Wange. „Vergiss, was ich gesagt habe." Fast flehend sah er sie an. „Vertraust du mir, wenn ich dir sage, dass ich nur reden will?"

Mit seinem blauen Auge sah er so bedauernswert aus, dass es ihr schwerfiel, abzulehnen, aber sie konnte einfach nicht mit einem Kerl nach Hause gehen. Selbst wenn es Logan war.

„Reden ist ok. Unter zwei Bedingungen." Sie hielt Zeige- und Mittelfinger hoch.

„Mach´s mir nicht zu schwer."

„Wir gehen nicht zu dir nach Hause. Und …" Vorsichtig strich sie über seine verletzte Wange. „Du musst ehrlich zu mir sein."

„Ich bin ehrlich. Es war wirklich nur ein kleiner Streit."

„Und da hat der Mistkerl gleich so fest zugeschlagen, dass dein halbes Gesicht blau anläuft."

„Dean rastet schnell aus, aber er beruhigt sich genauso schnell wieder. Und es tut ihm leid."

„Hast du ihn auch geschlagen?"

„Hey." Er hob die Hände. „Das sind zu viele Frage auf einmal. Jetzt bin ich dran."

Ein mulmiges Gefühl breitete sich in ihr aus. Logan hatte versprochen, nicht mehr nach ihrer Vergangenheit zu fragen, aber er würde es tun.

„Soll das eine Fragerunde werden?", fragte sie betont lässig, obwohl Angst nach ihr griff wie eine kalte Hand.

„Es soll keine Geheimnisse zwischen uns geben. Du willst, dass ich ehrlich bin. Also sei du es auch."

„Logan, jeder Mensch hat …"

„Geheimnisse, schon klar. Aber doch nicht vor mir."

Aus großen Augen sah er sie an, als wäre es vollkommen unmöglich, dass sie etwas vor ihm verheimlichen konnte.

„Was ist an dir anders?", schleuderte sie ihm entgegen und bereute es sofort. Logan war nicht wie andere Menschen. Er hatte sie beschützt. Und geküsst.

„Das ist nicht dein Ernst, oder?"

„Nein, nein. Es tut mir leid. Ich … ich habe Dinge erlebt … Ich bin einfach noch nicht so weit, darüber zu reden."

Erleichtert atmete sie auf, als er ihre Hände in seine nahm. „Dann warte ich, bis du so weit bist. Ich will dich nicht drängen. Aber ich will, dass du nicht mehr wegläufst. Versteck dich nicht vor mir."

Tränen brannten in ihren Augen. Womit verdiente sie einen Mann, der so verständnisvoll war wie Logan? Jeder andere hätte ihr vorgeworfen, sie solle sich nicht so anstellen. Darüber zu reden, machte es einfacher. Das stimmte wohl. Aber nur, wenn sie jemandem wirklich vertrauen konnte.

„Logan." Mehr brachte sie nicht heraus. Gerade so konnte sie ein Schluchzen unterdrücken. Er durfte nicht sehen, wie sehr sie seine Worte berührten. Doch er hatte es längst bemerkt.

Mit den Daumen wischte er ihr die Tränen von den Wangen. „Ich will dir nicht wehtun. Oder dir Fragen stellen, die dir unangenehm sind. Ich will einfach nur mit dir zusammen sein."

Sie nickte, unfähig zu sprechen. Seine Hand lag auf ihrer Wange und mit einem Mal wusste Dakota, dass alles gut werden würde, solange er da war. Mit ihm fühlte sie sich nicht mehr wie das kleine hilflose

161

Mädchen, das sich verstecken musste. Er hatte sie vor der Schulkrankenschwester gerettet und er würde sie auch vor allem anderen retten.

„Lass uns zusammen ausgehen. Ein Date. Ganz offiziell."

Ungläubig sah sie ihn an. „Ein Date?"

„Ja, ein Date. Oder willst du nicht?"

„Doch, doch. Natürlich will ich", sagte sie schnell.

Ein breites Lächeln ließ Logans Augen leuchten. „Arbeitest du am Samstag?"

„Nein, diesen Samstag nicht." Den Dienstplan hatte sie nicht im Kopf. Wenn es sein musste, würde sie sich eben krankmelden.

„Dann hol ich dich ab. Wir treffen uns um drei hier."

„Mitten auf der Straße?" Dakota musste lachen bei dem Gedanken.

„Genau hier." Logan deutete auf den Secondhand-shop hinter ihnen.

„Und dann?"

„Überraschung." Er küsste sie kurz auf den Mund. „Bis dann."

Wie auf Federn ging sie nach Hause. Logan wollte sich mit ihr treffen. Er wollte sie kennenlernen. Einfach nur reden. Wie hatte sie auch nur eine Sekunde denken können, dass er sie nur ins Bett bekommen wollte? So einer war er nicht.

17. KAPITEL

Logan

„Du hast ein Date mit ihr?" Matt starrte ihn an, als hätte er einen Geist gesehen. Dann erschien ein Lächeln auf seinem Gesicht und wurde langsam immer breiter. Er legte Logan kumpelhaft den Arm um die Schulter. „Endlich hast du Vernunft angenommen. Die Kleine ist ein viel besserer Umgang für dich als Dean und sein zwielichtiger Anhang."

Logan schluckte und setzte ebenfalls ein Lächeln auf. Matt wusste nichts von Logans Job und seiner Bekanntschaft mit David. Auch von den Schulden hatte er ihm nichts erzählt.

„Ich hätte nicht gedacht, dass ich sie noch so weit krieg, dass sie mit mir ausgeht. Hoffentlich wach ich nicht irgendwann auf und stell fest, dass sie doch keine Lust auf mich hat."

„Sie mag dich. Sonst hätte sie gestern nicht nach dir gefragt."

Ungläubig sah Logan seinen Freund an. „Sie hat nach mir gefragt?"

„Ja, gestern nach der Schule. Sie hat dich gesucht und wollte wissen, wo du bist." Matt wackelte mit den Augenbrauen. „Die Kleine mag dich. Mehr als du denkst."

„Und das sagst du mir erst jetzt? Mistkerl." Logan konnte ein triumphierendes Grinsen nicht unterdrücken. Er hatte immer gewusst, dass da mehr war. Dakota war nur sensibel und hatte Angst gehabt, sich auf ihn einzulassen.

„Ist doch egal. Sie mag dich und fertig. Was willst du mehr?"

Das Handy in Logans Hosentasche vibrierte. Jemand rief an. Da er Dakota immer noch nicht nach ihrer Nummer gefragt hatte, konnte es nur Dean sein.

„Du hast recht. Ich lass mir was Tolles für unser Date einfallen."

Betont lässig schlenderte er zur Wohnzimmertür.

„Aber komm nicht auf die Idee, zu kochen", rief Matt.

Lachend hielt Logan den Mittelfinger in die Luft. „Sie kommt auf keinen Fall her. Wenn sie dich sieht, ist alles vorbei."

„Du kannst mich mal. Versau es bloß nicht."

Logan schloss ab, bevor er sich auf sein Bett setzte und das Handy aus der Hosentasche zog. Dean hatte angerufen. War ja klar, nachdem er heute nach der Schule einfach abgehauen war, um Dakota zu suchen. Aber Dean ließ sich nun mal nicht gerne versetzen.

Es vibrierte wieder und Deans Name leuchtete auf dem Display.

„Hey, was gibt´s?", fragte er betont lässig.

„Was soll das? Wo warst du heute Nachmittag?"

„Was geht dich das an?", schnauzte Logan.

Dean lachte hart auf. „Es geht mich etwas an. Und David geht es erst recht etwas an. Er hat dir schon

164

genug durchgehen lassen. Dein versauter erster Deal. Die Schulden."

„Die hab ich bezahlt." Nach dem Deal am Freitag war Logan den ganzen Samstagvormittag durch die Gegend gezogen, hatte Autos gewaschen und Rasen gemäht und im letzten Moment die fehlenden hundert Dollar aufgetrieben. Zusammen mit den hundert Dollar für den Deal waren seine Schulden bezahlt.

„Nochmal passiert so was nicht. Ist das klar?"

Logan stieß ein verächtliches Schnauben aus.

„Hey!", sagte Dean, gefährlich leise, „Du solltest David nicht provozieren." Es klang wie eine Drohung, was es wohl auch war.

Heiße Wut stieg in Logan auf. „Auf David hab ich mich nur deinetwegen eingelassen. Weil du es unbedingt wolltest. Denkst du, es macht mir Spaß, irgendwelche blöden Junkies abzuziehen?"

Dean lachte dreckig. „Du brauchst Geld und ich hab dir eine Möglichkeit gegeben, leicht an welches zu kommen. Sag bloß, du brauchst jetzt nichts mehr."

„Tu ich nicht", log Logan. Und ob er Geld brauchte. In den letzten zwei Tagen hatte er gerade mal hundert Dollar verdient. Für zwei Deals. Das war wohl Davids Art, ihn zu demütigen. Für ein Mittagessen mit Dakota würde das Geld wohl reichen.

„Willst du nicht deinem Mädchen einen unvergesslichen romantischen Abend bescheren", spottete Dean, „Oder willst du ihr im Park einen Hotdog kaufen?"

Seine Nackenhaare stellten sich auf. Woher wusste Dean davon?

„Da fällt dir nichts mehr ein, was?" Deans Lachen ließ ihn erschaudern. So lachte kein normaler Mensch. So kalt. „Pass gut auf sie auf."

„Warte!", rief Logan, kurz bevor Dean auflegte. Er verfluchte sich für seine Dummheit, aber um Dakota zu beschützen, würde er alles tun. „Was willst du?"

„Braver Junge", sagte Dean und Logan konnte sein diebisches Grinsen vor sich sehen.

Wieder stand er in der alten Firma in Davids „Büro", wie er es nannte. Dean hatte ihm befohlen, sofort hierherzukommen. Er selbst war nicht da. Natürlich nicht. Logan sollte die Drecksarbeit machen.

Wie beim letzten Mal saß David in dem alten durchgesessenen Ledersofa und musterte ihn mit einem kalten Blick, als hätte er eine Ware vor sich, deren Qualität er abschätzen müsste. Davids Blick blieb an dem Bluterguss unter Logans Auge hängen und er lächelte stolz.

„Ich hab gute Arbeit geleistet", spottete er, „Das kannst du auch."

„Ich soll dir also auch mal aufs Maul hauen?", hätte Logan ihm am liebsten entgegengeschleudert, doch im letzten Moment riss er sich zusammen. Er sollte Deans Drohung, dass man David nicht provozieren durfte, besser ernst nehmen.

„Ja, kann ich", sagte er stattdessen, „Und diesmal mach ich keine Fehler."

„Du willst also eine Herausforderung? Keinen normalen Deal?"

Unter Davids überlegenem Blick fühlte Logan sich wie ein in die Enge getriebenes Tier. Jetzt gab es kein Zurück mehr. Egal, was David von ihm verlangte, er würde es tun. Und er durfte nicht scheitern.

„Was soll ich machen?"

David strich sich nachdenklich übers Kinn, als wüsste er nicht längst, mit welcher Aufgabe er Logan quälen wollte. Jede Sekunde, die er warten musste, kam ihm vor wie eine Ewigkeit.

„Du wirst zu einem Treffpunkt in der Stadt gehen und dort einen Handel abschließen. An diesem Ort sind um die Zeit viele Menschen und du wirst dafür sorgen, dass alles glatt läuft. Solltet ihr erwischt werden …"

Der halbe Satz hing unheilvoll in der Luft. Dass David nicht den Kopf hinhalten würde, war klar. Logans Kehle schnürte sich zu. Er wusste, dass jemand wie David sich nicht damit zufriedengeben würde, ihn einfach zu erschießen, sollte er versagen.

„Ich krieg das hin", sagte er und hoffte, dass David das leichte Zittern in seiner Stimme nicht bemerkte. Nachdem David zufrieden nickte, trat Logan einen Schritt vor. „Dean hat was von Geld gesagt …"

Mit zwei langen Schritten war David bei ihm und packte ihn grob an den Oberarmen. „Du hast noch nicht mal richtig angefangen zu arbeiten und fragst schon nach Geld!"

Trotz Davids schmerzhaften Griff, wollte Logan sich nicht einschüchtern lassen. Er richtete sich auf. „Umsonst mach ich´s nicht."

Der Griff lockerte sich und David lachte. „Du willst handeln? Dann ist das genau der richtige Job für dich. Die Ware, die du bekommst, kostet fünfhundert Dollar. Alles, was du oben drauf bekommst, gehört dir."

„Das heißt, der Kunde kennt den Preis gar nicht?"

„Lass dir was einfallen. Wenn nicht, gehst du leer aus." David ließ ihn so plötzlich los, dass er stolperte und fast hingefallen wäre.

„Jetzt geh. Und zwar schnell. Jason wartet unten auf dich und gibt dir alles, was du brauchst."

Das kleine Tütchen in seiner Hosentasche fühlte sich schwer wie Blei an. Ständig tastete er nach der Beule, um sicherzugehen, dass es noch da war. Viel größer und noch viel dämlicher war aber die Angst, dass jemand ihm ansehen könnte, was er da mit sich spazieren trug. Vielleicht sah jemand die Ausbeulung seiner Hosentasche und fragte nach, was das war. Er schlug sich mit der Handfläche gegen die Stirn. Er wurde langsam paranoid. Es würde schon gutgehen. Falls es nicht zu irgendwelchen Überraschungen kam.

Der große Platz vor dem Rathaus war nicht überfüllt. Doch der Imbissstand gegenüber der Bürgermeisterstatue zog einige Menschen an, die anschließend zufrieden kauend über den Platz schlenderten oder sich auf eine der vielen Bänke setzten.

Ausgerechnet hier sollte der Deal stattfinden. Das war fast genauso schlimm, wie vor dem Polizeirevier Drogen zu verkaufen.

Möglichst unauffällig schaute Logan sich nach jemandem um, der als Kunde in Frage kommen konnte. Dabei gab er vor, sich die Statue anzuschauen. Ein alter Mann mit Gehstock und einem grimmigen Blick. Er verstand nicht, was die Leute an ihm so sehr faszinierte, dass sie ihn ständig fotografierten.

Nachdem er die Statue zum fünften Mal umrundet hatte, wurde er langsam unruhig. Das Kokstütchen fühlte sich immer mehr wie ein Fremdkörper an und schien ihm ein Loch in die Hose zu brennen. Ständig vergewisserte er sich, dass niemand zu ihm herübersah und stellte erleichtert fest, dass sich niemanden für einen Kerl interessierte, der seit einer halben Ewigkeit die hässliche Statue bewunderte.

Sollte er irgendwas tun? Vielleicht war das eine Prüfung. Vielleicht beobachtete ihn jemand, um zu sehen, wie er sich verhielt, wenn ein Kunde nicht auftauchte.

Bleib ruhig, sagte er sich, *verhalte dich unauffällig.*

Er verschränkte die Arme vor der Brust, lehnte sich an die Statue und ließ den Blick betont gelangweilt über den Platz schweifen.

„Hey." Die Stimme war tief und rau und so leise, dass nur er sie hören konnte. Neben ihm stand ein Typ, der ihn um einen halben Kopf überragte. Ganz in schwarz gekleidet, die dunkle Kapuze so weit ins Gesicht gezogen, dass die Augen und die halbe Nase im Schatten lagen. Logan spürte seinen erwartungsvollen Blick auf sich. Kurz schaute er sich um.

„Lass uns gehen", sagte er dann. Sein Gegenüber nickte. Wie zwei Freunde, die sich zufällig hier getroffen hatten, schlenderten sie über den Platz und bogen in eine ruhigere Seitenstraße ein. Aus einem kleinen Laden für gebrauchte Elektrogeräte traten zwei ältere Männer.

Logans Kunde zündete sich eine Zigarette an und rauchte, bis sie um die nächste Ecke verschwunden waren. „Ist das hier der richtige Ort? Ich fühl mich beobachtet."

„Mach dir keine Sorgen", flüsterte Logan, obwohl ihm das Herz bis zum Hals schlug, „Niemand wird was mitkriegen."

Der Fremde packte Logan am Ärmel und zog ihn in einen schmalen Spalt zwischen zwei Häusern. Es stank nach verdorbenen Lebensmitteln und Moder. „Also dann, her mit dem Stoff", zischte er.

Logan zog das Tütchen aus der Hosentasche. Es war offensichtlich, dass dieser Typ Erfahrung hatte. Wie sollte er dem mehr Geld aus der Tasche ziehen, als die Ware kostete? Dabei brauchte er so dringend Geld, nachdem er alles an David hatte abgeben müssen.

„Hier." Der andere nahm das Tütchen sofort an sich und drückte ihm dafür etwas in die Hand. Im schwachen Licht, das in den schmalen Spalt fiel, erkannte Logan, dass es genau fünfhundert Dollar waren. Das Geld, das er David für den Boss geben musste. Kein Cent davon war für ihn. Seine Handflächen fühlten sich klebrig und schwitzig an. Der Gestank drang ihm in die Nase. Hinter sich spürte er die kalte Wand. Angestrengt dachte er nach, wie Dean beim letzten Mal vorgegangen war. Er hatte den Mann bedroht. Logan hatte weder eine Pistole dabei noch wirkte dieser Kerl wie ein feiger Hund, der um Gnade winseln würde. Außerdem hatte er wahrscheinlich sowieso nicht mehr Geld dabei als die fünfhundert Dollar.

Sein Gegenüber bemerkte sein Zögern. Zum ersten Mal, seit sie sich begegnet waren, lächelte er, aber es sah mehr aus wie ein Zähnefletschen. „Sag bloß, für dich springt nichts dabei raus."

Logan zog die Augenbrauen zusammen. „Musst du nicht so was wie Schutzgeld zahlen?" War so was bei den Blue Killers überhaupt üblich? Wahrscheinlich machte er sich gerade zum Affen.

Der andere lachte. „Schutzgeld? Weißt du überhaupt, wen du hier vor dir hast?"

Logan lag schon eine freche Erwiderung auf der Zunge, als er grob gepackt und an die Wand gedrückt wurde. „Ich bin keiner deiner dämlichen Junkies, die du abziehen kannst. Von jemandem wie mir verlangt man kein Schutzgeld. Erst recht keine kleine Kröte wie du."

„Ok", krächzte er. „Sorry." Der Griff lockerte sich.

„Aus dir kann was werden. Sei nur nicht so nervös, wenn du auf einen Kunden wartest."

Der Fremde wandte sich ab und ließ Logan allein in dem muffigen, dunklen Spalt stehen. Wie erstarrt stand er da und versuchte zu verstehen, was gerade passiert war. Seine Befürchtung hatte sich bestätigt. David hatte ihn auf die Probe gestellt und er war total darauf reingefallen. Verdammt! Diesem Mistkerl war von Anfang an klar gewesen, dass Logan bei diesem Auftrag kein Geld bekommen würde. Frustriert trat er gegen die Wand. Putz bröselte auf den Boden.

Wer auch immer dieser angebliche Kunde war, er würde David erzählen, was passiert war. Seufzend steckte Logan das Geld in die Hosentasche und machte sich auf den Rückweg. Ihm blieb nichts anderes übrig, als sofort zu David zu gehen und sich seiner Wut zu stellen. Je mehr Zeit er sich ließ, desto schlimmer würde es werden.

David sagte kein Wort als Logan ihm das Geld gab. Er sah ihn nur mit wutglühenden Augen an.

„Also?", fragte er schließlich.

„Alles gut", behauptete Logan und hätte sich am liebsten selbst geohrfeigt für seine Feigheit. Warum konnte er nicht einfach die Wahrheit sagen? So oder so würde David es erfahren. Wenn er es nicht schon längst wusste.

„Tatsächlich?" Langsam stand David vom Sofa auf und kam auf Logan zu. Nur wenige Zentimeter vor ihm blieb er stehen und starrte ihn finster an. Im nächsten Moment schlug David ihm hart ins Gesicht. Keuchend hielt Logan sich die brennende Wange. Es war wieder die rechte Seite. Und obwohl es bescheuert war, freute er sich darüber. Dann wäre wenigstens nur sein halbes Gesicht entstellt, wenn er Dakota am Samstag traf. Mist, Dakota. Er hatte kein Geld, um sie zum Essen einzuladen.

„Was grinst du so dämlich? Du lügst mich an und findest es auch noch lustig?"

„Tut mir leid."

„Es tut dir also leid", knurrte David gefährlich leise, „Dann stell dich beim nächsten Mal gefälligst besser an." Seine Hand traf die andere Wange. Logans Gesicht fühlte sich wund an und trotzdem hatte er nichts anderes im Kopf als Dakota und wie er ihr erklären sollte, was mit seinem Gesicht passiert war. Wenn Matt ihm seine Geschichten nicht abkaufte, war ihm das egal. Matt war eben ein misstrauischer Mensch. Aber wenn er daran dachte, Dakota wieder anlügen zu müssen, zog sich sein Magen zusammen. Das war schäbig. Noch schlimmer war allerdings die Wahrheit.

„Du willst mir also erzählen, dass du dich schon wieder mit Deans Gangsterkumpels geprügelt hast?" Mit zusammengekniffenen Augen sah Matt ihn an. Es war eindeutig, dass er ihm kein Wort glaubte.

„Das ist nicht deine Sache", murmelte Logan. Er hielt sich das kühle Limoglas mit den Eiswürfeln an sein geschwollenes Auge.

„Stimmt, ist es nicht. Trotzdem würde ich gerne verstehen, warum du dich weiter mit diesen kriminellen Arschlöchern abgibst, wenn dir ständig einer von denen aufs Maul haut."

Logan stöhnte genervt auf. „Lass mich einfach in Ruhe, ok?" Er stellte das Glas auch den Couchtisch und wandte sich zum Gehen.

„Erzählst du Dakota die gleichen Lügengeschichten?", fragte Matt, als Logan schon halb im Flur stand. Matts Worte fühlten sich an wie ein Fausthieb in den Magen. Ja, er war ein elender Lügner, aber was blieb ihm anderes übrig?

Wortlos ging er in sein Zimmer und sperrte sich ein. Das wurde wohl langsam zur Gewohnheit, wenn Matt da war. Aber Logan ertrug es nicht, mit ihm im Wohnzimmer zu sitzen und sich seine ständigen neugierigen Fragen anzuhören. Selbst das Verhör einer Frau konnte nicht schlimmer sein.

Er ließ sich aufs Bett fallen und zog das Handy aus der Hosentasche. Seine rote angeschwollene Wange und das blaue Auge spiegelten sich in der glatten schwarzen Oberfläche. In drei Tagen war sein Date mit Dakota. Bis dahin würden die Verletzungen nicht vollständig verheilen. Vielleicht ging die Schwellung bis dahin zurück. Dann merkte Dakota wenigstens nicht, dass David – oder Dean, wie er ihr gesagt hatte – ihn nochmal geschlagen hatte. Es war echt zum Verzweifeln. Eigentlich hätte sein Leben nach dem Entzug normal werden sollen. Stattdessen war jetzt alles noch komplizierter.

Um sich abzulenken, suchte er im Internet nach guten Restaurants mit bezahlbarem Essen. Der Samstag sollte perfekt werden. Und weder Dean noch David oder irgendein anderer Idiot würde ihm diesen Tag versauen.

18. KAPITEL

Dakota

Am Samstag stand Dakota zwei Stunden vor ihrem Date mit Logan vor dem Kleiderschrank. Zum ersten Mal störte sie das ewige Schwarz. Sie besaß genau einen grauen und einen dunkelblauen Kapuzenpulli. Normalerweise brauchte sie keine Farbe. Nicht mal weiß mochte sie. Das ließ sie leuchten wie frisch gefallener Schnee in der Sonne. Schwarz war dagegen unauffällig. Niemand schenkte ihr einen zweiten Blick, wenn sie sich anzog wie ein Grufti. Außerdem hatte das bisher immer zu ihr und ihrem Leben gepasst. Sie hatte nie einen Grund gehabt, sich bunt und fröhlich zu kleiden.

Ihre Finger glitten über die Stoffe. Dakota zog jedes einzelne ihrer wenigen Kleidungsstücke vom Kleiderbügel, nur um es gleich wieder zurückzuhängen. Die einzige Bluse, die sie besaß, war natürlich schwarz und aus einem groben Stoff. Sie probierte sie zu einem ihrer schwarzen Röcke an. Das schickste Exemplar, das sie besaß, knielang und leicht ausgestellt mit silbern glänzenden Nieten am unteren Saum.

Beim Anblick ihres Spiegelbildes verzog sie unzufrieden das Gesicht. Sie sah aus wie eine Holzfällerbraut, die versuchte, sich als feine Dame zu verkleiden. Selbst zur schwarzen Jeans gefiel ihr die Bluse nicht. Sowieso hatte sie die noch nie angehabt. Warum hatte sie die überhaupt gekauft? Sie war hässlich.

Frustriert hängte Dakota die Bluse zurück in den Schrank und zog ein paar T-Shirts aus dem Fach über der Kleiderstange. Alle sehr gewöhnlich. Entweder einfarbig schwarz mit unterschiedlich langen Ärmeln oder mit halb verwaschenen Aufdrucken.

Kurz überlegte sie, ob sie vielleicht Jamie fragen sollte. Sie würde ihr bestimmt etwas ausleihen. Jamie liebte Blusen und Tops mit Glitzersteinen oder aufgestickten Perlen. Aber Jamie und Amber waren mit Freundinnen unterwegs. Außerdem würde Dakota sich in Jamies hellen pastellfarbigen und geblümten Blusen unwohl fühlen und Logan würde es merken. Warum sollte sie sich als jemand ausgeben, der sie nicht war? Logan mochte sie so, wie sie war, und sie war nun mal keine Prinzessin, die sich süße Kleider anzog.

Am Ende entschied sie sich für eine enge schwarze Jeans und ein ebenfalls einfarbig schwarzes Langarmshirt mit einem breiten Ausschnitt, der die Schultern halb freiließ. Die Haare ließ sie offen und legte dezentes Make-up auf. Lächelnd stand sie vor dem Spiegel. Es war ewig her, seit sie das letzte Mal wirklich zufrieden mit ihrem Aussehen gewesen war. Und noch länger war es her, dass ihre Augen so geleuchtet hatten.

Der Gedanke an Logan verursachte ein warmes Gefühl in ihrer Brust. Für ihn brauchte sie sich nicht aufstylen. Selbst in einem alten Kapuzenpulli und abgetragenen Stiefeln hatte er sie nicht abstoßend gefunden. Ihr Blick fiel auf ihre Füße, die in schwarzen

Ballerina mit einer kleinen Schleife vorne steckten, die sie heute zum ersten Mal trug. Logan war der erste, der sie so sehen durfte. Mit einem glücklichen Lächeln auf den Lippen schnappte sie sich ihren Rucksack und verließ die Wohnung.

Logan war noch nicht da, als Dakota ihren Treffpunkt, den Secondhandladen, erreichte. Das Grinsen wollte nicht aus ihrem Gesicht verschwinden, während sie nach ihm Ausschau hielt. Ein dunkler Haarschopf tauchte zwischen den Menschen auf, die an ihr vorbeihasteten. Ihr Herzschlag beschleunigte sich, als sie die abgetragenen Adidas sah. Sie stellte sich gerade hin und ließ die Arme locker herunterhängen. Doch als er kurz in ihre Richtung sah, stellte sie fest, dass es gar nicht Logan war, sondern nur ein Kerl, der ihm ähnlich sah. Seine Lippen waren zu schmal und die Augen zu dunkel. Verwirrt runzelte er die Stirn. Schnell sah Dakota weg und holte ihr Handy aus der Hosentasche. Es war fünf vor zwölf. Er musste gleich hier sein. Logan war niemand, der zu seinem ersten Date zu spät kam.

Es wurde zwölf. Dann zehn nach zwölf und Logan war immer noch nicht da. Dakota stellte sich auf die Zehenspitzen und verrenkte sich den Hals. Sie wusste ja nicht mal, aus welcher Richtung er kam. Schreiben konnte sie ihm auch nicht. Heute musste sie ihn endlich nach seiner Nummer fragen.

Unruhig trat sie von einem Fuß auf den anderen. Hatte er sie vergessen? Oder sich in der Zeit geirrt? Vielleicht täuschte sie sich auch. War heute wirklich Samstag? Oder sollten sie sich erst morgen treffen?

Inzwischen war es fast halb eins und mit jeder Minute, die verging, wuchs ihre Verzweiflung. Sie täuschte sich nicht. Der Tag war richtig. Genauso wie die Uhrzeit und der Treffpunkt. Für sie war die Sache klar: Logan würde nicht kommen. Er hatte das mit dem Treffen nur so dahingesagt und gar nicht ernst gemeint. Sie war ihm nicht wichtig. Sonst hätte er sich bemüht, pünktlich hier zu sein.

Tränen stiegen ihr in die Augen. Wie war sie überhaupt auf die Idee gekommen, dass Logan sie mochte? Warum sollte er sich ausgerechnet mit ihr treffen, wo ihm die Mädchen doch wahrscheinlich scharenweise hinterher liefen? Sie war so naiv gewesen, hatte sich von seinem Kuss und seinen schönen Worten beeindrucken lassen. Wie dumm sie war. Am besten ging sie jetzt nach Hause und verkroch sich in ihrem Zimmer. Niemand brauchte je erfahren, dass sie sich eingebildet hatte, ein gut aussehender Mann wie Logan könnte Gefallen an ihr finden.

„Dakota!" War er das? Das bildete sie sich doch ein. „Dakota warte!"

Sie drehte sich um. Es war tatsächlich Logan, der da auf sie zu rannte. Schnell wischte sie sich die Tränen ab. Er sollte nicht sehen, wie verzweifelt sie wegen ihm gewesen war. Das war ja auch egal. Jetzt war er da und es gab bestimmt einen guten Grund für seine Verspätung.

„Dakota." Er umfasste ihr Gesicht mit den Händen und gab ihr einen kurzen Kuss auf die Lippen. „Es tut mir leid. Mir ist was dazwischengekommen."

„Was Schlimmes?" Besorgt sah sie ihn an. Der Bluterguss unter seinem rechten Auge war blasser und kleiner geworden. Die Wunde an seiner Lippe war verheilt.

„Mir geht's gut." Er lächelte. „Ein Freund hat angerufen. Ich wollte ihn nicht so schnell abwürgen."

„Schon ok. Jetzt bist du ja da." Sie konnte den Blick nicht von seinem schönen Gesicht abwenden. Die dunklen, sonst so wirren Haare hatte er sich lässig aus der Stirn gekämmt. Dakota ließ die Finger durch die weichen kaffeebraunen Strähnen gleiten. Am liebsten hätte sie beide Hände darin vergraben.

„Du siehst gut aus. Besser", flüsterte sie ihm zu und wunderte sich über sich selbst.

Logan umfasste ihre Taille und betrachtete sie. „Du bist wunderschön."

„Ist es nicht zu schlicht?"

„Das mag ich so an dir. Du hast es nicht nötig, dich in ein hautenges Kleid zu pressen und dein Gesicht unter einer dicken Schicht Schminke zu verstecken. Du bist einfach so schön."

„Logan." Sie lehnte den Kopf an seine Schulter. Plötzlich kam sie sich dumm vor, weil sie jemals an ihm gezweifelt hatte. Warum sollte er ihr solche Sachen sagen, wenn er es nicht ernst meinte?

Er zog sie in eine viel zu kurze Umarmung. „Lass uns gehen."

„Die Überraschung?"

„Sie wird dir gefallen."

Als sie die Strandpromenade vor sich sah, verspannte sie sich kurz, bis ihr wieder einfiel, wie schön es gewesen war, als sie das letzte Mal Logan hier getroffen hatte. Was auch immer er vorhatte, sie nahm sich vor, es zu mögen. Dieses Mal würde sie nicht davonlaufen.

„Alles ok?" Logan lächelte sie sanft an.

„Klar, ich dachte nur grade … Ach, egal."

Er drückte ihre Hand fester. „Wenn es um dich geht, ist es nicht egal. Sag, was los ist."

„Ich hab mich nur gefragt …" Sie atmete tief durch und sah ihn endlich an. „Bist du gar nicht sauer wegen … dem, was beim letzten Mal passiert ist?"

Logan zog nachdenklich die Augenbrauen zusammen. „Du meinst im Park? Da war doch alles ok, oder?" Plötzlich wirkte er unsicher und Dakota bereute, dass sie das Thema überhaupt angesprochen hatte.

„Nein, das meinte ich nicht, aber das ist ja auch nicht wichtig."

Sie blieben stehen und Logan zog sie in seine Arme. „Es gibt keinen Grund, sauer auf dich zu sein." Er strich ihr eine Strähne hinters Ohr. „Außerdem hab ich versprochen, nicht mehr zu fragen."

„Schon gut. Ich dachte nur …"

„Vergiss den ganzen blöden Scheiß. Heute sollte nichts zwischen uns stehen. Ich hab auch Dinge, die ich lieber vergessen würde und heute ist der perfekte Tag dafür."

„Ok. Aber dann musst du mir endlich sagen, was du mit mir vorhast." Sie lächelte auffordernd. „Aber ich sag´s dir gleich. Surfen kommt nicht in Frage."

Logan lachte. „Das kann ich gar nicht."

„Dann vielleicht Haikäfig-Tauchen?"

„Du denkst, ich will dich den Haien zum Fraß vorwerfen?"

„Lach nicht. In Florida gib es Haie."

„Die müssen sich mit Touristen zufriedengeben."

Dakota konnte gar nicht mehr aufhören, zu lachen. Es fühlte sich so gut an, einfach zu lachen, ohne sich zu fragen, ob jemand zu ihr herübersah oder sie für verrückt hielt. Wen interessierte das schon, solange Logan sie mochte?

„Freust du dich so, weil du doch kein Haifischfutter wirst?", fragte Logan, die Lippen zu einem amüsierten Grinsen verzogen.

„Ich freu mich, weil ich hier bin. Mit dir."

Aus einem Impuls heraus küsste sie ihn einfach. Logan zog sie eng an sich und teilte ihre Lippen mit der Zunge. Dakota drängte sich ihm entgegen und genoss das Gefühl seiner Hände auf ihren Hüften. Erst als sie kaum noch Luft bekam, löste sie sich widerwillig von ihm.

„Das setzen wir nachher fort", sagte Logan. Seine Lippen glänzten feucht vom Kuss. „Nach dem Essen."

Unschlüssig stand sie vor dem schicken Restaurant und umklammerte Logans Hand. Das Gebäude war schlicht und weiß mit einer Veranda aus hellem Holz, auf der durcheinander viereckige Tische mit jeweils vier geflochtenen Korbsesseln standen, die mit hellgrauen und blauen Kissen ausgelegt waren. Es roch köstlich nach gebratenem Fisch und Meeresfrüchten. Dakota hatte so etwas noch nie gegessen. Bei ihr zu Hause hatte es, wenn überhaupt, Tiefkühlpizza und Pommes gegeben. Meistens hatte sie sich jedoch selber etwas kaufen müssen.

Sie ließ den Blick über die Gäste schweifen. Viele von ihnen trugen hübsche Sommerkleider oder

Hemden. Selbst Logan trug zu seiner hellen Jeans ein kurzärmeliges weißes Hemd, das über seinen breiten Schultern spannte. Die oberen beiden Knöpfe standen offen. Fast sah er aus, als würde er hierhin gehören.

„Ich bin nicht schick genug für so ein Restaurant", flüsterte sie ihm zu.

„Du bist wunderschön. Mach dir keine Gedanken." Ermutigend drückte Logan ihre Hand.

„Das ist bestimmt wahnsinnig teuer. Lass uns irgendwo einen Hotdog kaufen. Das reicht mir."

Logan legte seine Hände auf ihre Schultern und sah ihr in die Augen. „Das ist unser erstes Date. Ich will, dass es toll wird. Hör auf, dir so viele Sorgen zu machen, und überlass alles mir."

Dakota zögerte. Bisher hatte sie sich immer selber um alles gekümmert. Nie war jemand da gewesen, der sie unterstützte. Es fiel ihr schwer, die Kontrolle abzugeben, doch sie vertraute Logan. Er würde sie niemals fallenlassen oder demütigen. Nicht so wie Keith. Oder Dad. Sie schluckte, um den bitteren Geschmack loszuwerden. Keith war nicht hier. Er konnte ihr nie wieder wehtun.

„Ok. Ich … vertrau dir."

Er küsste sie auf die Wange. Dann stiegen sie die drei Stufen zur Veranda hoch. Ein Kellner im weißen Hemd kam auf sie zu und begrüßte sie höflich, aber kein bisschen steif. Die Atmosphäre war locker und alles wirkte vollkommen normal. Auch wenn es für Dakota, die nur Mr. Percys Café und schmuddelige Imbissbuden kannte, sehr ungewohnt war, von einem Kellner zu einem Tisch geführt zu werden, auf dem ein Reserviert-Schild stand.

„Bitte sehr, Mr. Ramirez. Ein Tisch für zwei Personen." Der junge Mann wies auf den Tisch direkt neben dem niedrigen Geländer, das die Veranda umgab. Besteck und Servietten für zwei Personen standen schon bereit und in der Mitte ein Glas mit Sand und einem Teelicht darin. Darum herum waren ein paar weiße Muscheln arrangiert. „Und hier die Karten." Er reichte jedem von ihnen eine dicke Mappe.

„Danke."

„Vielen Dank."

Der Kellner nickte ihnen zu, während sie sich setzten, und verschwand dann in Richtung Eingang.

„Logan Ramirez? Das ist dein vollständiger Name?" Sie betrachtete ihn ausgiebig. Die dunkelbraunen Haare, die grünen Augen, die leicht gebräunte Haut. Er sah nicht wirklich wie jemand aus, der Ramirez hieß. Im nächsten Moment schämte sie sich für ihre Gedanken. Als ob das etwas zu bedeuten hatte.

Logan legte die Karte aufgeschlagen vor sich auf den Tisch. „Frag ruhig. Ich bin nicht beleidigt."

„Nein, schon gut." Dakota nahm eilig die Speisekarte und schlug sie in der Mitte auf. Sanft legte Logan seine warme Hand auf ihre.

„Meine Mutter war Mexikanerin", sagte er und stockte dann, als wüsste er nicht, wie er weitermachen sollten. *War*. Kein Wunder, dass auch er nie über seine Familie sprach.

Anders als erwartet, lächelte Logan. Es sah ein bisschen traurig aus. „Ich bin ja froh, dass sie mir einen Vornamen gegeben hat, bei dem nicht jeder sofort denkt, ich wäre ein illegaler Einwanderer."

„Selbst wenn. Mich würde es nicht stören." In ihrer

Nachbarschaft hatte es auch mexikanische Einwandererfamilien gegeben. Als sie klein gewesen war, hatte sie mit deren Kindern gespielt. Es waren freundliche, herzliche Menschen gewesen. Bei einer Familie war sie nach der Schule öfter zum Mittagessen gewesen. Bis Dad es ihr verboten hatte. „Ich weiß, wie manche Leute darüber denken, aber ich finde es falsch. Jeder Mensch hat eine Chance verdient." Sogar bei Dad hatte sie bis zum Ende noch geglaubt, dass doch etwas Gutes in ihm steckte, aber er hatte ihr das Gegenteil bewiesen.

Auf einmal wirkte Logan noch nachdenklicher als davor. „Manche Menschen haben so viel Scheiße gebaut, dass sie keine zweite Chance verdienen."

Er klang so bitter, dass Dakota sich nicht traute, zu fragen, wen er meinte. „Vielleicht doch. Wenn es ihm leidtut."

„Das tut es nicht. Glaub mir." Logan zog seine Hand zurück und beschäftigte sich wieder mit der Speisekarte. „Weißt du schon, was du essen willst?"

Überrascht von dem abrupten Themenwechsel und seinem plötzlich fröhlichen Tonfall, griff Dakota jetzt auch zur Karte. Es wurden verschiedene Salate und ausschließlich Gerichte mit Fisch und Meeresfrüchten angeboten. Die Namen der Fische sagten ihr überhaupt nichts. Das einzige Fischgericht, das sie je gegessen hatte, waren Fischstäbchen gewesen.

„Keine Ahnung. Was ist denn gut?"

Leise lachend zuckte Logan mit den Schultern. „Ich hab noch nie hier gegessen."

„Du führst mich in ein Lokal aus, in dem du noch nie warst?" In gespieltem Entsetzten riss sie die Augen auf. „Welcher Mann tut so was?"

Er schenkte ihr ein unwiderstehliches Lächeln. „Ein Mann, der gerne Neues ausprobiert." Logan nahm über den Tisch hinweg ihre Hand und drückte sie sanft. „Und der seine Freundin überraschen will."

Hitze schoss ihr ins Gesicht. *Seine Freundin.* Und er lud sie ein, obwohl er sich das Geld, das er hier ausgab, sicher hart erarbeitet hatte.

„Und du bist sicher, dass du alles allein bezahl …?

„Ganz sicher."

Dakota entschied sich für einen großen Salat mit Meeresfrüchten und Logan nahm ein gebratenes Fischfilet mit Kartoffeln. Unschlüssig betrachtete sie die Krabben und Muscheln auf ihrem Teller. Sie rochen fischig und trotzdem lecker. Vorsichtig pikste sie mit der Gabel eine kleine rosa Krabbe auf.

„Hast du so was schon mal gegessen?"

Logan, der gerade damit beschäftigt war, Gräten aus seinem Fisch zu puhlen, schaute von seinem Teller auf. „Ein Freund hat uns manchmal welche gebracht. Er hat in einer Fabrik gearbeitet und ab und zu ein paar für meine Mom mitgenommen."

„Das geht?"

„Sie hat nie gefragt." Sein Kiefer spannte sich an. Dakota drehte die Gabel in ihrer Hand, an der immer noch die Krabbe hing.

„Wie war sie? Deine Mom."

„Ich war erst vier, als sie gestorben ist. Ich kann mich gar nicht mehr an sie erinnern. Nachdem sie weg war, hat sich meine Halbschwester um uns gekümmert."

Vorsichtig legte Dakota die Gabel mit der Krabbe auf den Tellerrand. Es musste schrecklich sein, so früh die Mutter zu verlieren. Für sie hatte es sich auch oft so angefühlt, als wäre ihr Mom gestorben. Schließlich war sie nie für sie da gewesen.

„Wie viele Geschwister wart ihr?"

„Drei. Ich hatte noch einen älteren Bruder."

„Ist er auch …?"

„Er hat sein eigenes Leben." Es klang endgültig und Logans Blick wurde hart. Ob sein Bruder derjenige war, der seiner Meinung nach keine zweite Chance verdiente? Sie hatte noch nie verstanden, warum Geschwister sich zerstritten. Es musste schön sein, jemanden zu haben, der immer da war. Als sie klein gewesen war, hatte sie sich immer einen großen Bruder gewünscht, der ihrem Dad die Meinung sagte und sich gegen Keith wehrte, doch ihre Eltern hatten nie eine Familie gewollt. Sie war nichts weiter als ein dummer Unfall, dessen Konsequenzen man besser ignorierte.

Kurz überlegte Dakota, ob sie Logan ein bisschen über ihre Mom erzählen sollte. Ihr Alkoholproblem. Doch eigentlich sollte es ein schöner Tag werden. Sie wollte sich nicht weiter mit traurigen Dingen beschäftigen.

„Hey, vielen Dank." Logan sah sie mit glasigen Augen an, als wäre er tief in Gedanken versunken gewesen. „Dass du mich eingeladen hast."

„Das hab ich doch versprochen." Er lächelte, doch sein Blick wirkte weiter ein wenig abwesend.

„Alles ok?", fragte sie.

„Ja klar, natürlich." Er steckte sich ein Stück Kartoffel in den Mund und kaute. „Ich hab mich nur gefragt, warum du immer noch nichts gegessen hast. Die Krabben riechen so gut. Wenn du in fünf Minuten nicht alles aufgegessen hast, kann ich mich nicht mehr länger beherrschen."

Sein Lächeln war ansteckend. „Ok, dann probier ich mal."

Logan drohte ihr spielerisch mit dem Zeigefinger. „Wehe, sie schmecken dir nicht."

„Ich hab mir fest vorgenommen, dass sie mir schmecken. Egal wie scheußlich sie sind."

„Wenn du mich so provozierst, lässt du mir keine andere Wahl." Bevor sie reagieren konnte, griff Logan nach ihrer Gabel mit der Krabbe und hielt sie ihr über den Tisch hinweg hin.

„Ist das deine Art von Überzeugungsarbeit?" Skeptisch zog sie eine Augenbraue nach oben, konnte sich aber das Grinsen nicht verkneifen, weil Logan sich so sehr freute.

„Was von mir ist, musst du mögen."

„Du hast recht." Dakota beugte sich über den Tisch und ließ sich von Logan die Gabel in den Mund schieben. Zögerlich biss sie auf die Krabbe. Sie fühlte sich fest an und schmeckte nach Meer und einfach lecker. Ihre Augen weiteten sich vor Überraschung. Wie hatte sie nur jemals Angst haben können, dass sie ihr nicht schmeckte!

„Die ist gut." Sie nahm Logan die Gabel aus der Hand und spießte noch zwei Krabben auf.

„Und, hatte ich recht?"

„Ich werde nie wieder an dir zweifeln."

Mit der ersten Krabbe hatte sich die Stimmung gelockert. Dakota schob ihren Stuhl näher zu Logan und probierte von seinem Fisch, während er ihr Muscheln vom Teller klaute. Logan erzählte von seinem Freund Matt, mit dem er sich eine Wohnung teilte.

„Matt liebt gutes Essen. Wir müssen mal mit ihm herkommen."

„Ich würde ihn gerne kennenlernen. Er ist viel netter als ... Ich meine ..." Wie sollte sie Logan erklären, dass sie seine Freunde schrecklich fand. Besonderes diesen Dean mit seinem überlegenen Grinsen.

„Schon ok. Niemand zwingt dich, all meine Freunde zu mögen." Seine grünen Augen blickten sie verständnisvoll an.

„Tut mir leid. Ich finde ihn einfach gruselig. Genau wie diesen Travis." Innerlich schüttelte sie sich, als sie an seine widerliche Anspielung dachte. Entweder störte Logan sich nicht an ihrem Verhalten oder er sah etwas in diesen Kerlen, das sie einfach nicht erkennen konnte. Wie auch immer. Ihr blieb nichts anderes übrig, als zu akzeptieren, dass sie Logans Freunde waren und er sie offensichtlich mochte.

„Sie sind nicht so schlimm, wie sie aussehen", sagte Logan. Dakota bemerkte, wie sich seine Gesichtszüge kurz ein wenig anspannten. Vielleicht täuschte sie sich aber auch. Wahrscheinlich war sie einfach ein bisschen durcheinander, weil in letzter Zeit so viel passiert war.

„Schon gut. Wenn sie deine Freunde sind, können sie so schrecklich nicht sein", entgegnete sie mit einem Lächeln.

„Klar." Logan nickte und machte dem vorbeieilenden Kellner ein Zeichen. „Lass uns noch ein bisschen spazieren gehen."

Ganz Blue Water schien heute am Strand zu sein.

Logan nahm Dakota an der Hand und sie bahnten sich einen Weg bis nach vorn zum Ufer. Dakota zog die Ballerina aus und verstaute sie im Rucksack. Schweigend liefen sie nebeneinander her, aber es war ein angenehmes Schweigen. Sie hatte nicht das Bedürfnis, die Stille zwischen ihnen mit einer unwichtigen Bemerkung zu durchbrechen. Mit einem verträumten Lächeln schaute sie auf ihre ineinander verschränkten Finger, die perfekt zusammenpassten. Noch nie hatte sich etwas so richtig angefühlt. Konnte sie nach all dem Pech endlich Glück haben?

„Lass uns hierbleiben", sagte Logan.

Sie brauchte ein paar Sekunden, bis seine Worte zu ihr durchdrangen.

„Ja. Ja, natürlich."

Dakota setzte sich neben Logan in den warmen Sand und beobachtete, wie sich die Wellen am Strand brachen und wie Schaumblasen auf dem dunklen, feuchten Sand zerplatzten. Beim letzten Mal war ihr nicht aufgefallen, wie schön das Meer war.

„Weißt du, dass ich früher immer davon geträumt hab, ans Meer zu fahren und einfach dortzubleiben?"

„Da hast du bestimmt an einen verlassenen weißen Strand und runde Hütten mit Strohdach gedacht?"

Dakota lächelte bei dem Gedanken. „Das klingt schön." Sie wandte ihm ihr Gesicht zu und bemerkte, dass er sie ansah. „Aber solange du da bist, gebe ich mich auch mit diesem Strand zufrieden."

Logan lächelte und gab ihr einen zarten Kuss. „Schön, dass ich genug für dich bin."

„Aber das mit dem weißen Strand behalte ich im Hinterkopf."

„Falls ich jemals genug Geld haben sollte, flieg ich mit dir in die Karibik."

„Ist das ein Versprechen?", fragte sie belustigt, während sich ein kleiner Teil von ihr wünschte, dass sie tatsächlich eines Tages allein mit Logan an einem tropischen Strand sitzen könnte.

Statt einer Antwort strich Logan mit dem Daumen über ihren Handrücken. Der Sand zwischen ihrer und seiner Hand fühlte sich rau an und gleichzeitig war es wunderschön, einfach nur seine Nähe und Wärme zu spüren.

„Weißt du schon, womit du es verdienen willst? Dein Geld, meine ich."

Er zuckte mit den Schultern. „Du meinst, abgesehen von Gelegenheitsjob? Ich weiß nicht. Darüber hab ich noch nie wirklich nachgedacht."

Dakota musste an die Kinder denken, die sie im Park und auf dem Spielplatz gesehen hatte. „Ich will irgendetwas tun, um Menschen zu helfen. Jeder verdient es, glücklich zu sein."

„Das klingt gut", sagte Logan. Er hob ihr Kinn sanft an. „Du verdienst es auch, glücklich zu sein. Das weißt du, oder?"

Stimmte das? Konnte sie endlich ein glückliches Leben führen? Ohne Ängste und Sorgen? Bis jetzt war sie immer in ständiger Alarmbereitschaft gewesen, jederzeit damit rechnend, dass das Schicksal wieder hart zuschlug.

„Das würde ich gerne", entgegnete sie. Das hörte sich aufrichtiger an, als zu sagen, sie wäre längst glücklich. Die Vergangenheit war immer noch ein Teil von ihr. Wie konnte sie die jemals loswerden? Wenn es stimmte, was Jamie sagte, wurde es mit der Zeit besser. Die schrecklichen Bilder würden irgendwann verblassen. Logan konnte ihr dabei helfen. Bei ihm hatte sie das Gefühl, alles könnte gut werden.

„Und das wirst du." Mit halb geöffneten Lippen sah er sie an, als wollte er noch was sagen. Doch stattdessen lächelte er nur.

„Und, wann lerne ich jetzt eigentlich Matt kennen?", fragte Dakota, als sie über die Promenade schlenderten und schließlich den Weg in die Stadt einschlugen.

„Wann du willst." Er lachte. „Oder besser gesagt, wenn er mal keinen stundenlangen Kochmarathon im Fernsehen anschaut."

„Matt kocht gerne?"

„Er liebt aufwendige Gerichte und ich komm ständig mit Donuts und Pizza nach Hause. Damit bin ich wohl der schlimmste Mitbewohner aller Zeiten."

Spontan kam Dakota eine Idee. „Warum kochen wir nicht alle zusammen was Tolles."

Erstaunt sah Logan sie von der Seite an. „Bei uns zu Hause?"

Vor ein paar Tagen hätte sie das noch ganz strikt abgelehnt, doch nach den letzten Stunden war sie sich sicher, dass sie Logan vertrauen konnte. Er würde die Lage nicht ausnutzen. Erst recht nicht, wenn Matt dabei war.

„Ja, das ist ok. Ich könnte auch Zutaten mitbringen."

Mit einem breiten Lächeln legte Logan den Arm um ihre Taille und zog sie enger an sich.

„Weißt du überhaupt, auf was du dich da einlässt? Wenn es um Essen geht, ist Matt sehr kompliziert."

„Das macht nichts. Wenn es für dich ok ist."

„Mach dir um mich keine Sorgen. Ich ertrage ihn jeden Tag."

Viel zu schnell erreichen sie das gelbe Mehrfamilienhaus. Der alte Hausmeister war gerade dabei, in den schmalen Beeten vor dem Eingang Unkraut zu zupfen.

„Hier wohnst du?" Neugierig betrachtete Logan die leuchtend gelbe Fassade. „Sieht schick aus."

„Mhm. Für einen Drittel der Miete arbeite ich bei Mr. Percy." Ein stolzes Lächeln stahl sich auf ihr Gesicht. Es fühlte sich tatsächlich gut an, selbst für seinen Lebensunterhalt zu sorgen.

„Ich wusste nicht, dass du in einer WG wohnst", brummte Logan nachdenklich.

„Das erwartet man von mir wohl nicht." Was sollte er auch denken, nachdem sie sich in der Schule immer allein in eine Ecke verkroch und mit niemandem redete?

„Ich bin nicht so wie andere Leute. Ich verurteile dich nicht", sagte Logan ruhig. Es klang kein bisschen als wollte er sich rechtfertigen. Sondern ehrlich.

Sie strich ihm über die Wange. „Danke."

Im obersten Stockwerk öffnete sich geräuschvoll ein Fenster. Dakota schaute nach oben und sah Jamie, die ihr zuwinkte. „Das ist er also?"

Grüßend hob Logan die Hand. „Ich hab gut auf sie aufgepasst."

„Das hoffe ich doch. Gib mir keinen Grund, runterzukommen."

Logan lachte. „Gut zu wissen, dass Dakota jemanden hat, der auf sie aufpasst."

Jamie hob drohend den Zeigefinger und lachte. „Wie gesagt, behandle sie gut."

„Das mach ich." Demonstrativ gab er Dakota einen zarten, unschuldigen Kuss auf die Wange und grinste dabei wie ein kleiner Junge, der gerade zum ersten Mal ein Mädchen geküsst hatte. „Siehst du", rief er, „Alles ganz harmlos."

„Übertreib´s nicht", flüsterte Dakota.

„Hast recht. Du solltest jetzt hochgehen. Sonst kommt sie tatsächlich runter."

„Ach, du musst keine Angst vor ihr haben." Es gefiel ihr, dass Logan glaubte, Jamie sei ihre beste Freundin. Dabei hatten sie vor ihrer Aussprache nach dem Desaster am Strand vor einer Woche kaum miteinander geredet. Amber war weiterhin sehr distanziert.

Logan zog sie noch einmal an sich und küsste sie. „Das Treffen mit Matt steht?"

„Ja, nächsten Samstag."

„Wir sehen uns in der Schule."

„Bis dann."

Als Dakota gerade im dritten Stock war, hörte sie, wie oben die Wohnungstür aufging. Sie war ein bisschen außer Atem nach den vielen Treppen. Breit lächelnd stand Jamie in der Tür.

„Er ist wirklich süß." Sie zog Dakota in eine Umarmung. „Freut mich für dich. Du brauchst das."

Dakota befreite sich aus Jamies Umklammerung und drückte sich an ihr vorbei in den Flur. „Ja, er ist nett."

„Das ist doch echt die Untertreibung des Jahres. So wie du vor dich hin grinst, muss er mehr als nett sein."

Tatsächlich konnte Dakota gar nicht mehr aufhören zu grinsen. Es fühlte sich so natürlich an. „Du hast recht. Er ist … keine Ahnung. Einfach toll."

Sie hängte den Rucksack an die Garderobe und folgte Jamie in die Küche. Die kramte gleich im Kühlschrank. „Wenn er ein anständiger Kerl ist, hast du wahrscheinlich keinen Hunger", vermutete sie und zog einen Joghurt mit Müsli aus dem Kühlschrank.

„Wir haben Meeresfrüchte gegessen." Dakota konnte fast immer noch den Geschmack auf der Zunge fühlen.

„Das kann er sich leisten? Geht er nicht auch noch zur Schule?"

„Ja, schon. Wahrscheinlich jobbt er." Logan hatte etwas von Gelegenheitsjobs gesagt. Wahrscheinlich kam daher das Geld, das er im Sunny Beach gelassen hatte.

Jamie rührte in ihrem Joghurt. „Bestimmt. Er wird sein Geld schon nicht mit dreckigen Geschäften verdienen."

Bei ihren Worten zuckte Dakota zusammen. Nein, Logan war nicht wie Dad. So was würde er nie tun. Dazu gab es gar keinen Grund. Nur weil er mit jemandem wie Dean befreundet war, hieß das nicht, dass er kriminell war. Selbst Dean musste nicht kriminell sein. Sie musste endlich aufhören, sich ständig Sorgen zu machen. Nicht jeder Mensch war schlecht. Nicht jeder wollte ihr etwas Böses. Der Gedanke an Logans Lächeln, seine weichen Lippen auf ihren, beruhigte sie. Er war kein bisschen wie Dad oder Dean. Oder Keith.

„Alles ok?", fragte Jamie besorgt. Sie stellte den Joghurtbecher auf den Tisch und legte Dakota eine Hand auf die Schulter. „Das war doch nur ein Witz."

„Natürlich. Weiß ich doch."

„War irgendwas?"

„Nein. Alles gut. Ich …" Sie schüttelte Jamies Hand ab. „Bitte mach nicht solche Witze."

Bestürzt schaute Jamie sie an. „Tut mir leid. Das wusste ich nicht."

„Ist ja auch egal." Sie hatte schon zu viel gesagt. Bevor Jamie noch mehr Frage stellen konnte, rauschte sie aus der Küche und verschwand in ihrem Zimmer. Den Schlüssel drehte sie um und prüfte mehrmals, ob die Tür auch wirklich zu war. Plötzlich erfasste sie wieder die unsinnige Angst, dass jemand in der Wohnung war, der nicht hier sein sollte. Dass jemand in ihr Zimmer kam und … Nein. Keith war nicht hier. Er wusste nicht, wo sie war. Niemals würde er bekommen, was er all die Jahre von ihr gewollt hatte.

Dakota setzte sich an den Schreibtisch und machte stur ihre Hausaufgaben. Danach hätte sie nicht sagen können, was sie überhaupt gemacht hatte. Immer wieder tauchte Logans Gesicht vor ihr auf. Er würde sie beschützen. Er würde nie zulassen, dass ihr jemand wehtat.

Keith wartete auf sie, als sie von der Schule nach Hause kam. Niemand hatte heute Zeit gehabt, mit ihr abzuhängen. Als sie Keith im Flur stehen sah, bereute sie sofort, dass sie sich nicht allein auf irgendeine Parkbank gesetzt hatte, um zu warten, bis es dunkel wurde, und Keith sich mit ihrem Dad auf den Weg in ihre Stammkneipe machte.

„Hallo Süße. Heute schon so früh zu Hause." Mit einem ekelhaften perversen Grinsen kam er auf sie zu. „Schön,

dass du dir Zeit für mich nimmst. Heute ist der große Tag." Keith streckte seine dreckigen Hände nach ihr aus.

Dakota duckte sich. *„Lass mich in Ruhe. Ich muss Hausaufgaben machen."* Sie wollte sich an ihm vorbeidrücken, doch er erwischte sie am Oberarm und umklammerte ihn eisern. Sein Gestank nach Schnaps und ungewaschenen Klamotten stieg ihr in die Nase.

„Ich hab dir wirklich lange genug Zeit gelassen. Heute nimm ich mir endlich, was mir zusteht." Seine Finger krabbelten wie Insektenbeine ihren Oberschenkel hinauf und griffen unter ihren Rock. *„Mein Daddy hat immer gesagt, dass Frauen, die Röcke tragen, auf schnellen Sex stehen."* Er lachte gackernd und Panik ergriff Dakota. Er würde es tun. Und niemand würde ihr helfen. Dad ließ schon seit Jahren zu, dass Keith ihr nachstellte und sie belästigte, und Mom war in den letzten Wochen kaum einen Moment nüchtern geblieben. Wenn sie jemand von ihrem billigen Gesöff trennen wollte, wurde sie aggressiv. Von ihr konnte sie keine Hilfe erwarten.

Keiths Hand kam auf der Innenseite ihres Schenkels zum Erliegen. Für einen Moment war Dakota wie erstarrt. Als ihr klar wurde, was als Nächstes passieren würde, holte sie mit ihrer freien Hand aus und verpasste Keith eine Ohrfeige. Der lachte nur.

„Wie süß." Sein Gesicht verzerrte sich zu einer hässlichen, wütenden Grimasse und er bohrte seine Finger schmerzhaft in ihre Schulter. *„Ich hau dir bloß nicht aufs Maul, damit niemand was merkt."*

„Dad weiß es", presste sie hervor, obwohl sie genau wusste, wie lächerlich das war. Ihr Dad war nicht der heldenhafte Vater, der seine Tochter beschützte. Er ließ Keith gewähren, weil er Angst vor ihm und seiner Gang hatte.

Keith stieß sie von sich, um gleich darauf grob an ihre Brüste zu fassen. Angewidert versuchte Dakota, sich zu befreien, doch alles Zappeln und Treten half nichts. Ihr Widerstand schien ihn noch mehr anzustacheln. Er knetete ihre Brüste und stöhnte dabei. Dakota würgte und schluckte die bittere Galle hinunter. Sie könnte ihn anflehen, aufzuhören, aber das würde ihn wahrscheinlich noch mehr antörnen. Keith liebte hilflose Frauen.

„Das ist gut, nicht wahr? Dir gefällt es doch auch."

„Du bist widerlich", keuchte sie, „Hör auf."

„Gib zu, dass es dir gefällt." Keith ließ von ihr ab und gab ihr einen Stoß, sodass sie auf die Knie fiel. In ihrer Verzweiflung versuchte sie, von ihm wegzukriechen. Tränen liefen ihr über die Wangen. Er würde sie beschmutzen und niemand interessierte sich dafür.

Er packte sie an der Hüfte und kniete sich hinter sie, schob ihren Rock nach oben. „Endlich." Gerade als seine Hände sich auf ihren Hintern legten, zerriss ein Knall die Stille, gefolgt von aufgeregten Schreien. Der Lärm brachte Keith aus dem Konzept. Den kurzen Moment der Verwirrung nutzte Dakota; sie drehte sich um und gab Keith einen Stoß. Er knallte mit dem Rücken gegen die Wand, rappelte sich aber gleich wieder auf.

„Du Schlampe!" Keith streckte seine Arme nach ihr aus, das Gesicht vor Wut verzerrt. Ein Versuch. Sie hatte nur einen Versuch. Sie nahm Anlauf und rammte ihm ihr Knie in den Schritt. Mit einem hohen Winseln sackte Keith in sich zusammen.

Panisch sah sie sich um und lief dann zur Haustür. Was sie dort sah, ließ ihr das Blut in den Adern gefrieren. Vor dem Haus lag Dad in einer größer werdenden Blutlache. Die Straße war leer. Nur im Haus gegenüber bewegte *sich ein Vorhang im Erdgeschoss. Schluchzend presste sie sich eine Hand auf den Mund. Sie hatte gewusst, dass das irgendwann passieren würde. Dad war bei diesen Gangstern hoch verschuldet.*

Sie musste hier weg! Sofort! Auf wackeligen Beinen stolperte sie durch den Flur. Vorbei an Keith, der sich immer noch jammernd auf dem Boden wand. Die Treppe hoch. In ihr Zimmer, wo sie wahllos irgendwelche Kleidungsstücke in ihren alten Trolli warf. Dann das Handy, das Ladekabel, der Umschlag mit dem Ersparten. Dakota stolperte ins Bad und packte eine Zahnbürste, einen Kamm und zwei kleine Handtücher ein. Alles andere würde sie sich unterwegs kaufen.

Im Flur blieb sie kurz stehen und lauschte. Aus Moms Zimmer drang kein Laut. Sie rannte die Treppe wieder runter und sah aus den Augenwinkeln, wie Keith sich langsam aufrichtete.

„Du Miststück. Ich werde dich …"

Der Rucksack, der immer noch auf ihrem Rücken saß, wurde von einer Seite auf die andere geschleudert, als sie durch die Küche rannte und durch die Hintertür das Haus verließ. Sie kletterte über das zerbrochene Geländer der Veranda, hetzte die wenigen Meter durch den verwilderten Garten, sprang über den niedrigen Zaun auf den Weg hinter dem Haus. Vor ihr lag das Baugrundstück, das schon seit Jahren zum Verkauf stand. Dahinter erstreckte sich der Rest der heruntergekommenen Siedlung. Einmal drehte sie sich noch um. Von Keith war nichts zu sehen. Dafür ertönten jetzt Sirenen. Hoffentlich würden sie Keith mitnehmen und für den Rest seines Lebens einsperren. Was mit Mom passierte, war ihr gleichgültig. Und Dad? Er war nie für sie da gewesen, aber heute hatte er sie gerettet. Wäre der

Schuss nicht gewesen, hätte Keith …

Dakota wischte sich die Tränen ab. Dann rannte sie.
Sie rannte, bis sie die Sirenen nicht mehr hörte.

19. KAPITEL

Logan

Logan ließ den gelben Wohnblock hinter sich. Das Vibrieren in seiner Tasche wollte gar nicht mehr aufhören. Er zog das Handy hervor. Scheiße. Dean. Schon wieder.

Er nahm den Anruf an. „Ja?"

„Was ist los? Gehst du mit Absicht nicht an dein Handy?" Dean klang aufgebracht und Logan unterdrückte ein genervtes Aufstöhnen.

„Ich hab auch noch ein Privatleben."

Kurz herrschte unheilvolle Stille. „Und du willst doch auch, dass das so bleibt. Du willst dich weiterhin mit deiner kleinen Gothic-Tussi treffen. Und du willst sicher nicht, dass ihr was passiert"

Innerlich fluchte Logan. Dieser verdammte Mistkerl! „Was willst du?"

„Ich will gar nichts. Ich soll dir nur schöne Grüße von David ausrichten. Er gibt dir nochmal eine Chance, obwohl du dich beim letzten Mal wieder so blöd angestellt hast." Dean lachte voller Schadenfreude. Wütend ballte Logan die Hände zu Fäusten. Es war nicht seine Schuld gewesen, dass ihm niemand gesagt hatte, dass der sogenannte Kunde eigentlich ein Zwischenhändler war. Von Anfang an war klar gewesen, dass bei diesem Deal nichts für ihn raussprang.

„Das war nicht meine Schuld. David hat mich verarscht."

„Willst du ihm das persönlich sagen?"

Kurz war Logan versucht, einfach aufzulegen. Wenn Dean nichts von ihm wollte, sollte er ihm das sagen, aber auf seine Spielchen hatte er keine Lust.

„Dachte ich mir doch, dass du dich das nicht traust. Besser so. Du solltest Davids Methoden nicht hinterfragen."

„Sag mir endlich, was du willst. Sonst leg ich auf."

„Komm vor die alte Fabrikhalle. Jetzt gleich. Ich warte auf dich."

„Was, vor die …?" Doch Dean war schon weg. Es tutete in der Leitung. „Scheiße."

Kurze Zeit später stand Logan vor dem Fabrikgelände auf der Straße. Von Dean war nichts zu sehen. Die Straße war komplett ausgestorben. Schwer vorstellbar, dass hier überhaupt Menschen wohnten.

Er spähte durch den kaputten Maschendrahtzaun. Auch auf dem Gelände regte sich nichts. Das Tor zur Halle war geschlossen. In weiter Ferne bellte ein Hund. Das Bellen wurde immer aggressiver und lauter. Krallen kratzten über den Asphalt. Dann hörte er ein leises, drohendes Knurren. Der Hund stand nur wenige Meter von ihm entfernt auf der anderen Straßenseite und fletschte die Zähne. Sein graues Fell war struppig.

Wie erstarrt stand Logan da und ließ das Tier keine Sekunde aus den Augen. Wenn er sich nicht bewegte, würde er vielleicht einfach wieder gehen.

Doch im nächsten Moment legte der Hund die Ohren an und rannte los. Logan riss das Tor auf, schlupfte durch den Spalt und schlug es mit einem Krachen hinter sich zu. Der Hand sprang mit den Vorderbeinen am Gitter hoch und bellte und entblößte seine gelben Reißzähne. Logan wich vom Tor zurück. Sein Blick fiel auf die großen Löcher im Zaun, durch die mühelos ein Mensch passte. Kein Problem für einen Hund.

Panisch sah er sich nach irgendetwas um, womit er sich im Notfall verteidigen könnte. Auf dem Boden lagen Stücke von Betonplatten. Er hob eine auf und warf sie gegen die Gitterstäbe. Sie prallte mit einem metallischen Scheppern ab und fiel auf den Asphalt. Das Bellen wurde noch wütender. Der Hund kratze an den Stäben. Logan warf noch eine Platte an das Gitter. „Verschwinde! Lass mich in Ruhe!"

Ein Schuss knallte. Winselnd ließ der Hund von dem Gitter ab, überquerte mit eingezogenem Schwanz die Straße und verschwand zwischen ein paar Müll-containern.

Mit einer dritten Betonplatte in der Hand stand Logan auf dem Platz vor der Fabrik. Das verschwitzte Haar klebte ihm an der Stirn. Sein rasender Herzschlag beruhigte sich nur langsam. Hätte der Hund das Loch im Zaun gefunden, wäre das sein Ende gewesen.

„Was soll ich denn mit dir anstellen, wenn du dich von einem dämlichen Straßenköter so sehr einschüch-tern lässt?" Lässig schlenderte Dean über die Straße und blieb vor dem geschlossenen Tor stehen. Eine große schwarze Sonnenbrille verdeckte sein halbes Gesicht, auf dem ein überlegenes Grinsen lag. In einer

Hand hielt er eine Pistole.

„Hast du auf ihn geschossen?" Trotz aller Panik vor dem Hund wurde ihm bei dem Gedanken, ein Tier einfach zu erschießen, mulmig zumute.

Dean lachte, als wäre das ein absolut dummer Gedanke. „Hälst du mich etwa für eine Tierquäler?" Er drehte die Pistole in seiner Hand, als wäre sie bloß eine Zuckerstange. „Nein. Ich hab ihm nur gezeigt, dass er von unserem Revier fernbleiben soll."

Er zog sich die Sonnenbrille vom Gesicht und bedachte Logan mit einem düsteren Blick. „Das gilt übrigens auch für dich, solange du nicht dazu gehörst."

Logan schlug gegen das Gitter. „Willst du mich verarschen? Wo hätte ich denn sonst hingehen sollen, wenn dieser Scheißköter mich angreift?"

„Ich seh schon, du brauchst eine Waffe. Wenn du dich heute gut anstellst, bekommst du vielleicht bald eine."

Mit vor der Brust verschränkten Armen fixierte Logan Dean. „Sag schon, was du willst. Ich hab mich nicht zum Spaß von einem tollwütigen Hund jagen lassen."

Deans Lachen hallte von den Wänden wider. Dann holte er einen weißen Stoffbeutel aus dem Rucksack, den er bei sich trug. „Du wirst heute allein einen Deal durchziehen. Sechshundert Dollar. Plus zweihundert Dollar Schulden. Der Kunde hat das Geld, aber er wird es dir nicht geben wollen." Zufrieden grinsend musterte Dean ihn. „In dem Beutel ist alles, was du brauchst, und ich rate dir dringend, auch alles zu benutzen. Es ist ein schwieriger Kunde. Also sorg dafür, dass er dich nicht erkennt."

„Wie viel krieg ich dafür?" Finster starrte Logan ihn an, doch Dean ließ sich nicht davon beeindrucken.

„An deinem einschüchternden Blick solltest du noch arbeiten." Dean wandte sich zum Gehen. Er hatte die Straße schon überquert, als er sich noch einmal umdrehte. „Wir brauchen das Geld bis Mitternacht. Und die Waffe wirst du David auch zurückgeben. Wenn er einen guten Tag hat, bezahlt er dich vielleicht." Dann verschwand er in einer dunklen Seitenstraße.

Langsam stieß Logan das Tor auf, das sich mit einem Quietschen öffnete und hob den Beutel auf. Er war schwer. Logan öffnete ihn und warf einen Blick hinein. Ganz oben lag eine glänzende schwarze Pistole. Klein genug, um sie im Hosenbund zu verstecken. Als er den Inhalt durchwühlte, fand er eine kleine Tüte mit weißem Pulver, eine schwarze Sonnenbrille, eine ebenfalls schwarze Mütze und ein dunkelgraues Stofftuch mit einem aufgedruckten Totenkopfgrinsen.

Vor Schreck ließ Logan den Beutel fallen. Das konnte doch nicht … War das dasselbe Tuch, das auch der Typ getragen hatte, der ihn vor seiner Wohnung bedroht hatte? War das Dean gewesen? David? Jedenfalls war er sich jetzt sicher, dass man jemanden aus der Gang auf ihn angesetzt hatte. Schon damals, nachdem er das erste Mal mit Dean auf einer dieser Partys gewesen war. Und er sollte jetzt auf die gleiche Weise jemanden bedrohen und auch noch um achthundert Dollar erleichtern.

Seine Hände zitterten, als er den Beutel aufhob. Das alles widerte ihn an. Er wollte das nicht. Warum konnte er kein normales Leben führen? Warum geriet er immer an die falschen Leute? Lieber hätte er sich von diesem Fettklops in der Mensa verprügeln lassen, als sich auf Dean einzulassen. Aber was half es schon, sich über Dinge zu ärgern, die er sowieso nicht mehr ändern konnte. Er musste tun, was Dean von ihm verlangte. Es war die einzige Möglichkeit, Dakota zu schützen. Für sie würde er alles tun.

Logan steckte sich die Pistole in den Gürtel, das Tütchen in die Hosentasche und zog Deans Verkleidung an. Er kam sich albern vor, aber so würde ihn wenigstens niemand erkennen. Niemand würde wissen, wer dieser Typ war, der so tief gesunken war, dass er für eine skrupellose Drogenmafia arbeiten musste.

Der Wohnblock war der schlimmste, den Logan je gesehen hatte. Nicht mal das Haus, in dem er mit Julian und Mike gelebt hatte, war so verfallen gewesen.

Das graue Haus war nur vierstöckig. Die meisten Fenster waren blind vor Schmutz und nirgends hingen Vorhänge oder irgendetwas, das darauf hindeutete, dass hier jemand wohnte. Die hölzerne Tür stand halb offen. Ein langer, schmaler Spalt prangte im brüchigen Holz, als hätte jemand einfach ein Stück herausgerissen.

Mit dem Fuß stieß Logan die Tür ganz auf. Im Flur war es dunkel und obwohl er sich Deans Tuch vors Gesicht gebunden hatte, nahm er den ekligen, fauligen Gestank wahr. Die Luft fühlte sich kalt und feucht an. Ein kalter Schauer durchfuhr ihn. Wer hier wohnte, musste wirklich ganz unten angekommen sein. Niemand hauste freiwillig in so einer dreckigen Baracke.

Die Holzstufen knarzten unter seinen Schuhen. Im ersten Stock angekommen, huschten zwei Mäuse an ihm vorbei und verschwanden in einem Loch in der bröckligen Wand. Sein Kunde wohnte im zweiten Stock. Dort gab es nur zwei Türen. Eine war offen und im Flur dahinter herrschte gähnende Leere. Die Tür gegenüber war verschlossen und zugekleistert mit Aufklebern von Totenköpfen, Drachen, Schlangen und eindeutigen Botschaften, dass Besuch hier nicht willkommen war.

Na super. Das musste der schlimmste Kunde von allen sein. Zum mindestens hundertsten Mal wünschte er sich, dass er das nicht tun musste, sondern einfach verschwinden und so tun könnte, als wäre er Dean nie begegnet. Er verdrängte den Gedanken, dass er genauso enden würde wie Julian, der auch nur die falschen Freunde gehabt und zu spät gemerkt hatte, wer diese Leute waren. Verdammt! Er war kein Stück besser als sein verantwortungsloser Bruder.

Logan tastete nach dem Tütchen und der Pistole. Hoffentlich würde er sie nicht brauchen. Dean konnte alles von ihm verlangen, aber er würde auf niemanden schießen. Egal wie ekelhaft dieser Typ auch sein mochte.

Nach dem kurzen Gedanken, einfach abzuhauen und sich in einer weit entfernten Stadt zu verstecken, klopfte er an die Tür. Als sich nichts tat, klopfte er nochmal. Diesmal lauter.

„Hey!", rief er. „Deine Lieferung ist da!" Schritte schlurften durch den Flur und stoppten vor der Tür. Dann herrschte wieder Stille. „Soll ich wieder gehen?"

Ein Schlüssel wurde im Schloss umgedreht und die Tür einen winzigen Spalt geöffnet. „Leg´s vor die Tür", wisperte eine Stimme. Eine Frau. Innerlich stöhnte Logan auf. Hoffentlich machte sie keinen Ärger. Einer Frau wollte er erst recht keine Gewalt antun. Es musste anders gehen.

„Nein. Mach auf und lass mich rein. Sonst nimm ich die Ware wieder mit." Demonstrativ trat Logan einen Schritt von der Tür weg. Ein schmales Auge fixierte ihn. „Gut, wie du willst. Ich gehe wieder." Er wandte sich zum Gehen. Da wurde die Tür aufgestoßen. Ein dürrer Arm schnellte heraus und knochige Finger griffen nach seinem Handgelenk.

„Rein mit dir", befahl die Stimme. Für eine Frau klang sie ungewöhnlich hart. Wie jemand, der in seinem Leben schon viel Schlimmes durchgemacht und gelernt hatte, sich durchzubeißen.

Ihre Wohnung unterschied sich kaum von der des Kunden, bei dem er mit Dean gewesen war. Sie war dunkel und dreckig. Nur der Gestank war schlimmer. Es roch wie in einem Katzenklo, doch Logan bezweifelte, dass sie eins besaß. Sonst würde nicht der gesamte Flur so bestialisch stinken. Während er der Frau durch den Flur folgte, richtete er den Blick auf den Boden, der tatsächlich voller Tretmienen war.

Das Wohnzimmer war vollgestellt mit gruseligen Statuen mit aufgerissenen Mäulern und spitzen Klauen und Zähnen. Doch das Schlimmste waren die Terrarien, die sich an der gegenüberliegenden Wand stapelten. Es mussten mindestens zehn sein. In den meisten regte sich nichts. Nur in einem davon erkannte Logan eine grüne Schlange, die sich gerade einrollte. Sein Blick fiel auf das zerfledderte Sofa, auf dem drei Katzen lagen. Auch hier stank es unerträglich.

Nur mit Mühe widerstand er dem Drang, aus dem Zimmer zu flüchten. Es war wie in einem Alptraum. Dagegen waren Mikes Schnapsflaschen, die überall herumgestanden hatten, nichts gewesen.

Obwohl die Frau sein Gesicht nicht sehen konnte, musste sie seine angespannte Haltung bemerkt haben. Sie lächelte und entblößte dabei einige Zahnlücken. „Lass dich von meinen kleinen Lieblingen nicht stören. Sie sind meine Familie und wenn du tust, was ich dir sage, werden sie dir nichts tun."

Endlich erwachte Logan aus seiner Starre. Wie konnte er sich von einer kleinen, dürren Frau und ein paar Tieren so sehr einschüchtern lassen. Er packte sie an den knochigen Handgelenken. „Du willst etwas von mir. Ohne mich kommst du nicht an deinen kostbaren Stoff. Deshalb wirst du tun, was ich dir sage." Er nahm die Sonnenbrille ab und sah sie mit zusammengekniffenen Augen an. „Also los, hol das Geld. Sonst gibt es gar nichts."

Ungläubig riss sie die Augen auf und starrte ihn an. „Du verdammter ..."

„Jetzt mach schon", schnauzte er sie an, „Und vergiss die Schulden nicht." Sie zeigte ihm den Stinkefinger und verschwand im Flur. Logan bemühte sich, ruhiger zu atmen. Eigentlich sollte er sich jetzt gut fühlen. Schließlich hatte er sie eingeschüchtert. Doch stattdessen kam er sich schäbig vor. Wollte er das Geld überhaupt, dass er so verdiente? Und das Schlimmste stand ihm noch bevor. Sechshundert Dollar für ein paar Gramm Kokain. Und dann auch noch die Schulden. Die würde sie niemals freiwillig zahlen.

Plötzlich hatte er das Gefühl, die Luft würde immer dünner. Vorsichtig spähte er zur Tür und lockerte dann das Tuch, doch in dem Moment kam sie zurück.

„Fünfhundert Dollar." Sie hielt ihm ein paar zerknitterte Geldscheine hin. Logan nahm sie und holte dann das Tütchen aus der Hosentasche. Er hielt es ihr hin, doch als sie gierig danach greifen wollte, zog er es wieder zurück.

„Wo ist das restliche Geld?"

Für einen kurzen Moment flackerte Panik in ihren Augen auf. Dann wurde ihr Blick wieder hart. „Gib mir, was mir zusteht."

„Erst gibst du mir, was mir zusteht."

„Es steht dir nicht zu. Keinem von euch!" Mit wutverzerrtem Gesicht stürzte sie sich auf ihn und versuchte, ihm das Tütchen aus der Hand zu reißen, doch sie stolperte über ihre eigenen dürren Beine und fiel vor ihm auf die Knie. Tränen standen in ihren trüben Augen. „Ihr seid schuld, dass ich das brauche. Ihr seid schuld, dass ich so bin. Ihr miesen Schweine. Wegen euch hab ich nichts mehr."

Die Tränen liefen ihr in Strömen über die Wangen. War ihre Verzweiflung echt oder spielte sie ihm nur etwas vor, um ihn zu erweichen? Nein. Sie musste wissen, dass das nichts nützte. David war skrupellos. Weder er noch Dean oder wer sonst noch zu dieser Bande gehörte, würde sich von Tränen beeindrucken lassen. Er griff nach ihren Oberarmen und half ihr auf die Beine.

„Euch sollte man alle wegsperren", sagte sie mit schwacher Stimme, aber so voller Hass, dass es Logan kalt den Rücken herunterlief. Das war kein Spiel.

Die Menschen, die Logan so lange für seine Freunde gehalten hatte, hatten ihr übel mitgespielt. Zum gefühlt tausendsten Mal verfluchte er sich für seine Dummheit. Jetzt stand er hier und ihm blieb nichts anderes übrig, als es einfach durchzuziehen.

Schnell prüfte er, ob die Pistole auch wirklich gesichert war. Dann setzte er sie ihr an die Brust, in der Hoffnung, dass sie nicht merkte, wie sehr seine Hand zitterte.

„Hol die verdammten dreihundert Dollar", sagte er ruhig, „Wenn du sie mir nicht gibst, wird jemand anderes herkommen und sich das Geld holen." Er machte eine kurze Pause, während der er sie nicht aus den Augen ließ. Ihr Blick flackerte unruhig. Also erhöhte er den Druck der Pistole. „Jemand, der dir wehtut. Oder deinen Tieren." Als sie einen schmerzerfüllten Schrei ausstieß, wurde ihm übel. Was er dieser armen Frau antat, war nicht wieder gutzumachen. Er verabscheute, was Davids Gang anderen Menschen antat, doch es hielt ihn nicht davon ab, genau das Gleiche zu tun. Schlimmer noch: Er machte etwas, dass er von Grund auf falsch fand. Leute wie er waren die schlimmsten Heuchler. „Hol das Geld", sagte er nochmal. „Dann passiert dir nichts."

Ihre Unterlippe zitterte. „Meine Lieblinge."

„Ich tu ihnen nichts."

Mit erhobenen Armen drehte sie sich um und schlich zur Tür. Logan folgte ihr in einigem Abstand. Dabei ließ er die Pistole keinen Augenblick sinken. Er folgte ihr durch den Flur in eine winzige Küche. Im ganzen Raum stapelte sich dreckiges Geschirr und aufgerissene Packungen mit Fertiggerichten. Zwischen dem ganzen Müll saß an einem freien Fleckchen am Boden ein struppiger, kleiner Hund, der Logan mit großen, ängstlichen Augen anschaute.

Die Frau wühlte in einem Hängeschrank und holte eine Dose heraus. Die Verzweiflung war aus ihrem Blick verschwunden, als sie ihm das Geld reichte, das in der Dose gewesen war. „Hier, du Mistkerl. Und richte deinen Komplizen aus, dass ihr nicht so einfach davonkommen werdet. Jeder Menschen erhält seine gerechte Strafe. Selbst so ein mieses Dreckspack wie ihr."

Nach außen hin unbeeindruckt nahm er die dreihundert Dollar und gab ihr das Tütchen. Sie riss es an sich und fixierte ihn mit einem kalten Blick. Logan trat zur Seite und steckte die Pistole wieder ein. Wortlos drängte sie sich an ihm vorbei.

Als der graue Wohnblock hinter ihm lag, riss er sich das Tuch vom Gesicht und atmete tief durch. Selbst die stickige Luft, die zwischen den Häusern hing, kam ihm im Gegensatz zum Gestank in der Wohnung frisch vor. Er steckte Deans Ausrüstung in den Stoffbeutel, den er die ganze Zeit unter seinem Pulli um den Hals getragen hatte. Obwohl er erfolgreich gewesen war, fühlte er sich kein bisschen, als hätte er etwas Tolles getan. Davids Lob, als er ihm das Geld überbrachte, und auch die hundert Dollar, die er für seinen Auftrag erhielt, fühlten sich falsch an. Dieses Geld hatte er nur bekommen, weil andere Menschen leiden mussten. Dieses Geld zerstörte Leben. Lieber hätte er dafür wieder Autos geputzt und Rasen gemäht. Das war so viel einfacher.

Nach dem, was er gesehen hatte, nahm er sich vor, nie wieder über jemanden zu urteilen, der drogenabhängig war. Man konnte so schnell an die falschen Leute geraten und alles verlieren. So wie er an Dean geraten war.

Ob Dakota auch so dachte? Würde sie ihn verurteilen, sollte sie je erfahren, womit er sein Geld verdiente?

Sollte er es jemals schaffen, ein normales Leben zu führen, würde er alles tun, um den Menschen zu helfen, um die sich niemand kümmerte. Menschen wie dieser Frau, die nichts hatte außer ihren Tieren und dem Kokain.

20. KAPITEL

Dakota

„Hier, probier das noch an." Jamie steckte ihren Arm in den Spalt zwischen Vorhang und Wand. In der Hand hielt sie einen Kleiderbügel, an dem eine schwarze Bluse mit Spitzenärmeln hing. Zögernd nahm Dakota den Bügel mit der Bluse.

„Meinst du wirklich, dass das zu mir passt?", fragte sie zweifelnd. Die Bluse war wunderschön mit dem zarten Spitzenmuster, aber sie war sich immer noch nicht sicher, ob so etwas Schickes wirklich ihr Stil war.

„Zieh sie an. Ich weiß, dass sie dir steht", drängte Jamie.

„Vertrau ihr", sagte Amber, „Sie kleidet mich auch immer ein."

„Gott sei Dank. Sonst würdest du total langweilig aussehen. Früher hat Amber immer nur einfarbige Strickpullis …"

„Schluss jetzt mit den alten Geschichten", mahnte Amber, doch ihr Lachen verriet, dass sie eigentlich nichts dagegen hatte.

„Also gut. Ich zieh sie an", gab Dakota sich geschlagen. Jamie hatte ein gutes Gespür für Mode. Sie würde sich schon nicht täuschen und für ihr zweites Date mit Logan brauchte sie dringend ein paar neue Klamotten.

Wenig später stand sie mit der Bluse und einer dunkelblauen Jeans bekleidet vor dem bodentiefen Spiegel. Die Bluse schmiegte sich eng an ihren Körper und betonte ihre schlanken Arme. Eine Hose zu tragen, die nicht schwarz war, fühlte sich im ersten Moment seltsam an, doch auch die Jeans passte perfekt.

„Wie ist sie?", fragte Jamie ungeduldig.

„Sie ist schön."

„Dann komm schon raus. Wir wollen dich sehen." Dakota zog den Vorhang auf und schaute in zwei strahlende Gesichter. „Die steht dir richtig gut." Jamie strich über das Spitzenmuster an den Ärmeln, „Wenn du die nicht nimmst, lernst du mich kennen."

„Sie kann sehr hartnäckig sein", warnte Amber. Sie verhielt sich Dakota gegenüber weiterhin ein bisschen distanziert. Von einem freundschaftlichen Verhältnis waren sie noch weit entfernt, doch sie schien ihr das schreckliche Verhalten der ersten Wochen verziehen zu haben. Inzwischen konnte Dakota gar nicht mehr verstehen, warum sie je geglaubt hatte, es wäre besser, allein zu sein.

Sie kauften die Hose und die Bluse. Danach schleppte Jamie sie noch in einen weiteren Laden, wo Dakota gefühlt hundert Oberteile und Kleider anprobieren musste. Am Ende war sie mit dem gigantischen Angebot so überfordert, dass sie Jamie und Amber die Auswahl überließ.

Schließlich landete ein schickes schwarzes Sommerkleid mit zwei Reihen goldenen Glitzersteinen am Kragen, ein schwarzes T-Shirt mit der verschlungenen silbernen Aufschrift *Love* auf der Brust und zwei schlichte Tops in schwarz und dunkelblau in der Einkaufstüte.

Dakota konnte nichts dagegen tun, dass sie sich in schwarzen Klamotten einfach am wohlsten fühlte. Trotzdem war der Kauf einer dunkelblauen Jeans und eines blauen Tops ein Schritt aus ihrer Komfortzone und auch das fühlte sich gut an.

Die ganze restliche Wochen arbeitete sie jeden Tag nach der Schule bei Mr. Percy. Je näher der Samstag rückte, desto schwerer fiel es ihr sich zu konzentrieren. Am Freitag packte sie zweimal versehentlich etwas Falsches ein. Zumindest beschwerten sich zwei Kunden, dass sie nicht das bekommen hatten, was sie bestellt hatten.

„Was ist los mit dir?", fragte Sam mit einem verschmitzten Grinsen. „Sag bloß, du bist verliebt." Dakota spürte, wie sie errötete. Spontan entschied sie sich, die Wahrheit zu sagen. Was brachte es, eine offensichtliche Tatsache zu verleugnen?

„Du hast recht. Ich hab am Samstag ein Date."

Sam riss die Augen auf. „Tatsächlich? Wie lange kennt ihr euch schon?"

„Na ja." Sie packte einen Coffee-to-go und einen Lachsbagel in eine Papiertüte und reichte sie dem nächsten Kunden. „Eigentlich schon seit das Schuljahr angefangen hat. Am Anfang hab ich ihn nur nicht richtig wahrgenommen." Sam brauchte nicht zu wissen, dass sie sich wochenlang vor Logan versteckt hatte. Das war kindisch gewesen.

„Aber er hat dich wahrgenommen?"

„Ja, ich wollte es nur nicht einsehen, aber ..." Sie dachte daran, wie hartnäckig Logan gewesen war, wie er sich um sie bemüht hatte, obwohl sie so abweisend gewesen war. „Er hat nicht lockergelassen und da konnte ich einfach nicht mehr anders. Es ist übrigens unser zweites Date", verkündete sie mit einem breiten Lächeln. Ja, es war wirklich ein schönes Gefühl, einen Freund zu haben und anderen von ihm zu erzählen. Endlich verstand sie, was andere Mädchen daran so sehr reizte. Ihr Glück zu teilen war einfach toll.

Sam schloss sie in eine kurze Umarmung. „Das freut mich wirklich für dich. Du hast es so sehr verdient, den Richtigen zu finden."

Sie war schon die Zweite, die das sagte. Auch Logan hatte gesagt, sie verdiente es, glücklich zu sein. Vielleicht war da was dran. Es musste schließlich einen Grund geben, dass ihr Leben von Tag zu Tag besser wurde.

Am Samstag stand Dakota pünktlich um elf auf der Straße vor dem Haus. Logan würde sie abholen. Über Nacht hatte es geregnet und es war empfindlich kühl. Sie hatte sich für die blaue Jeans und das schwarze T-Shirt mit der silbernen Aufschrift entschieden. Die Bluse würde beim Kochen vielleicht schmutzig werden. Das wollte sie nicht riskieren. Die schwarze Kapuzenjacke schützte sie wenigstens ein bisschen vor dem kühlen Wind.

Mit nur fünf Minuten Verspätung kam Logan um die Ecke. Jeans und T-Shirt reichten, um ihn unglaublich attraktiv aussehen zu lassen. Wahrscheinlich hätte sie ihn selbst in einer Mönchskutte anziehend gefunden. Bei der Vorstellung musste sie kichern.

„Hallo Mystery Girl." Er unterstrich seine Worte mit einem schiefen Grinsen.

„Ich dachte, dieser Spitzname wäre endlich tot", entgegnete sie in einem gespielt empörten Ton.

„Der wird nie sterben und das ist gut so. Ich mag Geheimnisse."

„Du magst es vor allem, Geheimnisse zu enthüllen."

„Wenn die Zeit dafür reif ist", sagte er sanft und zog sie für einen Kuss an sich. Seine Hände lagen auf ihren Hüften, wanderten aber nicht tiefer. Nie ging er einen Schritt weiter ohne ihre Zustimmung. Sie verlor sich an seinen Lippen, stieß mit der Zunge dagegen, doch Logan wehrte sie sanft ab. „Lass uns das für später aufheben. Wenn wir jetzt anfangen, kommen wir zu spät."

Die Enttäuschung hielt nur kurz an. Logan hatte recht. „Natürlich. Das können wir Matt nicht antun."

Nachdem Logan ständig mit Typen wie Dean herumhing, hatte Dakota geglaubt, er würde in einem heruntergekommenen Wohnblock leben. Als sie das völlig normale, etwas in die Jahre gekommene Mehrfamilienhaus sah, schämte sie sich für diesen Gedanken. Warum dachte sie so schlecht von Logan? Es war offensichtlich, dass er nicht zu Deans Clique passte. Zu gerne hätte sie endlich herausgefunden, warum er trotzdem seine Pausen mit ihnen verbrachte. Ob sie sich auch am Wochenende und abends trafen? Obwohl sie vor Neugier fast platzte, beschloss sie, diese Gedanken für heute aus ihrem Kopf zu verbannen. Es sollte ein schöner Nachmittag werden.

„Ich wette, Matt ist noch viel aufgeregter als du", sagte Logan, während sie die Treppen in den dritten Stock hoch gingen.

„Ich bin nicht aufgeregt. Ich freu mich." Dakota musste sich beherrschen, um nicht noch schneller zu laufen. Sie konnte es kaum erwarten, Matt näher kennenzulernen und ihn zusammen mit Logan zu sehen. In der Schule traf sie Matt meistens allein an. Auch sie sah Logan in der Schule kaum noch. Es war, als würde Dean ihn an sich binden.

„Alles ok?", fragte Logan. „Ich dachte, du freust dich." Er lächelte aufmunternd und stupste sie mit dem Ellbogen an.

„Na klar. Ich hab nur gerade über etwas nachgedacht."

„Verschieb das. Heute ist nicht der richtige Tag für trübe Gedanken."

Als sie die Wohnung betraten, kam ihnen der Geruch von gebratenen Zwiebeln entgegen.

„Ich glaub's nicht. Der hat einfach ohne uns angefangen", murmelte Logan. „Matt!", rief er durch den Flur. Eine altmodische Lampe verbreitete dämmriges Licht, was den Flur aber nicht düster, sondern eher gemütlich wirken ließ. Dakota folgte ihm in die kleine Küche. Dort stand Matt am Herd und rührte in einer Pfanne. Sein Blick wanderte zur Tür.

„Oh, hey Logan." Er hob grüßend die Hand und schien sich kein bisschen ertappt zu fühlen. „Hi Dakota."

„Hey Matt."

„Da will ich einmal kochen und du klaust mir die Arbeit." Kopfschüttelnd sah Logan seinen Freund an, konnte sich aber das Grinsen nicht verkneifen. „Ich dachte, Dakota soll hier was lernen."

„Soll sie auch. Deshalb koche ich."

Logan schnaubte. „Das werden wir ja sehen. Lass mich mal." Er nahm Matt den Kochlöffel aus der Hand und rührte in der Pfanne. „Was soll das eigentlich werden? Zwiebeleintopf mit Zwiebeln?"

Matt grinste. „Sag du es mir. Du bist doch hier der Koch."

Logan stutzte. Seine Augenbrauen schossen in die Höhe.

Dakota lachte. „Das hast du jetzt davon."

„Ich dachte, wir kochen etwas Einfaches", sagte Matt und setzte sich auf die Arbeitsplatte, „Eine Gemüsepfanne mit Nudeln. Und weil ich mir dachte, dass bestimmt keiner von euch Lust hat, Zwiebeln zu schneiden, hab ich das schon mal für euch erledigt." Er sprang von der Platte und holte zwei rote Paprika und eine Zucchini aus dem Kühlschrank. Beides legte er neben den Herd auf jeweils zwei Schneidebretter.

„Der Gentleman schneidet die Paprika – weil das schwieriger ist."

„Sehr witzig, Matt", warf Logan ein.

„Und die Lady bekommt die Zucchini." Dann deutete er, ein breites Grinsen im Gesicht, mit beiden Daumen auf sich selbst. „Und der Chef kocht."

Wenig später schnitt Dakota die Zucchini in fingerdicke Scheiben, die sie dann viertelte, während Logan sich mit der Paprika abmühte. Matt briet die

Zwiebeln, bis sie ganz dunkel und knusprig waren. Dann stellte er Wasser für die Nudeln auf den Herd.

Unbeholfen schnitt Logan die Paprika in unterschiedlich lange Streifen und zerhackte sie anschließend mit dem Messer in kleine Stückchen. Obwohl sein Brett aussah wie ein Schlachtfeld und sich die Paprikastückchen über die gesamte Arbeitsplatte und sogar über den Boden verteilten, beschwerte Logan sich nicht. Er sah immer wieder zu Dakota hinüber und lächelte.

„Du hast Talent", sagte er, „Hast du so was schon mal gemacht?"

„Ich hab in der Schule mal einen Kochkurs belegt, aber schon nach zwei Stunden hatte ich keine Lust mehr." Dass die Lehrerin ihr gesagt hatte, sie wäre zu ungeschickt, um in der Küche zu arbeiten, behielt sie für sich.

„Kochkurse sind Schwachsinn", sagte Matt, „Da lernt man ein paar Rezepte und kann nachher nichts anderes kochen als genau diese Gerichte. Aber wer richtig kochen kann, braucht kein Rezept." Schwungvoll schüttete er eine Packung Makkaroni in den Topf. „Viele Rezepte sind sowieso Bullshit. Lass deinen Bauch entscheiden, wie das Essen werden soll. Schließlich muss er es nachher verdauen." Er lachte und leerte das inzwischen fertig geschnittene Gemüse in die Pfanne. Es zischte. „Das wird superlecker. Obwohl Logan eine totale Niete in der Küche ist."

„Hey. Was kann ich dafür, wenn mein Bauch mir sagt, dass ich die Paprika so schneiden soll."

„Du machst das toll. Lass den nur reden." Dakota streichelte seine Schulter, was Logan ein triumphierendes Grinsen entlockte.

„Siehst du. Es gibt Menschen, die meine verborgenen Kochkünste zu schätzen wissen."

„Vielleicht solltest du öfter mal auf mich hören und seltener Fastfood essen. Dann wären deine Kochkünste gar nicht so miserabel."

„Ich kann mir das nicht mehr anhören." Mit einem belustigten Funkeln in den Augen sah er zu Dakota. „Wir decken schon mal den Tisch. Dafür reichen meine Kochkünste."

Noch nie hatte Dakota etwas so Gutes gegessen wie diese Gemüsepfanne mit Nudeln. Sie konnte sich nicht daran erinnern, wann sie das letzte Mal etwas selbst Gekochtes gegessen hatte. In der WG aß sie selten, weil sie meistens auf dem Weg zur Arbeit etwas vom Bäcker oder beim Imbiss eine Tüte Pommes kaufte. Zu Hause hatte es, wenn überhaupt, nur Toast oder Fertiggerichte aus der Mikrowelle gegeben. Manchmal eine Tiefkühlpizza. Nie hatte jemand für sie gekocht oder ihr gesagt, wie sie sich ernähren sollte. Als Kind war es für sie nur darum gegangen, den Bauch voll zu bekommen. An manchen Tagen war eine Tüte Chips ihre einzige Mahlzeit gewesen.

„Wo hast du so gut kochen gelernt?", fragte sie Matt, um die Stille zu brechen. Seit sie angefangen hatten zu essen, war jeder nur mit seinem Teller beschäftigt.

„Es liegt mir wohl im Blut. Mein Vater ist Koch. Er hat sogar schon an ein paar Kochshows teilgenommen." Matt sagte das ganz ohne Stolz, als wäre es so unwichtig, wie welches Klopapier er verwendete.

„Ist das nicht cool?", hakte sie vorsichtig nach.

„Nicht so cool wie du dir vorstellst." Matt legte seine Gabel auf dem Teller. Mit düsterer Miene starrte er auf seinen Teller.

„Tut mir leid."

„Nein, schon gut. Logan kennt meine Geschichte. Warum solltest du sie nicht kennen dürfen?"

„Du musst das nicht erzählen", sagte Logan.

„Das ändert doch nichts. Die Kurzfassung ist, dass mein Dad nie wollte, dass ich koche. Das war sein Ding. Warum sollte ihm sein Sohn die Show stehlen. Ständig hat er mir eingeredet, dass ich bloß nie kochen lernen sollte, weil es seine Aufgabe wäre. Wer einen Fünfsternekoch als Vater hat, braucht sich selbst nicht ums Essen zu kümmern." Matt seufzte und redete dann weiter. „Also hab ich mir heimlich Kochshows angeschaut. Natürlich welche, bei denen er nicht aufgetreten ist. Wenn ich allein war, hab ich mich in die Küche geschlichen, nur für mich gekocht und danach alle Spuren beseitigt. Irgendwann hat er davon erfahren und es kamen die üblichen Predigten, von wegen, dass er ja so enttäuscht von mir wäre und ob ich denn überhaupt nicht an sein Talent glaube. Vor zwei Jahren hat er mich rausgeschmissen und der Presse mitgeteilt, ich wäre untergetaucht. Er zahlt die Wohnung unter der Voraussetzung, dass ich niemandem erzähle, wer ich bin."

Eine angespannte Stille herrschte im Raum. Nicht mal das Klappern von Besteck war zu hören. Was war das für ein Vater, der seinen Sohn kleinhielt, nur um selbst erfolgreich zu sein? Kein Wunder, dass Matt, seit sie hier waren, nur übers Kochen geredet hatte.

Es war seine Leidenschaft. Matt wollte nichts anderes tun und jetzt konnte er es.

„Matt …"

„Nein, es braucht dir nicht leidzutun. Du kennst ja noch nicht die ganze Geschichte." Matt zog einen Mundwinkel nach oben. Seine Augen blitzten schadenfroh. „Kurz nachdem er mich rausgeschmissen hat, wurde er in einen Skandal verwickelt, der ihm den Boden unter den Füßen weggezogen hat. Seitdem arbeitet er in einem Restaurant in Miami. Keine Kochshows mehr."

„Und du hast nichts mit diesem Skandal zu tun?", fragte Dakota. Matts Grinsen war verräterisch. Er warf Logan einen Blick zu. Der zuckte nur mit den Schultern.

„Ich sag nichts."

„Also hast du was damit zu tun."

„Vielleicht hab ich der Presse einen anonymen Hinweis gegeben. Über diese Frau. Na ja, wie auch immer." Er griff nach der Gabel, pikste ein paar Nudeln auf und kaute ausgiebig.

Logan und Dakota tauschten ein Lächeln aus. Sie wusste, was er dachte. Matt war ein Kämpfer. Er wusste sich zu helfen.

Der Gedanke, dass Logan mehr Freunde wie Matt brauchte, begleitete sie selbst beim Abwasch und während sie kunstvoll verzierte Cupcakes aßen, die Matt in der Nacht zuvor heimlich für sie gebacken hatte. Einmal kam ihr sogar der Gedanke, dass Jamie sich gut mit ihm verstehen würde. Beide strahlten diese ansteckende Freude aus, sagten immer, was sie dachten und verfolgten ihre Ziele. Vielleicht sollte sie Jamie mal von ihm erzählen.

„Wie findest du Matt?" Die Finger ineinander verschränkt schlenderten sie die Promenade entlang. Es war so voll wie immer, doch Dakota kam es vor, als gäbe es nur sie und Logan.

„Er ist nett. Einen Freund wie ihn findest du kein zweites Mal."

„Ja, er hat viel für mich getan. Er lässt mich bei sich wohnen, obwohl ich kaum was zur Miete beitragen kann."

Die letzten Worte hatte er leise ausgesprochen, als hätte er das eigentlich gar nicht sagen wollen. Einen Moment zögerte Dakota, bevor sie ihre nächste Frage stellte.

„Hast du einen Job?"

Logan seufzte leise und setzte mehrmals zum Sprechen an. „Gelegenheitsjobs. Kleine Aufträge eben."

„Was für Aufträge? Lieferdienste?"

Sein Blick ging in die Ferne. Sein Kiefer spannte sich kaum merklich an. Trotzdem bemerkte sie es. Sie bereute, dass sie ihn gefragt hatte. Das Thema war ihm unangenehm.

„Ich hab mal einer Umzugsfirma beim Schleppen geholfen, weil kurzfristig jemand ausgefallen ist. Das war was Spontanes."

„Wenn du willst, hör ich mich in der Arbeit mal um. Vielleicht braucht Percy jemanden zum Bedienen. Milly ist ständig krank. Wahrscheinlich kündigt sie bald." Wenn sie da war, stand sie ständig mit ihrem

Handy in einer Ecke und blaffte Dakota an, sie solle nicht so blöd glotzen und gefälligst arbeiten. Percy war auch nicht gut auf sie zu sprechen. Er schickte sie öfter früher nach Hause unter dem Vorwand, er hätte nicht genug Arbeit.

„Das musst du nicht. Ich komm schon klar."

„Ich mach´s gerne für dich", versicherte sie.

„Ok, danke." Er presste die Lippen zu einem schmalen Strich zusammen. Zu gerne hätte sie ihn gefragt, was los war, doch dann würde er auch Fragen stellen. Oder sich unwohl fühlen, weil er sein Versprechen nicht brechen wollte. Das wollte sie nicht riskieren.

„Wir wollten doch nicht über solche Dinge reden", sagte Logan, als hätte er ihre Gedanken gelesen. Kurz fragte Dakota sich, worüber sie überhaupt reden sollten, wenn sie immer Angst haben mussten, auf ein Thema zu stoßen, dass einem von ihnen unangenehm war. Sollte man in einer Beziehung nicht offen über alles reden können? Aber dann müsste sie sich öffnen. Dazu fühlte sie sich noch nicht bereit.

Das Handy in Logans Hosentasche vibrierte. Er ignorierte es. „Ist sicher nur Dean", sagte er.

„Dean", wiederholte sie leise.

„Ich weiß, dass du ihn nicht magst."

„Ich mach mir nur Sorgen. Du bist …" … wie mein Dad, hätte sie fast gesagt. Auch er hatte sich mit den falschen Leuten eingelassen. Am Ende war er erschossen worden. Natürlich würde das Logan nicht passieren. Er war kein Drogendealer. Trotzdem ließ die Angst sie nicht los. Solche Erinnerungen ließen sich nun mal nicht abschütteln.

Schnell wandte sie den Blick ab. Logan strich ihr über den Rücken. „Schon gut. Du musst nichts erklären."

„Nein. Mit tut es leid. Ich sollte mich nicht einmischen."

Eine Weile liefen sie schweigend nebeneinanderher, beide in Gedanken versunken. Dann traute Dakota sich endlich, ihre Zweifel auszusprechen.

„Es gibt so vieles, worüber wir nicht reden können. Und das ist hauptsächlich meine Schuld."

„Blödsinn. Das ist nicht deine Schuld. Es gibt eben Dinge, über die man nicht gerne spricht." Er blieb stehen und sah ihr in die Augen. „Glaubst du, mir geht es nicht so?"

„Schon, aber … Ich bin dir was schuldig."

Logan schüttelte den Kopf. „Bist du nicht. Nimm dir so viel Zeit, wie du brauchst. Ich hab dir versprochen, dass ich nicht fragen werde und ich halte mich daran."

Seine verständnisvolle Art berührte sie. Nur manchmal wünschte sie sich, er würde einfach fragen, sie zwingen, ihm alles zu erzählen. Dakota wusste, dass sie das von ihrer Last befreien würde. Doch wenn sie ihm alles erzählte, würde sie sich verletzlich machen. Was, wenn er plötzlich kein Verständnis mehr hatte oder sie sogar abstoßend fand?

„Wie lange kannst du mit einem Mädchen zusammen sein, dass dir seine Vergangenheit verheimlicht?"

„Dakota." Sanft strich er ihr eine Strähne hinters Ohr. „Egal was passiert ist oder was du getan hast. Es ändert nichts. Du bist hier. Alles andere zählt für mich nicht."

Tränen brannten hinter ihren Lidern. Logan vertraute ihr. Er akzeptierte sie so, wie sie war. Es war nicht fair, ihm weiter zu verheimlichen, was in New York passiert war.

„Logan, ich muss dir was sagen. Ich …"

Das Vibrieren seines Handys unterbrach sie. Entschuldigend sah er sie an. „Diesmal muss ich rangehen. Hallo Dean." Dann schwieg er. Die Stimme am anderen Ende klang aufgebracht. „Muss das jetzt sein?" Am anderen Ende der Leitung wurde es still. „Natürlich. Ich komme", knurrte Logan widerwillig und legte auf.

Er stieß einen tiefen Seufzer aus. „Tut mir leid. Er braucht mich."

„Kein Problem. Geh nur." Wofür brauchte dieses Arschloch Logan so dringend? Hatte er nicht genügend andere Freunde?

Logan steckte ihr einen Zettel zu. „Ruf mich morgen einfach an." Sein Lächeln geriet ein wenig schief. „Sorry, wir holen das nach."

„Mach dir keinen Kopf. Es war doch ein schöner Tag", beschwichtigte sie ihn, obwohl ihr zum Heulen zumute war. Es gelang ihr, die Tränen zurückzuhalten, bis Logan sich verabschiedet hatte. Sie setzte sich auf das Mäuerchen, mit dem Rücken zur Promenade, und schaute aufs Meer, das vor ihren Augen verschwamm. Wut auf Dean stieg in ihr auf. Er nutzte Logan aus. Vielleicht bedrohte er ihn sogar. Logan hatte nicht gehen wollen, aber Dean war das offensichtlich egal. Irgendetwas stimmte nicht mit ihm und sie war fest entschlossen, herauszufinden, was. Denn sollte er tatsächlich eine Gefahr sein, musste sie Logan warnen. Gleich am Montag würde sie anfangen.

21. KAPITEL

Logan

Als er sich an der Ecke noch einmal umdrehte, saß Dakota auf dem Mäuerchen und schaute aufs Meer. Er hatte sie oft allein irgendwo sitzen sehen, aber nie hatte sie so einsam ausgesehen wie jetzt. Es verursachte ihm körperliche Schmerzen, dass er sie alleinlassen musste. Schon wieder wegen Dean. Fast kam es ihm vor, als würde Dean das mit Absicht machen. Er konnte jederzeit anrufen und alles Mögliche von Logan verlangen, und ihm blieb nichts anderes übrig, als sich zu fügen.

„Du willst doch nicht, dass deinem Mädchen was passiert." Die Drohung hallte in seinem Kopf wider. Logan beschleunigte sein Tempo. Dean sollte bloß keinen Grund bekommen, sich über ihn zu ärgern.

Logan lehnte sich an das Tor zum Fabrikgelände. Diesmal war weit und breit kein Hund zu sehen. Dafür spielten ein paar Meter entfernt zwei kleine Jungs mit Plastikpistolen. Noch war es ein Spiel, aber wer in einem Viertel wie diesem aufwuchs, musste früher oder später lernen, wie man überlebte. Für sie gab es kaum eine Chance, hier rauszukommen.

Steine knirschten unter schweren Schritten. Die zwei Jungs schauten erschrocken zu Logan und verschwanden dann in einer Nebenstraße. Logan drehte sich um und sah Dean auf sich zukommen, ein verschlagenes Grinsen im Gesicht.

„Hey Logan." Zwei Schritte vom Tor entfernt blieb Dean stehen. „Heute ist dein Glückstag."

„Was soll das heißen?"

Dean öffnete das Tor und zog Logan nach drinnen. Dann schloss er das Tor wieder. Es fiel krachend ins Schloss. Das Geräusch ließ Logan zusammenzucken. Ein beklemmendes Gefühl machte sich in ihm breit.

Er folgte Dean über den Platz. In der Mitte befanden sich zwei Garagen, deren rostige Tore verschlossen waren. Überall sprießte meterhohes Unkraut aus den Rissen im aufgebrochenen Asphalt. Alles wirkte ruhig, doch er spürte die Anwesenheit anderer Menschen. Was auch immer Dean vorhatte, er war ihm ausgeliefert. Sollte er versuchen abzuhauen, würde sich sofort einer der unsichtbaren Beobachter auf ihn stürzen. Eins war klar: Hier ging es ganz sicher nicht um einen gewöhnlichen Deal.

Das zweiflügelige Tor der Fabrikhalle stand gerade so weit offen, dass Dean und Logan sich durchzwängen konnten, ohne es weiter aufzustoßen. Durch schmale Fenster in Deckenhöhe fielen schwache Lichtstrahlen in die dämmrige Halle. Am Boden türmte sich Bauschutt. Es war gespenstisch still.

„Was machen wir hier?", fragte Logan. Seine Stimme hallte von den Wänden wider.

„Heute wirst du meinen Boss kennenlernen." Deans Grinsen sah im Halbdunkeln aus wie ein Zähnefletschen. Logans Magen sackte nach unten wie in einer Achterbahn. Sein Herz raste und ihm wurde kalt. Sobald er den Kopf der Bande kannte, gab es kein Zurück mehr. Dann war er endgültig einer von ihnen.

Sie gingen auf eine grüne Stoffcouch im hinteren Teil der Halle zu. Darauf saß eine dunkle Gestalt. Logan fühlte sich wie ein Lamm, das zur Schlachtbank geführt wurde. Hilflos. Ohne Ausweg. Dean lief vor ihm. Er würde es aus der Halle schaffen, aber nicht vom Gelände. Deans Boss würde nichts dem Zufall überlassen. Seine Leute mussten überall sein.

Die Gestalt erhob sich vom Sofa. Eine schwarze Kapuze verdeckte das halbe Gesicht. Zu sehen waren nur Lippen, die zu einem kalten Lächeln verzogen waren. Das war er also. Deans Boss. Irgendetwas an ihm kam Logan bekannt vor. Die hochgewachsene Gestalt, die breiten Schultern, die dunkle Kleidung. Die Kapuze! Plötzlich wusste Logan, wer da vor ihm stand. Es war der Mann, der sich als Kunde ausgegeben hatte. Der angebliche Zwischenhändler. Der Anführer der Gang. Und von ihm hatte Logan Schutzgeld verlangt!

„Jetzt kannst du beweisen, wie gut du bist", flüsterte Dean ihm zu und zog sich dann in eine Ecke zurück.

Der Mann nahm die Kapuze ab und entblößte grobe Züge. Graue Augen, die ihn durchdringend musterten. Eine helle Narbe prangte auf der linken Wange. Bestimmt von einem Messerkampf, dachte Logan.

„Na, erkennst du mich?" Es war die gleiche dunkle Stimme wie auf dem Platz vor dem Rathaus. Er war es. Eindeutig.

Logan konnte nur nicken. Sein Gegenüber grinste, was die Narbe in seinem Gesicht noch unheimlicher aussehen ließ. „Ich hab gehört, dass du es geschafft hast, die Schulden dieser verrückten Reptilienfrau einzutreiben. Du bist besser, als ich dachte." Das Grinsen wurde immer breiter und seine Augen leuchteten gefährlich. „Das liegt dir wohl im Blut." Ein lauernder Blick lag auf Logan. Der konnte sich nicht rühren. Das Blut rauschte in seinen Ohren. Natürlich. Dean gehörte zur gleichen Gang wie Julian damals. Er hatte es gewusst und erfolgreich verdrängt, sich eingeredet, dass er nie werden würde wie sein Bruder. Er wollte nicht die gleichen Fehler machen. Aber vielleicht konnte er gar nicht anders. Vielleicht war er am Ende doch wie Julian. Auch er hatte seine Herkunft nicht einfach abschütteln können.

„Warum bin ich hier?", fragte Logan und wunderte sich, wie fest seine Stimme klang. Inzwischen war er gut darin, seine Angst zu verbergen.

„Du weißt nicht, warum du hier bist?" Die grauen Augen durchbohrten ihn. „Ist dir nicht klar, was es bedeutet, für jemanden wie mich zu arbeiten?" Ein dunkles Lachen erklang. „Du dachtest doch nicht, dass du einfach weitermachen kannst wie bisher. Nein, du bist einer von uns. Das warst du schon immer. Ein Glück, dass Dean dich gefunden hat."

Logan schluckte. Das hier war tatsächlich von Anfang an geplant gewesen. Von dem Moment an, in dem Dean ihn und Matt vor dem dicken Kerl in der Mensa gerettet hatte.

„Und jetzt? Was verlangst du von mir?"

Der Mann baute sich vor ihm auf und sah ihm

direkt ins Gesicht. Er war nur wenige Jahre älter als Logan. Höchstens Mitte zwanzig. Logan überlegte, was damals in der Zeitung gestanden hatte. Das hier war nicht Brandon. Der Anführer der Gang war damals festgenommen worden und würde noch ein paar Jahre im Gefängnis sitzen. Doch der andere Mann, der in die Messerstecherei verwickelt gewesen war, befand sich bis heute auf der Flucht. Niemand wusste, wo er war. Bis jetzt – er stand direkt vor ihm. Dieser Mann war Jackson. Der neue Anführer der Blue Killers.

„Erst mal hörst du mir zu." Jackson wies auf eine umgedrehte Kiste gegenüber der Couch. „Setz dich", befahl er und Logan gehorchte. Jackson nahm auf dem Sofa Platz. Von seiner leicht erhöhten Position aus schaute er auf Logan herunter.

„Ich wette, dein Bruder war genauso verängstigt, als er damals zum ersten Mal vor Brandon saß. Ich weiß, dass ich dir das alles erzählen kann. Du wirst uns nicht verraten." Es klang wie eine Drohung. Doch noch viel schlimmer war es, diesen Kerl von Julian sprechen zu hören. Plötzlich war er ihm wieder viel näher, als er es je gewollt hatte. „Du wirst uns nicht verraten, so wie Julian es getan hat!" Jackson spuckte den Namen aus, als wäre er ein Schimpfwort. „Er war ein Freund, aber er war nicht loyal. Brandon hat ihn in unsere Familie aufgenommen, ihm sogar die Möglichkeit gegeben, Karriere zu machen. Aus deinem Bruder hätte was werden können. Brandon hat ihm vertraut. Ich hab ihm vertraut. Und zum Dank dafür hat er uns in eine Falle gelockt. Wegen eines Mädchens."

Jacksons Blick ließ Logan das Blut in den Adern gefrieren. Auch er musste von Dakota wissen. Julians

Freundin war damals als Lockvogel benutzt worden, um ihn in eine Falle zu locken. Das hatte Charlie ihm erzählt, bevor er auch den Kontakt zu ihr abgebrochen hatte. Sie verbrachte zu viel Zeit mit Julian. Das Risiko, ihn zufällig zu treffen, war zu groß.

„Ich hoffe, du machst nicht den gleichen Fehler. Du weißt, was mit Verrätern passiert." Ohne Vorwarnung sprang Jackson auf und stieß Logan von der Kiste. Erschrocken keuchte Logan auf, als er in den Staub fiel. Jackson sah mit einem überlegenen Ausdruck auf ihn herab. Als Logan sich aufsetzen wollte, setzte Jackson ihm einen Fuß auf die Brust. Nicht fest. Nur so, dass Logan den Druck spürte.

„Eigentlich sollte ich Julian töten für das, was er getan hat. Aber das wäre zu einfach. Der Tod würde ihn von seiner Verantwortung entbinden. Glaubst du, ich mache es ihm so einfach?" Jackson verpasste ihm einen Tritt in die Schulter. „Viel besser ist es, wenn ich mir seine Familie schnappe. Wenn er erfährt, dass sein kleiner, unschuldiger Bruder einer von uns ist, wird er früher oder später hier auftauchen."

„Julian hasst mich. Es wird ihm egal sein." Die Lüge kam ihm erstaunlich leicht über die Lippen, doch Jackson ließ sich nicht davon beeindrucken.

„Das wird es nicht." Jackson packte Logan am Kragen und zog ihn auf die Füße. Fast wäre Logan über die Kiste gestolpert, wenn Jackson ihn nicht mit einem eisenharten Griff umklammert hätte. „Du bist bald einer von uns. Du schwörst dem Mann die Treue, der deinen Bruder töten wollte. Das wird Julian nicht gefallen."

„Er wird nichts davon erfahren."

„Das wird er." Jackson ließ ihn so plötzlich los, dass er stolperte. Schnell rappelte er sich auf und wich einen Schritt zurück, bevor Jackson wieder nach ihm greifen konnte. Im nächsten Moment sah er in die schwarze Mündung einer Pistole.

„Es gibt zwei Möglichkeiten. Entweder ich töte jetzt dich und schicke dann jemanden, der sich um Julian kümmert. Um ihn, seine Freundin, deine Schwester Charlie. Ihre süße kleine Tochter." April. Sie war erst zwölf. Das durfte er nicht zulassen. „Die andere Möglichkeit ist, dass du mir die Treue schwörst und dafür sorgst, dass Julian davon erfährt. Und dann wird er bekommen, was er verdient."

Nein, nein nein! Das musste ein schrecklicher Alptraum sein. Logan kniff die Augen zu, doch als er sie wieder öffnete, sah er sich immer noch Jackson gegenüber. Jackson, der ihn zwang, seine Familie zu opfern. Oder sich selbst. So wütend er auf Julian war, er konnte ihn nicht diesem skrupellosen Mistkerl ausliefern. Dass Jackson Julian finden würde, war klar, aber dann wollte Logan wenigstens nichts damit zu tun haben.

Er kniete sich vor Jackson in den Staub. „Töte mich. Ich werde meine Familie nicht verraten."

Eine Weile sah Jackson ihn an. Dann brach er in schallendes Gelächter aus. Das Lachen verstummte abrupt. Diesmal spürte Logan die kalte Mündung direkt auf seiner Stirn. Verschwommen nahm er Jacksons verzerrtes Gesicht wahr. „Dachtest du wirklich, ich würde dich töten und dich so von deiner Verantwortung entbinden? Du hast keine Wahl. Aber ich bin großzügig und stelle dir ein Ultimatum. Du hast drei Tage, um über mein Angebot nachzudenken. Entweder du leistest den Schwur oder ich überlege mir für dich und deine Liebsten etwas anderes. Und das wird dir noch viel weniger gefallen."

Es fiel Logan schwer, mit einer Pistole auf der Stirn klar zu denken. Jackson würde ihn nicht töten. Das hatte er gesagt. Aber er war fest entschlossen, Julian zu töten. Er würde es tun. So oder so. Logan sollte ihm helfen, Julian in eine Falle zu locken. Wenn er es schaffte, Jacksons Vertrauen zu gewinnen oder ihn zumindest glauben ließ, dass er ihm vertraute, konnte Logan das zu seinem Vorteil nutzen und Julian warnen. Ein bisschen wunderte er sich, dass Jackson dieses Risiko einging. Er musste sich seiner Sache sehr sicher sein.

„Du kannst dir meiner Treue sicher sein", sagte Logan und schaute Jackson direkt in die grauen Augen, „Du kannst dich auf mich verlassen."

Jackson lächelte ein böses Lächeln. „Ich wusste, dass du nicht dumm bist." Er steckte die Pistole weg und zog Logan auf die Füße. „Dir ist hoffentlich klar, dass du nichts tun kannst, um deine Familie zu retten. Es gibt einen Plan, in den ich dich einweihen werde, sobald du den Schwur geleistet hast. Und bevor es so weit ist, wirst du mit keinem ein Wort darüber reden. Sollte Julian hier früher auftauchen als geplant, weiß ich, dass du mich verraten hast." Jacksons Ton ließ ihn keine Sekunde zweifeln, dass er es ernst meinte. Er hatte ihn in der Hand. Logan war nicht so dumm, um das nicht zu kapieren. Von nun an musste er damit leben, dass er an Julian Tod beteiligt sein würde. Außer es gelang ihm, irgendeinen Ausweg zu finden.

„Ich verrate dich nicht", versprach er und wand sich innerlich.

„Das solltest du auch nicht, wenn dir etwas an deinem armseligen Leben liegt. Du wirst morgen hierherkommen und das Aufnahmeritual durchlaufen."

Jackson winkte Dean zu sich. „Bis dahin lässt du ihn nicht aus den Augen."

„Los, komm", sagte Dean und ging voraus. Logan blieb nichts anderes übrig, als ihm zu folgen. Inzwischen war es fast dunkel. Die ersten Sterne funkelten am Himmel.

Dean ging auf dem gesamten Heimweg immer ein paar Schritte hinter ihm. Er sagte kein Wort, doch seine ständige Anwesenheit war ein unmissverständliche Warnung. Für Logan gab es kein Entkommen. Nicht mal die Möglichkeit, Julian von seinem Dilemma erzählen, denn egal was Julian getan hatte, er würde niemals zulassen, dass Logan in die Fänge dieser Gang geriet. Sobald er davon erfuhr, würde er Jackson ausfindig machen. Mit ihm hatte er ganz offensichtlich noch eine Rechnung offen.

Matt saß, die Kopfhörer auf den Ohren, vor dem Fernseher und sah sich mal wieder eine Kochshow an. Logan schlich sich an ihm vorbei. Sonst würde Matt noch Fragen stellen und Logan in Versuchung bringen, etwas zu erzählen. Verdammt! So mussten sich Mitarbeiter des Geheimdienstes fühlen, die nicht mal mit ihren engsten Vertrauten über ihre Arbeit reden durften. Aber das war wohl Jackson Art Logans Loyalität auf die Probe zu stellen. Oder besser gesagt: Es war Erpressung!

Ruckartig riss er den Kühlschrank auf und nahm eine Limodose heraus. Eigentlich war das alles Julians Schuld. Hätte er sich nie dieser Gang angeschlossen, wäre Logan jetzt nicht in dieser Situation.

Er machte die Dose mit einem leisen Zischen auf und trank einen Schluck. Aber war es wirklich Julians Schuld, dass Jackson auf Rache aus war und die Vergangenheit nicht ruhen lassen konnte?

Zu gerne hätte er Julian angerufen und ihm alles erzählt. Nur um zu wissen, ob es ihn wirklich interessierte.

Logan trank die Dose halb leer und pfefferte sie dann wütend in den Mülleimer. Es war zum Verzweifeln. Nur konnte er nichts daran ändern. Ihm blieb nichts anderes übrig, als das zu tun, was Jackson von ihm verlangte. Er zweifelte keine Sekunde daran, dass die Gang sich ansonsten auch an Dakota vergreifen würde. So sehr er Jackson und Dean und ihre Bosheit verabscheute, um Dakota zu beschützen, würde er alles tun. Alles.

22. KAPITEL

Dakota

Wieder nur die Mailbox. Schon zum dritten Mal. Frustriert warf Dakota das Handy auf die Bettdecke. Warum ging er nicht ran? Es war elf Uhr. Zu spät, um noch im Bett zu liegen. Sie starrte auf das Handy, als könnte sie es mit ihrem Blick dazu bringen, zu klingeln.

Bitte ruf zurück, flehte sie stumm. Bestimmt würde er gleich nach seinem Handy greifen und die verpassten Anrufe sehen.

Unruhig lief sie im Zimmer auf und ab. Eigentlich sollte sie die Zeit nutzen, um etwas für die Schule zu erledigen, doch ihr Blick wanderte immer wieder zu ihrem Handy, das weiterhin stumm auf dem Bett lag.

In ihre Angst, er könnte vielleicht keine Lust haben, mit ihr zu reden, mischte sich Sorge. Logan war gestern Nachmittag zu Dean gegangen. Egal wie sehr sie versuchte, ihre Vorurteile abzustellen, sie traute ihm nicht. Das Gefühl, dass er sein könnte wie die Typen, mit denen ihr Dad sich abgegeben hatte, hielt sich hartnäckig. Sie wusste immer noch nicht, wie sie etwas über Dean herausfinden sollte, ohne dass jemand – am wenigsten er selbst – Verdacht schöpfte.

Mach dich nicht verrückt. Es wird schon einen Grund geben, warum er sich nicht meldet. Vielleicht hatte sie sich auch einfach vertippt. Ein viertes Mal wählte sie die Nummer, die auf dem Zettel stand. Diesmal prüfte sie mehrmals, ob sie die richtigen Zahlen eingegeben hatte, bevor sie auf den grünen Hörer tippte. Es tutete in der Leitung. Eine Minute ließ sie klingeln. Dann meldete sich die Mailbox.

Hi, hier ist Logan. Aus irgendeinem Grund kann ich nicht ans Telefon gehen. Ich ruf dich später zurück.

Warum tat er es dann nicht? War er verletzt? Hatte Dean ihn wieder geschlagen? Oder mit Drogen vollgepumpt? Sie schüttelte den Kopf, um den Gedanken loszuwerden. Logan nahm keine Drogen. Nicht mal Dean konnte ihn dazu bringen. Trotzdem stimmte etwas nicht. Er hatte gesagt, sie könnte ihn heute anrufen. Logan war nicht der Typ, der so etwas einfach nur sagte. Wenn er ihre Anrufe nicht beantwortete, musste ihm irgendwas passiert sein.

Je länger sie untätig in ihrem Zimmer saß, desto schlimmer wurden sie Szenarien, die sich in ihrem Kopf abspielten. So war das also, wenn man sich um jemanden Sorgen machte. War das normal? Vielleicht reagierte sie über. Möglicherweise vergaß er manchmal sein Handy, wenn er aus dem Haus ging.

Nein, das war doch Schwachsinn. Dakota riss ihre Lederjacke von der Stuhllehne und zog sie an. Sie würde zu ihm gehen. Wenn er nicht zu Hause war, wusste Matt sicher, wo er hingegangen war.

Bevor sie das Zimmer verließ, schnappte sie sich ihr Handy und steckte es in die Jackentasche. Im Flur rannte sie fast in Amber hinein, die ihr erschrocken auswich.

„Was ist los? Stimmt was nicht?"

„Tut mir leid, ich … Logan meldet sich nicht. Wir wollten heute Morgen telefonieren, aber er geht nicht ans Handy."

Amber hob hilflos die Schultern. „Weißt du, Männer vergessen sowas manchmal. Das muss nicht bedeuten, dass irgendwas Schlimmes passiert ist."

Dakota stöhnte gequält auf. „Logan hängt in der Schule immer mit so seltsamen Typen ab. Gestern hat er sich mit einem von denen getroffen und seitdem hab ich nichts mehr von ihm gehört."

Sie rannte zur Wohnungstür. Amber folgte ihr und hielt sie am Arm fest. „Was für Typen?", fragte sie, sichtlich verwirrt.

„Echt gruselige. Ich glaub, dass da was nicht stimmt. Logan ist zuverlässig. Er würde mich nicht versetzen und falls doch, hätte er sich längst entschuldigt."

Wirklich? Glaubst du das? Wer sagt, dass Logan wirklich so ein toller Kerl ist?

Sie schüttelte die Zweifel ab. Wenn sie sich täuschte, musste sie damit fertigwerden, dass Logan sie versetzt hatte. Aber wenn ihm tatsächlich irgendwas passiert war und sie einfach tatenlos zu Hause saß, könnte sie sich das nie verzeihen.

Auf dem Weg zu Logan versuchte sie noch ein letztes Mal, ihn anzurufen. Wieder ging nur die Mailbox ran. Den Gedanken, er könnte sein Handy ausgeschaltet haben, verwarf sie gleich wieder. Dann würde sie nicht auf der Mailbox landen.

Was ist los? Bitte melde dich.

Sie schickte noch eine Nachricht hinterher:

Ich mach mir Sorgen.

Eine Weile starrte sie auf das Display. Nichts tat sich. Die Nachrichten blieben ungelesen. Ob sie zu aufdringlich war? Was, wenn Logan gar nicht mit ihr reden wollte? Wenn es ihr schlecht ging, zog sie sich auch zurück und wollte niemanden sehen. Wahrscheinlich machte sie sich lächerlich, wenn sie uneingeladen einfach bei ihm auftauchte. Er würde sie für eine hysterische Glucke halten.

Seufzend steckte sie das Handy in die Hosentasche. Sie konnte sich nicht dazu entschließen, nach Hause zu gehen. Die Angst, dass ihm etwas passiert war, quälte sie weiterhin.

Dakota stieß sich von der Hauswand ab, an der sie gelehnt hatte, und ging weiter. Ja, vielleicht würde er sie wegschicken. Vielleicht würde er sie verletzten. Aber das Risiko musste sie eingehen. Die Zeit, in der sie sich versteckte, war vorbei.

Mit einer Entschlossenheit, die sie eigentlich nicht hatte, betrat sie das Haus, in dem Logan wohnte, ging nach oben und klopfte an die Tür. Das Herz schlug ihr bis zum Hals. Wenn sie noch länger hier stehen musste, würde es ihr aus der Brust springen. Sie umklammerte mit der rechten Hand die Finger der linken.

Bitte mach mir wenigstens die Tür auf. Als sich nichts regte, klopfte sie nochmal. Dann lauschte sie. Stimmen wurden laut. Matt und Logan diskutierten. Erleichtert atmete sie auf. Er war zu Hause und es ging ihm gut genug, dass er mit Matt streiten konnte.

Schritte näherten sich der Tür. Jemand öffnete und im nächsten Moment stand sie Matt gegenüber. Aus müden Augen sah er sie an.

„Gut, dass du da bist." Sein Anblick ließ sie nichts Gutes ahnen.

„Ist mit Logan alles ok?"

Matt senkte den Blick und brummte etwas vor sich hin.

Sie berührte ihm am Arm. „Matt."

„Ok, komm rein, aber erschreck dich nicht."

Ihr rutschte der Magen in die Kniekehlen. Ihr Gefühl hatte sie nicht getäuscht. Es war etwas passiert.

Sie folgte Matt in die Wohnung. Er schloss hinter ihr die Tür. Bevor sie das Wohnzimmer betreten konnte, holte er sie ein und stellte sich in den Tür-rahmen.

„Ich weiß, du machst dir Sorgen, aber überfall ihn nicht", flüsterte er, „Es ist ... kompliziert."

Mehr als ein Nicken brachte sie nicht zustande. Die Angst um Logan schnürte ihr die Kehle zu.

„Ich lass euch besser allein." Matt machte den Weg frei und verschwand in seinem Zimmer. Bevor Dakota das Wohnzimmer betrat, warf sie vorsichtig einen Blick hinein. Logan saß, mit dem Rücken zur Tür, auf dem Sofa, den Kopf gesenkt. Er trug ein schwarzes enganliegendes Tanktop. An der Schul-ter war eindeutig ein dicker weißer Verband zu erkennen. Erschrocken keuchte sie. Ihr Hals fühlte sich eng an.

Mit langsamen Schritten betrat sie das Wohnzimmer und ging auf das Sofa zu. Logan regte sich nicht, obwohl er ihre Anwesenheit längst bemerkt haben musste. Erst als sie direkt vor ihm stand, sah er zu ihr auf, einen schuldbewussten Ausdruck in den Augen. Die schwarzen Schatten unter seinen Augen verrieten, dass auch er nicht geschlafen hatte. Der Verband um seinen Oberarm war an der Vorderseite blutdurchtränkt.

Blut. Überall. Es breitete sich aus. Dad! Zitternd atmete sie ein und wieder aus. Das hier war nicht Dad. Jemand hatte Logan verletzt, doch er lebte. Sie ging vor ihm in die Hocke, darum bemüht, die Wunde nicht anzusehen. „Was ist passiert? Wer war das?"

Wortlos nahm Logan ihre Hand. „Es tut mir leid." Fragend sah sie ihn an. „Dass ich dich nicht zurückgerufen hab."

„Du hast gesehen, dass ich angerufen hab?" Er nickte. „Die Nachrichten auch?" Wieder nickte er. Sie entzog ihm ihre Hand. „Du hast sie gesehen und es nicht für nötig gehalten, dich zu melden? Ich hab mir Sorgen gemacht."

„Ich weiß." Er verschränkte seine Finger miteinander. „Ich konnte nicht …"

„Was kannst du nicht? Mir sagen, woher du diese Verletzung hast?" Dakota sprang auf und setzte sich neben ihn aufs Sofa. Logan wich ihrem Blick aus. Matt hatte gesagt, sie sollte ihn nicht überfallen, aber wenn sie nicht wenigstens versuchte, etwas aus ihm herauszubekommen, würde sie sich später Vorwürfe machen. „Bitte sag mir, was passiert ist."

Schweigen. Er starrte weiter auf seine Hände. An den Rändern seiner Fingernägel klebte angetrocknetes Blut.

Sieh nicht hin. Zögernd streckte sie die Hand nach ihm aus. Da er keine Anstalten machte, ihr auszuweichen, hob sie vorsichtig sein Kinn an. „Logan, bitte. Rede mit mir."

„Also gut. Ich wurde mit einem Messer verletzt. Aber bitte mach dir keine Sorgen. Das ist eine einmalige Sache."

Wie konnte er eine Stichverletzung einfach so herunterspielen? Als wäre es nichts.

„Was das Dean?"

Erschrocken riss er die Augen auf. Ertappt. „Es ist nicht so, wie du denkst."

„Was soll ich denn denken? Erzähl mir nicht, dass ihr euch wieder gestritten habt und Dean ausgerastet ist. Ich glaube dir nämlich nicht, dass Dean zufällig ein Messer dabeihatte, als ihr euch zufällig gestritten habt und er dich dann zufällig damit verletzt hat." Zum Ende hin war ihre Stimme lauter geworden. Wut auf Dean brodelte heiß in ihr.

Logan entzog sich ihrem Griff. „Es war nicht Dean, ok? Jemand hat mich angegriffen."

„Wenn es so wäre, hättest du es mir doch gleich sagen können. Du hättest mich anrufen und mir erzählen können, was passiert ist."

Er stand auf, ließ sich aber gleich darauf mit schmerzverzerrtem Gesicht zurück auf Sofa sinken. „Ich wollte nicht, dass du dir Sorgen machst."

Jetzt war es Dakota, die aufsprang und unruhig durch den Raum tigerte. „Ich mach mir aber Sorgen, wenn wir in der Früh zum Telefonieren verabredet sind und du nicht auf meine Anrufe reagierst. Ich dachte, dir wäre was passiert. Schlimmer als das." Sie wies auf seinen verbundenen Arm. „Ich hatte Angst um dich. Das hab ich immer noch." Tränen verschleierten ihren Blick, doch sie machte sich nicht die Mühe, sie wegzuwischen.

Langsam stand Logan auf und kam auf sie zu. Er legte seinen gesunden Arm um sie und zog sie an sich. Schluchzend drückte sie sich an ihn, unendlich erleichtert, seine Wärme und seine starken Muskeln zu spüren. Es ging ihm gut. Die Wunde würde verheilen.

„Es tut mir leid. Ich wusste nicht, was ich dir sagen soll."

„Immer die Wahrheit. Weißt du, wie schrecklich es für mich war, nicht zu wissen, warum du nicht ans Telefon gegangen bist?"

Zärtlich strich seine Hand über ihren Rücken. „Ich weiß. Es tut mir so leid."

Lange saßen sie einfach nur eng umschlungen auf den Sofa. Immer wieder schielte Dakota zu dem roten Verband an Logans Arm. Die Frage, was passiert war, brannte ihr immer noch auf der Zunge, doch sie ahnte, dass Logan ihr nichts dazu sagen würde und sie wollte den wackeligen Frieden zwischen ihnen nicht gefährden.

Sie selbst würde seinen Fragen ausweichen. Das wusste sie. Sie wollte nicht, dass er fragte. Also sollte sie es auch nicht tun.

Logan strich ihr über die Schultern und den Nacken. Dakota schmiegte sich an ihn und genoss die Berührung. Nein, sie würde das nicht mit einer blöden Frage kaputtmachen. Um keinen Preis.

„Das ist doch viel besser als telefonieren, nicht wahr?", flüsterte Logan ihr ins Ohr, als hätte er ihre Gedanken gelesen.

„Mhm", machte sie nur und vergrub die Finger in seinen Haaren. „Aber du weißt, dass wir irgendwann darüber reden müssen."

Kurz versteifte er sich, doch dann entspannte er sich wieder und zog sie näher an sich. „Wenn du bereit bist, bin ich's auch."

Obwohl sie keine Wut, nicht mal einen vorwurfsvollen Unterton in seiner Stimme erkennen konnte, kamen ihr seine Worte vor wie eine Drohung. Wenn sie wissen wollte, wer ihm das angetan hatte, würde sie reden müssen. Er würde nichts sagen, wenn sie weiterhin schwieg. Jetzt standen schon zwei Geheimnisse zwischen ihnen.

Sanft strich Logan ihr über die Wange. „Aber heute sollten wir nicht darüber reden. Nicht mal daran denken." Er senkte seine Lippen auf ihre und küsste sie. Seine Hände wanderten zu ihren Hüften und dann ein Stückchen tiefer. Nur für den Bruchteil einer Sekunde flackerte die Erinnerung an Keith auf. Doch das hier war anders. Keith war grob gewesen. Logan berührte sie, als wäre sie kostbar und zerbrechlich. Seine Berührungen gaben ihr das Versprechen, dass er ihr niemals wehtun würde.

Wie von selbst wanderte ihre Hand unter sein Shirt und fuhr über die harten Bauchmuskeln. Der Kuss wurde intensiver. Dakota klammerte sich an Logan, immer darauf bedacht, seine Wunde nicht zu berühren. Erst als sie kaum noch atmen konnte, löste sie sich widerwillig von ihm.

Schwer atmend sah sie ihm in die Augen, die dunkler waren als sonst. Die kaffeebraunen Haare hingen ihm wirr in die Stirn. Sein Blick wanderte kurz zu ihren Lippen, dann sah er sie wieder an.

„Du bist wunderschön", hauchte er.

„Logan, ich …"

„Nein, wirklich. Du bist besonders. Ich könnte keine Frau je so lieben wie dich."

Es dauerte einen Moment, bis sie begriff, was er eben gesagt hatte.

„Wie bitte? Hast du gerade gesagt, dass …"

Logan wickelte sich eine lange dunkle Strähne um den Finger. „Ja. Ich liebe dich."

„Logan. Du kennst mich doch gar nicht. Es gibt so vieles, dass du nicht weißt."

„Hab ich dir nicht gestern erst gesagt, dass nichts, was du getan hast, irgendetwas an meinen Gefühlen für dich ändern könnte? Du bist der gleiche Mensch. Egal ob ich deine Vergangenheit kenne oder nicht."

Tränen brannten in ihren Augen. „Ich hab nichts getan. Es ist nur …"

Geduldig sah er sie an. Jetzt würde er ihr zuhören. Endlich könnte sie mit jemandem über das reden, was ihr passiert war. Logan würde sie verstehen. Er würde sie nicht verurteilen wie Keith, der behauptet hatte, sie würde es nicht anders verdienen.

„Als wir uns kennengelernt haben, war ich so abweisend, weil …"

Sie unterdrückte ein Schluchzen. Ihr Brustkorb fühlte sich eng an. Noch nie zuvor hatte sie mit jemandem darüber gesprochen.

Logan zog sie in eine Umarmung. „Schon gut. Du musst es mir nicht erzählen."

„Das will ich aber." Sie löste sich halb aus seiner Umarmung und sah zu ihm auf. „Ich will nicht mehr allein damit sein. Verstehst du das?"

„Natürlich."

„Danke. Danke, dass du da bist."

Er küsste sie zart auf die Wange. „Ich lass dich nicht allein."

Mit dem Ärmel wischte sie sich die Tränen ab. Dann erzählte sie. Wie Keith sie belästigt und Dad es zugelassen hatte. Wie sie knapp einer Vergewaltigung entkommen war. Von Dads Tod und von ihrer Flucht. Logan hielt sie die ganze Zeit über im Arm. Er stellte keine Fragen. Er drängte sie nicht, weiter zu sprechen, wenn ihr vor lauter Tränen die Stimme versagte. Er war einfach nur da.

„Ich konnte es dir nicht sagen. Ich dachte, es wäre besser, nie wieder darüber zu sprechen und einfach alles zu vergessen. Aber das geht nicht. Ich kann es nicht vergessen und ich war allein."

„Jetzt bist du nicht mehr allein. Ich bin für dich da."

Logan umfasste ihr Gesicht mit beiden Händen. „Ich will dich beschützen. Deshalb …"

Er stockte. Sein Atem ging schneller. „Wegen der Wunde. Das ist … Ich meine, es gibt einfach Dinge, die ich dir nicht sagen kann. Um dich zu beschützen."

Die Angst war wieder zurück. Kurz wünschte sie sich, sie wäre nie hergekommen, hätte nie von seiner Wunde erfahren. Sie wusste nicht, was sie tun würde, wenn er tatsächlich in kriminelle Geschäfte verwickelt war. Wie ihr Dad.

„Du hast Recht, was Dean angeht. Er ist nicht ganz … sauber. Er hat schlimme Dinge getan. Ich weiß von diesen Dingen. Ich weiß Dinge, die ich nicht wissen sollte."

„Er erpresst dich", entgegnete sie tonlos. Anders als erwartet wurde sie nicht panisch. Sie hatte nicht das Bedürfnis, ihn anzuschreien. Ein Teil von ihr hatte immer gewusst, dass mit Dean etwas nicht stimmte und er Logan in seine Machenschaften mit hineingezogen hatte. Fast war sie erleichtert, endlich Gewissheit zu haben. Gleichzeitig wünschte sie sich, nie etwas davon erfahren zu haben. Manchmal war Unwissenheit einfach besser.

„Ja. Tut er."

„Und daher kommt …" Sie deutete auf die Wunde.

„Deshalb sind wir aneinandergeraten. Er hat Angst, dass ich ihn verrate."

„Was hat er getan?"

Das Herz schlug ihr bis zum Hals während sie sich ausmalte, welches schreckliche Verbrechen Logan die ganze Zeit gedeckt hatte, doch die Antwort war ernüchternd.

„Es ist besser, wenn du nichts weißt. Falls dich jemand fragen sollte, kannst du mit gutem Gewissen sagen, dass du keine Ahnung hast."

Sie verstand ihn. Wirklich. Verstand, dass er sie nur beschützen wollte. Trotzdem fühlte sie sich hintergangen. Weil er ihr eben doch nicht die ganze Wahrheit sagte. Aber sie wusste, dass es keinen Sinn machte, ihn weiter zu drängen.

„Wird er dir nochmal was antun?" Ihre Stimme bebte. Noch schlimmer als die Tatsache, dass er ihr weiterhin etwas verheimlichte, war die Angst um ihn. Wenn Dean dazu fähig war, Logan ein Messer in den Arm zu rammen, würde er nicht davor zurückschrecken, ihm wieder wehzutun.

Dakota bohrte die Finger in seine gesunde Schulter und sah ihn eindringlich an. „Bitte halte dich fern von ihm. Ich will nicht, dass dir nochmal was passiert."

„Ich bin vorsichtig. Versprochen. Aber du musst mir versprechen, dass du nicht mehr nachfragst. Bitte. Es ist wichtig, dass du nichts weißt."

„Ich verspreche es, aber ich hab kein gutes Gefühl dabei."

Sie spürte den sanften Druck seiner Finger an ihrem Kopf. „Mach dir keine Sorgen. Ich kümmer mich darum. Dir wird nichts passieren."

„Ok", stieß sie erstickt hervor.

„Vertrau mir. Alles wird gut."

Sie wich den ganzen Tag nicht von seiner Seite. Dean würde nicht hierherkommen, um Logan etwas anzutun. Trotzdem brachte sie es nicht fertig, ihn alleinzulassen. Es war, als würde er verschwinden, sobald sie diese Wohnung verließ.

„Du musst nicht hierbleiben", sagte Logan. Er hatte sie überredet, sich zusammen einen Film anzusehen. Sie hatten sich für einen Actionfilm entschieden, den Dakota nicht kannte. Die meiste Zeit starrte sie wie blind auf den Fernseher, ohne etwas von der Handlung zu verstehen.

„Ich bin gerne bei dir."

„Du bleibst aber nicht nur, weil du glaubst, du müsstest auf mich aufpassen?" Er nahm ihr die Fernbedienung aus der Hand, die sie immer noch umklammerte, und umschloss ihre Finger mit seinen. „Es ist meine Aufgabe, dich zu beschützen. Nicht umgekehrt."

Würde er es verstehen, wenn sie ihm sagte, dass sie Angst hatte, ihn zu verlieren? Für Logan schien das alles keine große Sache zu sein.

„Ich muss wissen, dass es dir gutgeht."

„Geht es dir gut?"

„Ja, wenn es dir …"

„Nein. Unabhängig von mir. Bist du glücklich mit deinem Leben?"

War sie das? Vor etwas mehr als zwei Monaten war sie nach Blue Water gekommen. Allein. Ohne Geld. Mit der vagen Hoffnung, dass ihr Leben hier besser werden würde. In dieser kurzen Zeit hatte sich so viel geändert. Sie hatte Freundinnen gefunden, einen Job. Logan. Dad und Keith gehörten endgültig der Vergangenheit an. Zum ersten Mal hatte sie das Gefühl, dass sie loslassen und nach vorne schauen konnte. Jamie hatte recht. Mit jemandem darüber zu reden, machte es leichter.

„Ja, bin ich. Wirklich."

Ihre Lippen verzogen sich wie von selbst zu einem breiten Lächeln, als sie ihn ansah. „Und du hast einen großen Teil dazu beigetragen."

Der Film lief im Hintergrund weiter, doch sie bekam es kaum mit, als sie sich zu Logan hinüberbeugte und sich in seine kräftigen Arme ziehen ließ.

„Ich liebe dich", hauchte sie, bevor sie sich an seinen Lippen verlor. Nichts war mehr wichtig. Außer, dass sie hier war. Die Vergangenheit spielte keine Rolle mehr. Selbst die Zukunft war ihr in diesem Moment egal. Es gab nur sie und Logan.

23. KAPITEL

Logan

Dakotas warmer Körper drückte sich an ihn. Sie war tatsächlich bei ihm geblieben, aus Angst um ihn. Noch nie hatte sich jemand so sehr um ihn gesorgt. Er strich ihr über den Rücken, und etwas Unverständliches vor sich hin murmelnd, schmiegte sie sich noch enger an ihn. Das Handy neben ihm vibrierte, als eine Nachricht einging. Widerwillig öffnete er ein Auge und griff danach. Bevor er nachschauen konnte, von wem die Nachricht stammte, sprangen ihm die großen weißen Ziffern ins Auge. 8:30. Es war Montag! In einer halben Stunde fing der Unterricht an!

„Scheiße." Er stieg vorsichtig über Dakota hinweg und rüttelte sie an der Schulter. „Wach auf. Wir müssen in die Schule."

„Was?" Sie öffnete die Augen einen Spalt. „Was müssen wir?"

„In die Schule. Wir haben verschlafen. Los komm."

Plötzlich war sie hellwach und saß im nächsten Moment aufrecht auf dem Sofa. „So ein Mist. Und meine Schicht heute Abend hätte ich um acht bestätigen sollen." Ihr Handy auf dem Nachttisch blinkte.

„Mach dich fertig. Ich komm gleich." Logan rannte ins Bad, zog sich das Unterhemd über den Kopf und wickelte den blutigen Verband ab. Ein paar Sekunden starrte er auf das große, rechteckige Pflaster. Bei dem Gedanken an das Ritual, dem man ihn unterzogen hatte, wurde ihm schlecht. Seine Finger zitterten, als er es abzog. Die Wunde brannte wieder. Vielleicht sollte er es einfach dranlassen und sich den Anblick ersparen, aber Matt hatte ihm geraten, die Verletzung zu beobachten und jeden Tag Luft ranzulassen. Er kniff die Augen zu und riss mit einem Ruck das Pflaster vollständig ab. Heißer Schmerz schoss durch seinen Arm. Vorsichtig öffnete er ein Auge und betrachtete die Wunde im Spiegel. Warum konnte es nicht einfach nur eine Stichwunde sein, so wie es Dakota glaubte? Die würde verheilen. Die zwei blutverkrusteten Buchstaben hingegen, die ihm gestern Morgen beim Aufnahmeritual ins Fleisch geschnitten worden waren, würden ihn für immer als Mitglied – als Besitz – der Blue Killers kennzeichnen. Er konnte das Zeichen unter einem T-Shirt verstecken, es aber selber jedes Mal sehen, wenn er sich auszog und im Spiegel ansah. Ob Julian das Zeichen an derselben Stelle trug? Spielte das überhaupt eine Rolle? Es war sein Leben, dass er sich vor genau vierundzwanzig Stunden versaut hatte. Julian hatte ihm nie geholfen und jetzt konnte er es nicht mehr.

Ein Blick auf die Digitaluhr, die auf dem Waschbecken stand, riss ihn aus seinen düsteren Gedanken. Eilig klebte er sich ein neues Pflaster auf die hässliche Wunde und wickelte einen frischen Verband darum. Unter einem Sweatshirt und seiner Jeansjacke war die dicke Binde nicht mehr zu erkennen.

Dakota stand vor dem kleinen quadratischen Spiegel im Flur und band sich die Haare zu einem Pferdeschwanz. Zum ersten Mal sah Logan einen Sinn in dem Spiegel, der nur auf Matts Wunsch dort hing. Sie sah ihn an, lächelte, doch die Sorge in ihren braunen Augen ließ sich nicht leugnen. Bevor sie etwas sagen konnte, zog er sie in seine Arme und küsste sie. Für diesen kurzen Moment stellte er sich vor, alles wäre normal. Sie waren ein ganz normales Pärchen, das die Nacht zusammen verbracht hatte.

„Lass uns gehen", drängte er.

Logan lieh sich Matts Fahrrad. Mit Dakota auf dem Gepäckträger raste er zur Schule. Um punkt neun erreichten sie den Parkplatz. Sie waren die Einzigen, die noch über den Schulhof und durch den langen Flur rannten. Dakota blieb vor ihrem Spind stehen. „Meine Bücher."

Logan nickte ihr zu. „Bis später." Nach seinen Büchern zu suchen, sparte er sich. In seiner Eile hatte er keinen Rucksack mitgenommen. Nicht mal an ein Frühstück hatte er gedacht. Er platzte ins Klassenzimmer und schlich unter dem strengen Blick seiner Chemielehrerin in die hinterste Reihe zu seinem Platz.

„Warum hast du uns nicht geweckt, du Idiot?" Wütend knallte Logan das Tablet mit dem Apfelsaft und der Pampe namens Chili con carne auf den Tisch neben Matt. Der rührte vollkommen ruhig in seinem Essen. „Ich hab euch extra schlafen lassen. Ich dachte, nach dem Schreck gestern willst du dir erstmal einen freien Tag gönnen."

„Und die Schule schwänzen? Spinnst du?" Angewidert betrachtete er die Pampe auf seinem Teller. Nur der quälende Hunger brachte ihn dazu, ein paar Löffel davon herunterzuwürgen. „Warum essen wir eigentlich hier?"

„Ist das deine einzige Sorge? Du bist ..." Matt deutete auf Logans Schulter. „Hättest du doch nur auf mich gehört."

„Was hätte das genutzt? Die hatten mich im Visier, seit Dean uns vor diesem Fettklops gerettet hat." Logan senkte die Stimme.

„Du meinst, Dean hat das alles von Anfang an geplant?" Auch Matt flüsterte.

„Sein Boss hat ihn auf mich angesetzt. Wegen meinem Bruder."

„Wegen Julian? Scheiße." Matt schob sich eine Gabel Chili in den Mund und kaute nachdenklich. „Was ist mit Dakota?"

„Sie weiß nichts und das muss auch so bleiben. Falls jemand fragt, soll sie nicht gezwungen sein, zu lügen. Außerdem wäre es gefährlich für sie, wenn Dean erfahren würde, dass sie eingeweiht ist."

Erschrocken riss Matt die Augen auf. „Du verheimlichst ihr also, dass sie in Gefahr ist?"

„Nein, sie ist nicht ..."

„Hi, darf ich mich zu euch setzen?" Dakota stand mit ihrem Tablet neben ihm. Ihr Lächeln wirkte nicht so, als hätte sie etwas von dem Gespräch mitbekommen. Logan versuchte, sich seine Erleichterung nicht anmerken zu lassen.

„Klar, setz dich. Das Essen heute übertrifft echt alles."

Sie lachte über seinen Witz und setzte sich neben ihn. „Ich bereue jedenfalls nicht, dass ich in den letzten Wochen nie hier gegessen hab."

Er verwickelte sie in ein Gespräch über Mensaessen, froh, dass er so Matts Fragen für eine Weile entkommen konnte. Das schlechte Gewissen darüber, dass er sie anlog, verdrängte er.

„Da bist du ja. Ich dachte schon, du gehst uns aus dem Weg." Dean begrüßte ihn mit einem spöttischen Grinsen.

„Warum sollte ich das tun? Hab ich eine Wahl?"

„Die hat man doch immer. Aber du hast dich für uns entschieden." Er drehte sich zu den anderen um. „Stimmt's?" Zustimmendes Gejohle ertönte.

Logan packte Dean am Ärmel. „Ich hab mich nicht für euch entschieden", knurrte er.

„Ach ja? Und was ist das dann?" Grob bohrte Dean seine Finger ins Logans Schulter. Brennender Schmerz schoss durch seinen Arm. Logan biss die Zähne zusammen, um einen Stöhnen zu unterdrücken.

„Du Arschloch", presste er mühsam hervor.

„Sieh das als Warnung", flüsterte Dean dicht an seinem Ohr. „Jackson hasst solches Geschwätz. Beweise ihm deine Loyalität und dir wird nichts passieren. Denk an den Plan." Dean schlug ihm freundschaftlich auf die Schulter. Wie der Kumpel, der er längst nicht mehr war. Der Plan. Als ob er den vergessen konnte.

„Los, setz dich." Es war ein Befehl und Logan konnte nichts anderes tun, als sich zu Deans Clique zu setzen und ihre primitiven Witze über sich ergehen zu lassen. Niemand sagte ein Wort über Logans Aufnahme in die Gang, aber Dean ließ ihn keine Sekunde aus den Augen. Eine stumme Drohung hing die ganze Zeit über in der Luft. Noch viel mehr quälte ihn, dass er Dakota nach Schulschluss aus dem Weg gegangen war, um hierher kommen zu können, ohne, dass sie etwas merkte. Es war lächerlich. Dakota wusste, dass er jeden Nachmittag mit Dean und seiner Clique abhing, doch seit er sich Jackson gegenüber zu Loyalität verpflichtet hatte, kam es ihm wie ein Verbrechen vor, mit ihnen hier zu sitzen und so zu tun, als wäre es das normalste der Welt.

Die ganze Zeit war er schon einer von ihnen gewesen und hatte es einfach nicht wahrhaben wollen.

Wie immer verließen sie abends um sechs das Schulgelände. Cooper und Travis verabschiedeten sich. Als Logan sich auch aus dem Staub machen wollte, packte Dean ihn am Arm. „Wo willst du hin?"

„Nach Hause, was sonst?"

„Vergiss es. Jackson will dich sehen." Ein schadenfrohes Grinsen huschte über Deans grobes Gesicht. „Du weißt doch", flüsterte er nah an Logans Ohr. „Der Plan." Er stieß ein heiseres Lachen aus. „Du wirst das toll machen. Sieh es so: Dein Bruder hat dich im Stich gelassen. Jetzt kannst du endlich Rache üben."

Logan wurde übel. Eine Zeitlang hatte ihn der Gedanke, sich an Julian auf irgendeine Weise zu rächen, sogar gereizt. Allerdings war es dabei nie darum gegangen, ihm wehzutun. Sein Schweigen und sein abweisendes Verhalten waren Rache genug.

„Wann soll ich da sein?"

„Du gehst jetzt sofort hin."

Die alte Fabrik erschien ihm noch düsterer als beim letzten Mal. Der einzelne Schornstein ragte wie ein mahnender Finger in den roten Himmel. Dean öffnete das Tor zum Gelände, stieß Logan grob hinein und schloss es wieder. Dabei lachte er dreckig. „Beeil dich. Bevor die Hunde dich beißen." Logan sah ihn finster an. „Das ist genau der Gesichtsausdruck, den du jetzt brauchst. Na los, zeig diesem Mistkerl, wie gefährlich du bist."

„Du nennst Jackson einen Mistkerl?"

Deans Lachen hallte über den Hof. „Du wirst heute eine wichtige Lektion lernen."

„Hau einfach ab", knurrte Logan. „Ich brauch deine blöden Ratschläge nicht."

„Wie du willst." Schulterzuckend wandte Dean sich ab. Eine Weile stand Logan auf dem verlassenen Platz und überlegte, was Dean gemeint haben könnte. Was auch immer Jackson vorhatte, es würde ihm nicht gefallen. Und trotzdem würde Logan tun, was er verlangte. Um Dakota zu schützen.

Das große Tor quietschte, als er es aufstieß. In der Halle war es dunkel. Nur im hinteren Bereich brannte ein Licht. Beim Näherkommen sah Logan, dass es ein Scheinwerfer war, der am Boden stand. Er beleuchtete Jacksons Profil, sodass die linke Gesichtshälfte mit der Narbe im Dunkeln lag. Sein Lächeln wirkte geisterhaft. Furchteinflößend. Jackson schien das zu wissen, denn er sah zufrieden aus. Seine Haltung war entspannt, sein Blick berechnend.

„Du bist pünktlich. Gut für dich."

„Was soll ich tun?"

„Du kommst gleich zur Sache, was? Dabei wollte ich mich erst ein bisschen mit dir unterhalten." Wortlos wies Jackson auf die umgedrehte Kiste, auf der Logan auch beim letzten Mal gesessen hatte. Er setzte sich aufrecht hin und sah Jackson direkt an. Bloß keine Angst zeigen.

„Wie geht's deiner Schulter?" Logan verstand, dass Jackson sich nicht wirklich um ihn sorgte. Er erwartete, dass Logan sich stolz zeigte. Stolz und hart.

„Halb so schlimm", entgegnete er, ohne eine Miene zu verziehen.

„Du kannst stolz auf dieses Zeichen sein. Nicht jeder wird in unsere Gemeinschaft aufgenommen. Aber David hat in dir etwas Besonderes gesehen und das sehe ich auch. Du wirst mich nicht enttäuschen."

Du wirst Julian in eine Falle locken und zusehen, wie ich ihn töte.

Es lief ihm kalt den Rücken herunter. „Nein, werde ich nicht." Die Worte hörten sich in seinen Ohren steif und emotionslos an. Wie die eines Roboters. Aber nur so ertrug er es, Jackson gegenüber zu sitzen. Er durfte keine Gefühle zeigen.

Jackson stand auf. „Weißt du noch, was das oberste Gebot ist?"

Logan schluckte. „Loyalität."

„Willst du mir deine Loyalität beweisen?"

„Natürlich … will ich." Die einzig richtige Antwort.

Jacksons Lippen verzogen sich zu einem zufriedenen Lächeln. „Das freut mich. Komm mit."

Ohne sich zu vergewissern, ob Logan ihm folgte,

ging Jackson in Richtung Ausgang. Logan stand auf und folgte ihm. Draußen war es inzwischen dunkel. Eine Wolke verdeckte den Mond. Vor den Garagen blieb Jackson stehen. Er drückte Logan eine Pistole in die Hand.

„Wenn du dich heute gut anstellst, ist es deine."

Das Blut gefror ihm in den Adern, als ihn die Erkenntnis traf. Er sollte jemanden töten. Und dieser jemand wurde in einer der Garagen festgehalten. Wahrscheinlich schon seit Stunden.

Jackson öffnete das Tor der Garage. Das metallische Scheppern hallte durch die Nacht. Eine kleine runde Deckenleuchte tauchte die Garage in ein gelbliches Licht. Sie war leer. Bis auf den Mann, der an einen Klappstuhl gefesselt war. Mit schreckgeweiteten Augen sah er Logan und Jackson an. Dumpfe Geräusche drangen aus seinem zugeklebten Mund. Dünne Strähnen hingen ihm wirr ins Gesicht. Die knochigen Hände rüttelten an der Sitzfläche. Logan kannte diesen Mann. Er war mit Dean bei ihm gewesen. Mit Grauen dachte er daran, wie Dean ihm die Pistole über den Kopf gezogen hatte. Dabei war das wohl noch harmlos gewesen.

Jackson ging neben dem vor Angst zitternden Mann in die Hocke und nahm eine Ecke des Klebebands zwischen Daumen und Zeigefinger. „Du wirst nicht schreien. Hast du das verstanden?" Der Mann nickte heftig. „Wenn du zu deinem Wort stehst, werden wir dich nicht töten."

Noch mal nickte er heftig. Sein Blick glitt zu Logan und Erkennen flackerte in seinen trüben Augen auf. Als er damals mit Dean bei ihm gewesen war, hatte er Schlimmeres verhindert. Heute konnte er ihn nicht verschonen. Angst schnürte ihm die Kehle zu. Dieser Kerl erwartete Gnade von Logan, doch die konnte er ihm nicht geben. Er würde seine Hoffnung zerstören. Er würde ihm wehtun.

Mit einem Ruck riss Jackson das Klebeband ab. Im selben Moment fing der Mann an, zu weinen und zu flehen. „Bitte lasst mich gehen." Er sah Logan an. „Du wirst mich gehen lassen. Ich weiß es. Du bist gnädig."

Jackson warf Logan einen warnenden Blick zu. „Was soll das heißen?", fragte er gefährlich leise.

„Dieser junge Mann. Er war …"

„Halt's Maul!", schnauzte Logan ihn an, „Und tu, was wir dir sagen." Er fühlte sich schäbig, doch der Kerl würde ihn verraten. Und dann war er geliefert. Dean hatte dichtgehalten. Dieses eine Mal. Noch mal würde er nicht so viel Glück haben.

Der Mann wimmerte leise. Tränen liefen über sein mageres Gesicht.

„Du weißt, was wir wollen", sagte Jackson beiläufig, als würde er über das Wetter reden. „Du hast deine Schulden nicht bezahlt. Wieder mal." Ohne Vorwarnung trat er gegen den Stuhl, der nach hinten umfiel. Der Mann schlug mit dem Kopf auf den Boden auf und schrie. „Bitte, bitte", flehte er. „Ich werde zahlen."

„Warum hast du es dann nicht getan, du Mistratte?" Breitbeinig stand Jackson über dem wimmernden Mann. „Wir werden dich töten, wenn du uns weiterhin verarscht."

Jackson Blick flog zu Logan. Eine stumme Aufforderung. Logan entsicherte die Pistole und richtete sie auf den Mann. „Wirst du zahlen?"

„Ja, ja. Ich tu alles, was du willst."

„Wir haben dich schon mal gewarnt."

„Ich weiß. Ich weiß. Es tut mir leid. Es tut mir leid. Es …"

„Hör auf zu jammern und bezahl deine Schulden." Logan umklammerte die Waffe mit beiden Händen, um sein Zittern zu verbergen. Was machte er hier? Bedrohte einen hilflosen Menschen, um seinen eigenen Arsch zu retten. Dakota würde ihn dafür hassen. Er hasste sich selbst dafür.

„Bringt mich nach Hause und ich gebe euch das Geld. Aber bitte tut mir nichts."

Jackson rieb sich das Kinn, als würde er nachdenken. „Du bekommst noch eine letzte Chance." Er bohrte dem Mann langsam seine Schuhspitze in die Seite. Dann sah er zu Logan. „Du passt auf ihn auf. Setzt ihm ein bisschen zu, damit er sein Versprechen nicht vergisst."

„Klar, Jackson."

Dann verschwand Jackson und warf das Tor der Garage hinter sich zu. Er hatte ihn eingesperrt.

Ganz ruhig. Er wird zurückkommen. Er braucht mich.

Logan lehnte sich an die kalte Wand und schaute auf den Mann herunter, der zitternd und wimmernd am Boden lag. Egal was Jackson verlangte. Töten würde er ihn nicht. Das konnte er nicht.

„Ich bin kein Mörder."

„Du bist ein guter Mensch."

„Was?"

„Du bist kein Mörder."

Erst jetzt fiel Logan auf, dass er laut gedacht hatte. „Nein, bin ich nicht."

Er ging neben dem Mann in die Hocke und legte die Pistole hinter sich. „Ich werde dich nicht töten. Bezahl einfach deine Schulden und alles wird gut."

„Nichts wird gut. Ich bin kaputt."

„Wir sind alle kaputt. Aber ich werde dich nicht töten. Ich versprech es dir."

„Danke, danke. Ich wusste es. Du bist ein guter Mensch."

Es tat gut, dass zu hören. Wenn sogar dieser Junkie etwas Gutes in ihm sah, konnte er so schlecht nicht sein. Er war gut genug, einen unschuldigen Menschen, der im Leben Pech gehabt hatte, nicht zu erschießen. Vielleicht würde Jackson es tun. Der hatte keine Skrupel, aber Logan könnte mit so einer Schuld nicht leben.

„Aber du verstehst sicher, dass ich vor Jackson anders sein muss. Vielleicht muss ich dir wehtun, aber ich töte dich nicht."

„Ich werde ab jetzt immer zahlen. Ich verspreche es."

„Das ist gut. Und eine Sache musst du mir noch versprechen. Mach Jackson gegenüber keine Andeutungen, dass ich freundlich zu dir war. Wir sind gefährlich. Du hast Angst vor uns." Um seine Worte zu unterstreichen, griff er nach seiner Pistole.

Das Garagentor öffnete sich. Im letzten Moment stand Logan auf und sah sich Jackson gegenüber. Der stolzierte in die Garage, durchschnitt die Fesseln und zerrte den Mann auf die Beine. „Na los, und ärgere mich nicht."

Der Mann stolperte hinter Jackson her und ließ sich widerstandslos auf die Rückbank des Autos verfrachten, das vor dem Fabrikgelände parkte.

„Du fährst", befahl Jackson.

„Das kann ich nicht." Vor seiner Entzugstherapie hatte er ein paar Fahrstunden genommen, bevor er wegen seines Alkoholmissbrauchs für den Führerschein gesperrt worden war. Das war fast zwei Jahre her.

„Erzähl mir keinen Scheiß. Du bist alt genug."

Jackson drängte ihn zur Fahrerseite. „Nein, das geht nicht", wiederholte Logan. Er stöhnte auf, als Jackson ihm gegen die verletzte Schulter boxte.

„Wie lautet das oberste Gebot!?", zischte er.

„Was hat das damit …?"

„Du tust, was ich sage." Jackson riss die Tür auf und schubste Logan auf den Fahrersitz. Dann stieg er auf der anderen Seite ein und schlug die Tür zu. „Na los. Zeig mir, dass du bereit bist, alles zu tun. Wenn du nicht fahren kannst, wirst du es jetzt lernen."

Widerspruch war zwecklos. Jackson würde nicht lockerlassen. Logan legte die Pistole in die Mittelkonsole und startete den Motor. Sein Magen rebellierte. Schnell schluckte er den bitteren Geschmack runter und versuchte, sich daran zu erinnern, was er damals in der Fahrschule gelernt hatte.

Ganz ruhig Logan. Du schaffst das.

Er legte die Hände ans Lenkrad, atmete tief durch und fuhr los. Das Auto setzte sich holpernd in Bewegung. Angestrengt starrte Logan auf die leere Straße und hoffte, dass kein anderes Auto entgegenkommen würde.

Nach wenigen Minuten kamen sie ohne Zwischenfälle bei dem verfallenen Wohnblock an. Mit mindestens einem halben Meter Abstand zum Bordstein parkte Logan das Auto. Sein Herz schlug wild und er atmete so hektisch, dass ihm schlecht wurde.

Jackson schlug ihm auf die gesunde Schulter. „Gut gemacht." Dann beugte er sich so nah zu Logan herüber, dass sein Gesicht nur wenige Millimeter entfernt war. „Du wirst mir nie mehr widersprechen. Ist das klar?"

„Klar."

„Jetzt komm."

Logan quälte sich aus dem Wagen. In der kühlen Nachtluft ließ seine Übelkeit schnell nach. Während er beobachtete, wie Jackson den dürren Mann grob aus dem Auto zerrte, kam er sich vor, als würde er sich einen Film ansehen. Das konnte doch nicht sein Leben sein. War er wirklich Mitglied einer Gang? War er Teil eines Verbrechens? Nach seinem Entzug hatte er geglaubt, etwas Schlimmeres als Alkoholmissbrauch konnte ihm nicht passieren. Wie sehr man sich täuschen konnte.

Teilnahmslos folgte er Jackson ins Haus, die Treppen hoch, in die dreckige Wohnung, die sich kein bisschen verändert hatte. Es stank immer noch nach Kacke und hinter der geschlossenen Badezimmertür kratzte und fauchte es. Logan musste an die Frau denken, zu der Dean ihn geschickt hatte. Auch sie hatte Tiere. Menschen wie sie hatten sonst niemanden. Die Einsamkeit und Verzweiflung trieb sie in die Sucht. Irgendwann endeten sie als Junkies, die jeder verurteilte. Und dann gab es Leute wie Jackson, die diesen Menschen das Leben zur Hölle machten. Der Mann hatte behauptet, Logan wäre ein guter Mensch, aber das war er nicht, wenn er zu seinem Elend beitrug.

„Was stehst du da so blöd rum", schnauzte Jackson ihn an und riss Logan aus seinen Gedanken.

„Entschuldige, ich …"

„Spar dir deine Entschuldigung und mach dich lieber nützlich. Hier, kümmer dich darum." Jackson stieß den Mann auf den Boden. Flehend sah der zu Logan auf, Tränen in den geröteten Augen. Logan spürte Jacksons düsteren Blick auf sich. Er schob sein Mitleid beiseite und drückte dem Mann die Pistole an die Stirn. „Jetzt bezahl deine Schulden. Das ist deine letzte Chance."

„Jawohl. Ich gehe sofort."

„Dann geh. Wir haben nicht ewig Zeit."

„Aber bitte tu mir nichts."

„Geh und hol das verdammte Geld!", brüllte Logan und erhöhte den Druck der Pistole. Wie sollte er zu Hause noch in den Spiegel schauen, nach dem, was er hier tat? Wie sollte er Dakota in die Augen sehen und behaupten, es wäre alles ok?

Der Mann stand auf, rannte gebückt durch den Flur und verschwand im Wohnzimmer. Es raschelte und schepperte. Schwer atmend stand Logan im Flur. Das schlechte Gewissen fraß ihn auf. Jackson musste es ihm ansehen, doch er verzog keine Miene, sondern richtete seinen Blick starr auf die Wohnzimmertür, die Pistole so fest umklammert, dass die Knöchel weiß hervortraten. Bereit zu schießen.

Mit gesenktem Blick kam der Mann zurück in den Flur. Unterwürfig näherte er sich Logan und streckte ihm die Hand entgegen. „Bitte. Mehr hab ich nicht. Das genügt doch, nicht wahr?"

Logan sah zu Jackson. „Wie viel schuldet er uns?"

„Zweihundert Dollar." Wie ein Pfeil schoss Jackson auf den Mann zu und riss ihm das Geld aus der Hand. Seine Miene verfinsterte sich. „Das sind zwanzig Dollar zu wenig."

„Ich weiß, ich weiß. Es tut mir leid. Das ist alles was ich hab."

„So? Tatsächlich?" Jacksons bohrender Blick traf Logan. „Was machen wir denn da? Was machen wir mit solchen Ratten?" fragte er mit eisig kalter Stimme, als Logan zögerte.

Logan packte den Mann an den Schultern. „Zwanzig Dollar. Die musst du doch hier haben?"

Der schüttelte den Kopf. „Nein, nein. Das ist alles was ich hab. Bitte verzeih mir."

„Hast du nichts oder willst du uns nichts geben? Denk nach. Willst du dein Leben wirklich wegen zwanzig Dollar aufs Spiel setzen?"

„Du hast gesagt, du tötest mich nicht." Weinend fiel der Mann vor ihm auf die Knie. „Bitte. Morgen hab ich das Geld."

„Nein!", zischte Jackson, „Du zahlst nie pünktlich. Glaubst du, du kannst uns ewig verarschen? Wir sind sowieso viel zu gnädig mit dir."

„Hast du die zwanzig Dollar morgen?", fragte Logan, in der Hoffnung, Jackson doch noch vertrösten zu können.

„Lass dich von dieser Mistratte nicht verarschen. Er hatte genug Chancen." Jackson zerrte den Mann auf die Füße.

Mit panisch aufgerissenen Augen starrte er Logan an. „Bitte hilf mir", flehte er.

„Jackson." Der Blick, den Jackson ihm zuwarf, war

wild und voller Hass. Es war zu spät.

„Bitte, bitte", flehte der Mann wieder. Dann zerriss ein Schuss die Stille und der Mann sackte in sich zusammen.

„Nein!", schrie Logan, „Warum hast du das getan?"

Eine Blutlache breitete sich auf dem Boden aus. Ein ersticktes Röcheln war zu hören.

„Halt´s Maul", sagte Jackson, als würde er sich nur über eine dumme Bemerkung ärgern. Ungerührt schoss er noch ein zweites Mal. Das Röcheln erstarb. Dann drehte er sich zu Logan um. „Und du. Was sollte das?"

Fassungslos starrte Logan auf den blutenden Körper. „Du hast ihn einfach getötet."

„So macht man das mit Arschlöchern, die ihre Schulden nicht bezahlen." Er drückte Logan an die Wand. „Und was machst du? Verhandelst mit dieser Ratte, anstatt deine Arbeit zu machen."

„Ich hatte keine Ahnung, wie …"

„Nein, du bist zu weich. Das ist dein Problem. Du denkst nicht ans Geschäft. Das wird irgendwann noch dein Untergang sein."

Die Ecke eines Bildes bohrte sich in Logans Rücken. „Ich war überfordert. So was kommt nicht mehr vor."

„Das wird es nicht, denn ab sofort wirst du keine Schritt mehr tun, ohne dass ich davon weiß." Jackson ließ von ihm ab. „Du bekommst noch eine letzte Chance, zu beweisen, dass du kein hoffnungsloser Idiot bist. Du hast Glück, dass ich etwas Besonderes mit dir vorhab." Jacksons Lachen hallte durch die Wohnung. Logan dröhnte es noch in den Ohren, als Jackson schon längst weg war. Wie erstarrt lehnte er an der Wand. Er brachte es nicht über sich, die Leiche des Mannes anzusehen. Vielleicht hätte er ihm helfen können. Stattdessen hatte er ein Leben ausgelöscht. Es spielte keine Rolle, dass er selbst nicht geschossen hatte. Er war hier gewesen, als es passierte, und er hatte nichts getan, um es zu verhindern.

Die Worte des Mannes spielten sich immer wieder in seinem Kopf ab. *„Du bist kein Mörder. Du bist ein guter Mensch."*

„Ich werde dich nicht töten. Ich verspreche es."

Lügen! Alles Lügen! Er war ein Lügner. Ein Lügner und ein Mörder.

Ein Rinnsal Blut floss an seinem Schuh vorbei. Fluchtartig verließ Logan die Wohnung und übergab sich im Flur.

24. KAPITEL

Logan

„Wie siehst du denn aus?" Matt kam aus der Küche, einen Lappen in der Hand.

„Du bist noch wach?", fragte Logan und wollte sich an Matt vorbeidrängen, doch der ließ sich nicht abwimmeln.

Er baute sich vor Logan auf. „Du sagst mir jetzt endlich was los ist."

Logan wich seinem durchdringenden Blick aus. „Lass mich in Ruhe."

„Nein. Jetzt reicht´s mir langsam mit deinen blöden Ausreden." Matt legte ihm eine Hand auf die unverletzte Schulter. „Denkst du, ich weiß nicht, was das Zeichen auf deinem Arm bedeutet? Hälst du mich für so dumm?"

„Matt, komm schon …" Er verstand Matts Neugier, doch nach den Ereignissen an diesem Abend wollte er einfach nur noch allein sein. „Kann das nicht bis morgen warten?"

„Ich weiß nicht. Wie lange hast du denn noch, bis Dean oder sein Boss dich einfach wegpustet?"

Logan zuckte zusammen. Natürlich war Matt nicht blöd. Im Gegenteil. Er hatte ein gutes Gespür für drohende Gefahren. Hätte Logan das doch nur früher erkannt.

„Ok. Ich sag dir, was los ist." Eindringlich sah er Matt an. „Aber du musst mir versprechen, dass du niemandem etwas erzählst. Falls doch, wird Jackson davon erfahren, und dann ..."

„Jackson?" Matts Gesicht hellte sich kurz auf, bevor es sich wieder verdüsterte. „Du meinst doch nicht den Jackson, der damals geflohen ist, nachdem er versucht hat, deinen Bruder zu töten?"

„Na ja ..."

„Logan!"

„Ja, der Jackson. Genau der."

Matt packte ihn am Arm und zog ihn in die Küche. Logan ließ sich widerstandslos hinterherziehen. Es machte keinen Sinn mehr, sich zu wehren.

Mit vor der Brust verschränkten Armen lehnte Matt am Kühlschrank und sah ihn erwartungsvoll an. „Los, sag schon. Was hat dieses Schwein mit dir vor? Und keine Ausreden. Ich weiß, dass es kein Zufall ist, dass die gleiche Gang, die dein Bruder verlassen hat, es jetzt auf dich abgesehen hat."

Wie recht er damit hatte. Einmal mehr bewunderte er Matt für sein gutes Gespür und seine Fähigkeit, Dinge zu durchschauen, die sonst niemand verstand oder verstehen wollte.

„Also gut, aber versprich mir, dass du das für dich behältst. Sonst bist du auch in Gefahr." Hektisch schaute Logan sich um. Die Rollläden in der Küche waren heruntergelassen und Jacksons Spion konnte ihn hier drin unmöglich beobachten. Trotzdem schloss er vorsichtshalber die Tür. Nur, um sich besser zu fühlen. „Matt?"

„Ich sag es nicht weiter. Versprochen."

„Ok." Logan atmete tief durch, wartete noch einen Moment, bis er sicher war, dass seine Stimme nicht zittern würde. Dann erzählte er Matt alles. Wie Dean ihn ständig bedrängt hatte, von den Aufträgen, die er für David erledigt hatte und der Aufnahme in die Gang. Das grausame Ritual, bei dem man ihm die Initialen der Blue Killers tief in den Oberarm geritzt hatte, so tief, dass die Narben nie ganz verschwinden würden. Ein ewiges Zeichen dafür, dass er zu ihnen gehörte. Nie wieder konnte er am Strand oder in der Umkleide in der Schule sein T-Shirt ausziehen, ohne dass es jemand sah. Selbst wenn er es schaffen sollte, ihnen irgendwann zu entkommen, würde er ihr Zeichen für immer auf dem Körper tragen. Julian wusste, wie es sich anfühlte weiterhin ein Teil der Gang in seinem Leben zu haben und jeden Tag daran erinnert zu werden, was er getan und mit welchen Leuten er sich abgegeben hatte. Aber seit wann interessierten ihn Julians Gefühle? Hatte Julian sich je für seine Gefühle interessiert?

Matt sah in mit traurigen Augen an. „Oh Mann, ich weiß nicht, was ich sagen soll. Ich … Irgendwie hab ich's geahnt."

„Schon klar. Du hast es mir gesagt und ich wollte nicht hören. Reib's mir nicht auch noch unter die Nase." Logan richtete den Blick auf den Boden. Er konnte Matts mitleidigen Gesichtsausdruck nicht ertragen. Außerdem verdiente er kein Mitleid. Schließlich war es seine Schuld, dass er in diese Lage geraten war.

„Das tu ich nicht." Matt stieß sich vom Kühlschrank ab und lief zur Arbeitsplatte und wieder zurück.

„Scheiße. Ich würde dir gerne helfen, aber ich weiß nicht wie."

Niedergeschlagen schüttelte Logan den Kopf. „Niemand kann mir helfen. Das Schlimmste weißt du ja noch gar nicht."

Matt schnaubte verächtlich. „Kann es noch schlimmer werden?"

Logan lachte freudlos. „Das Schlimmste ist der Grund, warum ich in die Gang aufgenommen wurde."

„Lass mich raten. Es hat irgendwas mit Julian zu tun. Er ist dein Bruder. Da muss es eine Verbindung geben."

Sein bester Freund brauchte gerade mal fünf Sekunden, um etwas zu kapieren, dass Logan bis zu Jacksons Enthüllung erfolgreich verdrängt hatte.

„Jackson will sich an Julian für seinen Verrat rächen und ich soll ihm dabei helfen. Ich soll Julian in eine Falle locken, damit Jackson ihn töten kann."

Matt fluchte, wie Logan es bei ihm noch nie erlebt hatte. Normalerweise ließ Matt sich nur schwer aus der Ruhe bringen.

„Jackson will also, dass du Julian davon erzählst?"

„Aber erst, wenn er es mir sagt. Bis dahin soll ich die Klappe halten. Jackson denkt wohl, dass Julian ihn sofort aufsucht, wenn er erfährt, was los ist. Und falls das zu früh passiert … tötet Jackson … mich."

Eine Moment sah Matt ihn an. Dann fing er an, schallend zu lachen. Logan starrte ihn fassungslos an. Kapierte Matt nicht, wie schlimm das war?

„Mensch Logan, dieser Jackson ist dumm." Er wischte sich die Tränen aus den Augen.

„Dumm? Spinnst du jetzt? Vielleicht hat er es auch auf dich abgesehen."

„Verstehst du das nicht? Er ist so sehr von seinem Hass und seinem Willen nach Rache besessen, dass er sich sein eigenes Grab schaufelt. Vielleicht ist ihm das sogar egal. Vielleicht weiß er, dass er so oder so auffliegen wird und will davor schnell noch Rache üben." Matt sah ihn mit großen Augen an. „Er kann erst ins Gefängnis gehen, wenn er die Sache beendet hat."

Plötzlich verstand Logan. Jackson ging es nur darum, Rache zu üben. Um jeden Preis. Wenn er ins Gefängnis kam, würde David oder Dean seinen Platz einnehmen. So wie er Brandons Platz eingenommen hatte. Es würde immer so weitergehen. Einzelne Mitglieder konnten gefasst werden, aber niemals die ganze Gang.

Er lächelte. „Dann hab ich doch eine Chance."

„Aber du musst Julian einweihen."

„Was? Jetzt schon?"

„Klar jetzt. Ihr stellt Jackson eine Falle und nicht umgekehrt."

Er vergrub das Gesicht in den Händen. „Julian wird mir nicht helfen."

„Aber genau darauf setzt Jackson. Ihr müsst ihn nur mit seinen eigenen Waffen schlagen."

„Das würde er nie zulassen. Er lässt mich beobachten."

Matt zuckte gleichgültig mit den Schultern. „Du sollst dich ja nicht mit Julian treffen. Du rufst ihn nur an. Merkst du nicht, wie einfach Jackson es dir macht? Er kann es kaum erwarten, Rache zu üben. Er setzt darauf, dass du Fehler machst und dich ihm widersetzt. Genau das will er. Weil er dann einen Grund hat, dich auch zu töten."

„Scheiße. Das wird er auch tun, wenn ich mich nicht an seinen Plan halte."

Bedauernd schüttelte Matt den Kopf. „Mach dir nichts vor. Er wird dich so oder so töten. Jackson braucht dich nur, um sich an Julian zu rächen. Danach hat er keine Verwendung mehr für dich. Falls er geschnappt und eingebuchtet wird, geht er sicher nicht das Risiko ein, dass auch nur einer aus deiner Familie überlebt."

Sein Magen zog sich zusammen. Einen Moment befürchtete er, sich nochmal übergeben zu müssen. Matt hatte recht. Jackson würde seine gesamte Familie auslöschen. Auch Charlie und April. Vielleicht auch Mike. Das war von Anfang an klar gewesen. Wenn er diese Tatsache weiter ignorierte, wäre er für den Tod von vier Menschen verantwortlich. Was nützte es dann, wenn er selbst auch starb?

„Dann müssen wir Jackson eine Falle stellen. Und wir müssen schnell sein."

„Das müssen wir und deshalb wirst du jetzt Julian anrufen."

Als Logan sich versteifte, kam Matt auf ihn zu und blieb dicht vor ihm stehen. „Julian wird dir helfen. Er hat doch auch noch eine Rechnung mit diesen Leuten offen."

Logan nickte. „Du hast recht. Ich mach es."

Lass uns reden. Wir können nicht ewig so weitermachen.

Das hatte Julian ihm geschrieben, kurz nachdem sie sich vor dem Mr. Percy begegnet waren. Und obwohl Logan nie darauf reagiert hatte, war zwei Wochen später noch eine Nachricht von Julian eingetroffen.

Melde dich mal. Wir müssen ein paar Dinge klären.

Zwei Nachrichten in zwei Wochen. Dafür, dass Julian sonst nur zu Weihnachten und zum Geburtstag ein GIF geschickt hatte, war das echt viel. Womöglich war die Zeit der Standardsprüche wirklich vorbei. Julian hatte sich bemüht. Für seine Verhältnisse. Vielleicht wollte er mit Logan reden, ihn aber nicht bedrängen. Nochmal würde Julian es nicht versuchen. Jetzt war Logan dran.

Er wird mir helfen. Allein, weil er Jackson hasst.

Mit zitternden Fingern tippte er auf Julians Nummer. Dann auf den grünen Hörer. Es tutete in der Leitung. Bestimmt dreißig Sekunden und Logan glaubte schon, Julian würde nicht rangehen. Insgeheim hoffte er es sogar.

Feigling.

„Logan?" Julian klang überrascht. Kein Wunder. „Du rufst mich an?"

Logan spürte, wie sein Herzschlag sich beschleunigte. Was sollte er sagen? Erst mal was Nettes? Eine Entschuldigung?

„Äh, hi. Ich …Ich wollte nur … Ich muss dir was …"

„Logan? Alles ok?"

„Ja, natürlich. Ich … Nein, vergiss es. Gar nichts ist ok." Stille. Er hatte doch nicht aufgelegt? „Julian?"

„Ja, ich bin noch da. Hör mal, ich versteh, dass du sauer bist. Ich war nie für dich da, aber …"

„Nein, darum geht es nicht. Ich weiß, dass du jetzt für mich da sein willst. Ich bin sogar darauf angewiesen." Wie armselig das war. Monatelang hatte er Julians Annäherungsversuche ignoriert oder gereizt darauf reagiert und jetzt bat er ihn um Hilfe.

„Du brauchst also meine Hilfe." Kein Misstrauen, kein vorwurfsvoller Unterton. Es war nur eine Feststellung.

„Ich weiß, ich sollte dich nicht fragen, nachdem ich … nachdem wir so lange keinen Kontakt hatten. Es ist nicht nur deine Schuld. Zumindest in letzter Zeit nicht."

„Du musst dich nicht rechtfertigen. Ich bin damals einfach abgehauen, obwohl du mich gebraucht hättest. Den Fehler mach ich nicht noch mal. Wenn du mich brauchst, bin ich da. Egal um was es geht."

Ob er das auch noch sagen würde, wenn er wüsste, um was es ging?

„Ich hab Scheiße gebaut. Das wird dir nicht gefallen."

„Was soll's? Jeder baut Scheiße. Ich kenn mich gut damit aus. Du weißt ja was vor zwei Jahren passiert ist."

„Genau darum geht's. Es ist noch nicht vorbei."

„Los, erzähl", sagte Julian, ohne zu zögern. Seine Stimme klang hart. Matt lag richtig. Julian würde ihm helfen. Also erzählte er ihm alles. Jedes Detail von Jacksons Plan.

„Dieser Mistkerl. Ich hätte wissen müssen, dass er keine Ruhe geben wird."

„Aber du musst es für dich behalten. Und du darfst auf keinen Fall zu Jackson gehen, bevor er damit rechnet."

Julians schwere Atemzüge drangen durch den Hörer. Es fiel ihm sichtlich schwer, seine Wut zu kontrollieren.

„Wir können aber nicht nur dasitzen und warten.

Wir sollten schon mal einen Plan schmieden, wie wir dieses Schwein fertigmachen. Wir sollten uns treffen."

„Nein! Ich werde beobachtet. Jackson würde es sofort erfahren."

„Brandon hat mich damals auch beobachten lassen. Ich hab mich in meiner Wohnung versteckt und gewartet. Zu lange. Diesmal verstecke ich mich nicht. Wir beenden diese Sache."

Julian klang so entschlossen. Er schien sicher zu sein, dass er es mit Jackson aufnehmen konnte. Schließlich hatte er es schon einmal geschafft. Aber Logan? Wie sollte er es mit Jackson aufnehmen? Und wenn er versagte, was wurde dann aus Dakota? Stand sie vielleicht auch schon unter Beobachtung?

„Was ist mit Dakota? Was soll ich ihr sagen?"

„Dakota? Wer ist das?"

„Meine Freundin. Scheiße! Was ist, wenn Jackson es auch auf sie abgesehen hat?"

„Verdammt! Warum sagst du das erst jetzt? Natürlich hat er es auf sie abgesehen. Damals haben sie Amy entführt."

„Was soll ich jetzt machen?"

„Du musst es ihr sagen. Sofort. Dann kann sie sich in Sicherheit bringen."

Sie würde ihn hassen. Ihr Vater war von Gangstern erschossen worden. Niemals könnte sie mit jemandem zusammen sein, dem vielleicht das gleiche Schicksal blühte.

„Das geht nicht. Sie weiß nichts."

„Genau deswegen musst du es ihr sagen. Ich hab Amy damals angelogen und dadurch in Gefahr gebracht. Logan, ich hätte sie fast verloren."

„Sie wird am Boden zerstört sein. Das kann ich ihr nicht antun."

„Wenn Jackson dich tötet oder ihr etwas antut, wird es nicht besser sein."

Ihm wurde eiskalt. „Das wird er nicht. Du hast doch einen Plan, oder nicht?" Julian antwortete nicht. „Hey! Ich dachte wir stellen Jackson eine Falle. Er wird niemanden töten."

„Ich will nichts schönreden. Es können immer Dinge passieren, mit denen niemand rechnet."

Die Möglichkeit, selbst zu sterben, beunruhigte ihn. Aber richtig Angst machte ihm die Tatsache, dass Dakota dann allein zurückbleiben würde. Sie hatte nicht mal eine Familie. Jackson durfte nicht gewinnen.

„Was ist überhaupt dein Plan?"

„Ich überleg mir was und ruf dich dann an. Du redest jetzt mit deiner Freundin."

Logan warf einen Blick aufs Display. Es war kurz vor elf. „Wahrscheinlich schläft sie schon."

„Je länger du es aufschiebst, desto schlimmer wird es. Warte nicht, bis sie es selber herausfindet. Sag es ihr. Sofort."

„Alles klar. Sofort."

„Bitte Logan. Mach nicht den gleichen Fehler wie ich."

„Julian!", rief Logan, bevor Julian auflegen konnte.

„Ja?"

„Danke."

„Mach dir keine Sorgen. Zusammen kriegen wir das hin." Dann legte Julian endgültig auf.

Erleichtert atmete Logan auf. Er spürte, wie ihm eine schwere Last von den Schultern fiel. Zumindest ein Teil davon. Fast hatte er vergessen, wie es war, eine Familie zu haben, aber jetzt hatte er endlich wieder einen Bruder. Jemanden, auf den er sich verlassen konnte. Zusammen würden sie Jackson besiegen. Es erstaunte ihn selbst, dass ihm die Vorstellung Jackson, gegenüber zu treten plötzlich keine Angst mehr machte.

Das Einzige, was ihm wirklich Angst machte, war das Gespräch mit Dakota. Seine Brust schmerzte, als er daran dachte, wie enttäuscht sie sein würde. Aber er durfte dieses Gespräch nicht länger vor sich her schieben. Dakota verdiente es, nicht angelogen zu werden. Er musste ihr die Wahrheit sagen.

25. KAPITEL

Dakota

Jamie fiel fast über sie her, als sie die Wohnung betrat. Nach einem anstrengenden Schultag und der vierstündigen Schicht bei Percy war sie hundemüde und wollte am liebsten sofort ins Bett. Doch als sie Jamie sah, die aufgeregt auf sie zustürmte, wusste sie, dass sie das vergessen konnte.

„Da bist du ja. Wir haben uns Sorgen gemacht."

„Es geht mir gut", entgegnete sie knapp. Im ersten Moment fühlte es sich komisch an, dass Jamie wissen wollte, wo sie gewesen war. Früher hatte das nie jemanden interessiert.

„Du warst über Nacht nicht da." Mit vor der Brust verschränkten Armen stand Jamie vor ihr und sah sie vorwurfsvoll an. War Dakota ihr Rechenschaft schuldig?

„Hör mal, es tut mir leid …"

Völlig unerwartet brach Jamie in lautes Gelächter aus. „Schau nicht so. Man könnte ja meinen, du hättest was ausgefressen." Jamie legte ihr einen Arm um die Taille und führte sie durch den Flur in die Küche. Dort saß Amber am Tisch, einen besorgten Ausdruck im Gesicht. Was war hier los?

„Wir wollen nur sichergehen, dass du uns alles erzählst", erklärte Jamie. Sie war das genaue Gegenteil von Amber. Aufgekratzt und fest entschlossen, alle Informationen aus Dakota herauszuquetschen.

„Ich war nur bei meinem Freund. Keine große Sache also."

„Natürlich ist das eine große Sache", widersprach Jamie. „Ich hab ihn gesehen. Er ist süß und er tut dir gut. Du bist viel offener und glücklicher, seit du ihn kennst."

Dakota lächelte verträumt. Ja, das war sie. Seit sie sich ihre Gefühle für Logan eingestanden hatte, fühlte sich alles so viel leichter an.

„Jamie", drängte Amber, „Da gibt es noch was."

„Was denn?"

Dakota sah Amber an und schüttelte den Kopf. Fragend hob diese die Schultern. „Ich dachte, du machst dir Sorgen", flüsterte sie.

Jamie sah zu Dakota und zog die Augenbrauen zusammen. „Stimmt was nicht?"

„Nicht so wichtig."

Amber ließ nicht locker. „Gestern hast du noch was anderes gesagt."

„Das hat sich erledigt." Sie verdrängte das mulmige Gefühl, den Verdacht, dass Logan ihr noch immer einen Teil der Wahrheit verschwieg. Was auch immer das zwischen Dean und ihm auch war, er würde es sicher klären. Davon wollte sie sich die Stimmung nicht verderben lassen.

„Könnt ihr mir mal sagen, wovon ihr redet?", verlangte Jamie.

Dakota gab vor, etwas auf ihrem Handy zu suchen.

„Es ist nichts."

Mit einem lauten Seufzen stand Amber von ihrem Stuhl auf. „Dann erzähl ich es ihr eben."

„Amber …", setzte Dakota an, doch die ignorierte ihren Einwand. „Dakota hat sich Sorgen gemacht, weil sie gestern mit ihrem Freund telefonieren wollte und er sich nicht gemeldet hat. Deshalb ist sie zu ihm gefahren."

„Das ist doch normal, oder?", wandte Dakota ein.

„Klar, aber du hast mir auch erzählt, dass er sich ständig mit so düsteren Typen trifft. Hauptsächlich deswegen hattest du Angst um ihn."

Dakota schluckte den Kloß in ihrem Hals hinunter. Amber machte es ihr unmöglich, irgendetwas zu leugnen. „Na gut. Ich mach mir Sorgen. Diese Typen, mit denen er abhängt, sind komisch. Sie treffen sich nach der Schule immer auf dem Sportplatz. Sie …" Beim Gedanken daran wie Logans „Freunde" ihr nachgepfiffen hatten, lief ihr ein Schauer über den Rücken. Zum wiederholten Mal fragte sie sich, was Logan an diesen Typen fand. Er war nicht wie sie.

„Dakota." Jamie legte eine Hand auf ihre. „Das wusste ich nicht."

„Schon gut. Ich will auch gar nicht weiter darüber reden. Ich vertraue Logan. Selbst wenn diese Kerle kriminell sind, würde er sich nie in irgendwas verwickeln lassen." Sie klang überzeugter als sie sich fühlte. Vielleicht hätte sie doch mehr Fragen stellen müssen. Aber Logan hatte das nicht gewollt. War das ein Zeichen, dass er ihr etwas verheimlichte? Dass hinter seiner Stichverletzung mehr steckte, als er behauptete? Vielleicht war sie auch einfach eine schlechte Freundin, weil sie an ihm zweifelte.

„Ok, aber wenn dich irgendwas bedrückt, kannst du immer zu uns kommen", versicherte Jamie.

„Ja, wirklich", bestätigte Amber, „Wir behalten alles für uns."

„Danke." Dakota ging zur Küchentür. „Jetzt würde ich gerne schlafen gehen. Ich muss morgen früh raus."

„Alles klar. Gute Nacht", sagte Amber und lächelte.

„Gute Nacht."

Als sie im Flur war, holte Jamie sie ein. „Du musst dich für nichts schämen. Ich verurteile dich nicht." Im Halbdunkel glitzerten ihre Augen. Weinte sie? Bevor sie sich vergewissern konnte, war Jamie wieder in der Küche verschwunden.

Obwohl Dakota todmüde war, konnte sie nicht schlafen. Ihre Gedanken drehten sich im Kreis. Immer wenn sie sich sicher war, dass sie Logan vertrauen konnte, fiel ihr wieder etwas ein, das ihr seltsam vorkam. Heute Mittag in der Mensa war alles so normal gewesen. Sie hatten sich unterhalten, als würde es Logans Wunde und all die Geheimnisse nicht geben. Nach der Schule war er dann wieder verschwunden. Aus der Ferne hatte sie ihn mit Dean und seiner Clique unter einem der Basketballkörbe sitzen sehen. Dean redete auf ihn ein.

Das Gefühl, dass er ihr etwas Entscheidendes verschwieg, ließ sie nicht los. Gleichzeitig schämte sie sich, weil sie an ihm zweifelte. Ihr Leben lang hatte sie sich verstecken und lügen müssen, um sich zu schützen.

Vertraue niemandem. Das ließ sich wohl nicht so einfach abstellen. Trotzdem war es nicht fair, Logan ständig in Frage zu stellen, nur weil sie seine Freunde nicht mochte.

Dakota schlüpfte in eine bequeme Jogginghose und ein weites T-Shirt und legte sich ins Bett. Gerade als sie das Handy neben sich aufs Nachtkästchen legen wollte, vibrierte es. Logan rief an. Was wollte er so spät noch?

„Hey, was gibt's?"

Er antwortete nicht. Nur sein unregelmäßiger Atem war zu hören.

„Hallo? Logan?" Sofort war ihr Körper in Alarmbereitschaft. Irgendetwas stimmte nicht.

„Dakota ... Scheiße."

„Was ist los?" Die Angst floss wie ein Gift durch ihre Adern. Eine Gänsehaut breitete sich auf ihren Armen aus. „Sag mir, was los ist. Egal wie schlimm es ist."

Sie konnte hören, wie Logan tief Luft holte, bevor er antwortete. „Ich hab dich angelogen."

Ihr Herzschlag setzte für einen Moment aus. „Was?"

„Meine Verletzung und die Sache mit Dean ..." Er brach ab.

„Logan." Ihre Stimme war nur ein heiseres Flüstern. Das Bild von Dad, wie er blutend auf der Straße lag, flackerte vor ihren Augen auf.

„Du hast Recht, was Dean angeht. Er ist kriminell. Er handelt mit Drogen." Mit Drogen. Wie Dad. „Er gehört zu einer Gang. Genau wie die anderen. Ich gehöre auch dazu."

Dakota war wie erstarrt. Eine dunkle Leere breitete sich in ihr aus. Tief in ihrem Inneren hatte sie es gewusst, doch sie hatte ihre Instinkte, auf die sie sich verlassen konnte, seit sie ein kleines Mädchen war, einfach ignoriert. Ihr Wunsch, normal zu sein, war größer gewesen.

„Du verkaufst Drogen? Du tötest Menschen?"

„Nein, ich töte niemanden."

„Aber du wirst es tun."

Kurze Stille. „Nein. Vertrau mir. Sowas würde ich nie …"

„Ich soll dir vertrauen? Nachdem du mich angelogen hast? Du warst der erste Mensch, dem ich je richtig vertraut hab und ausgerechnet du tust mir das an." Ihr Herz zog sich zusammen. Ihr ganzer Körper bestand nur noch aus Schmerz und Enttäuschung.

„Es tut mir so leid. Ich hätte es dir schon gestern sagen müssen, aber ich wusste nicht wie."

„Seit wann geht das schon so?"

„Was?"

„Seit wann lügst du mich an?" Sie musste sich zusammenreißen, um nicht ins Telefon zu brüllen. Zwischen all der Wut gab es noch einen Funken Verstand, der sie daran hinderte, Jamie und Amber aus dem Schlaf zu reißen oder bei dem zu stören, was sie gerade machten.

„Schon die ganze Zeit. Ich dachte, ich könnte dich beschützen, aber das kann ich nicht."

Ihre Beziehung war auf Lügen aufgebaut. Die Erkenntnis traf sie wie ein Tritt in die Magengrube. Sie brauchte ein paar Sekunden, bis sie realisierte, was er gerade gesagt hatte.

„Was heißt das, mich beschützen?", fragte sie, obwohl sie genau wusste, was das bedeutete. Wenn Logan nicht machte, was die Gang von ihm verlangte, würden sie den Menschen etwas antun, die er liebte. Seiner Familie. Ihr.

„Sie lassen mich beobachten. Und dich vielleicht

auch. Glaub mir, ich will das alles nicht. Die hatten es die ganze Zeit auf mich abgesehen. Ich hab nur nichts gemerkt."

Er klang aufrichtig. Aber konnte er wirklich nicht gewusst haben, was das für Menschen waren, mit denen er sich abgab? War Logan so dumm?

"Spätestens, als du es gemerkt hast, hättest du es mir sagen müssen. Stattdessen hast du mich angelogen, obwohl du wusstest, dass Dean und sein komischer gepiercter Kumpel mich kennen. Ich weiß, wozu Menschen wie die fähig sind. Du weißt es auch und trotzdem hast du so getan, als wäre nichts."

"Du hast Recht. Ich hab alles falsch gemacht. Es tut mir leid, ok? Aber das lässt sich jetzt nicht mehr ändern. Ich hab mein Leben weggeworfen, aber das gilt nicht für dich."

Sie wusste, was er sagen wollte, bevor er es aussprach. "Halt dich fern von mir. Wenn sie denken, dass du mir nichts mehr bedeutest, lassen sie dich vielleicht in Ruhe."

Dass du mir nichts mehr bedeutest. Mit einem Mal verpuffte die Wut und es blieb nichts übrig als dumpfe Enttäuschung.

Logan liebte sie. Trotz allem. Und das Schlimmste war, sie liebte ihn auch. Nicht mal seine Lügen änderten etwas daran.

"Geh weg von hier", sagte Logan und seine Worte fühlten sich an wie eine Ohrfeige.

"Ich soll weggehen?", fragte sie fassungslos.

"Hier bist du nicht sicher."

Tränen liefen ihr über die Wangen. "Warum hast du das getan? Warum gibst du uns einfach auf? Ist diese beschissene Gang dir wichtiger als wir? Bedeutet es dir nichts?"

„Du bedeutest mir alles", sagte er mit sanfter Stimme. „Aber bei mir bist du nicht sicher. Bitte geh. Sie werden mich nicht gehen lassen. Vielleicht töten sie mich sogar. Besser trennen wir uns so. Solange ich noch lebe."

„Warum sagst du so was? Sie werden dich nicht töten." Ihre Finger umklammerten das Handy, als könnte sie Logan so festhalten. „Lass uns zusammen weggehen. Irgendwohin, wo sie uns nicht finden." Verzweifelt klammerte sie sich an diesen Strohhalm, obwohl ihr Verstand längst begriffen hatte, dass sie Logan verloren hatte.

„Sie werden uns überall finden. Du bist nur sicher, wenn du nicht in meiner Nähe bist. Verstehst du das nicht?" Es klang endgültig. Er würde sich nicht mehr umstimmen lassen.

„Ich verstehe."

„Es tut mir leid."

Sie legte auf und starrte auf den Bildschirm, auf Logans Foto. Sein Lächeln. Die grünen Augen, die sie ansahen, als wäre sie das Wichtigste in seiner Welt. Das alles war eine Lüge. Ihre gesamte Beziehung war nichts als eine Lüge und sie war zu blind gewesen, um es zu bemerken. Wahrscheinlich hatte nicht mal Logan es wahrhaben wollen. Und jetzt war er weg.

Still saß sie auf dem Bett. Ihre Tränen tropften auf die Bettdecke. Sie wartete auf die Wut, die sich an die Oberfläche drängte, doch da war nichts. Nur das Gefühl, verloren zu sein. Sie konnte Logan nicht retten und sie konnte sich nicht retten.

Nach einer schlaflosen Nacht quälte Dakota sich aus dem Bett. Sie war wütend auf Logan, weil er durch seinen Leichtsinn und seine Lügen ihre Sicherheit aufs Spiel gesetzt hatte. Gleichzeitig tat er ihr leid, weil er sein Leben einfach weggeworfen hatte. Denn einmal in den Fängen einer solchen Gang gab es kein Zurück. Das wusste sie nur allzu gut.

Möglichst leise zog sie die Rollläden ein Stück nach oben. Die Straße und die gegenüberliegenden Gebäude lagen dunkel und verlassen vor ihr. Nur in einem Fenster brannte Licht.

Ihr Blick fiel auf den Gehweg. Dort hatte Logan vor zwei Wochen gestanden und auf sie gewartet. Bevor Dean ihm das Messer in den Oberarm gerammt hatte. Vor Logans schrecklichem Geständnis. Der Tag, an dem sie zusammen im Sunny Beach gesessen und gelacht hatten, erschien ihr so unendlich weit entfernt. Als wäre es in einem anderen Leben gewesen. Ein Leben, in dem ihre Beziehung zu Logan nicht von Gewalt und Verbrechen überschattet gewesen war.

Ein Teil von ihr klammerte sich an die Hoffnung, dass sie trotz allem mit ihm zusammen sein konnte. In dieser romantischen Version der Geschichte war ihre Liebe alles, was sie brauchten. Aber so war es nicht. Vielleicht reichte die Liebe am Anfang. Vielleicht würde sie ihr helfen, über Logans Lügen hinwegzusehen und auszublenden, dass er Verbrechen begehen musste, um sein Leben zu schützen, doch irgendwann würde sie enden wie ihre Mutter. Allein in einem

Dreckloch, zerfressen von Angst und schlechtem Gewissen, weil sie Drogenhandel, Gewalt und Mord deckte. Es würde ihre Beziehung zerstören.

Dakota ließ die Rollläden wieder runter, als könnte sie so Logan und die Gedanken an ihn aussperren. Sie wollte das alles nicht. Sie wollte das, was sie in New York zurückgelassen hatte, nicht noch einmal erleben.

Logans Worte gingen ihr durch den Kopf. Dass sie hier nicht sicher war. Durch ihren Tränenschleier sah sie den schwarzen Trolli, der neben der Tür stand, seit sie hier angekommen war. Schmerzhaft wurde ihr klar, dass es für sie und Logan keine gemeinsame Zukunft gab.

Jamie, Amber,

es tut mir leid, dass ich einfach so verschwinde. Es ist nicht eure Schuld, dass hier so viel schiefgelaufen ist. Ich muss irgendwo anders noch mal von vorn anfangen. Ich kann euch nicht erklären, was passiert ist, aber macht euch keine Sorgen. Ich komme schon klar.
Danke, dass ich bei euch wohnen durfte. Ihr wart mir in den letzten Wochen gute Freundinnen.

Alles Gute
Dakota

P.S. Das Geld für die Miete diesen Monat hab ich über- wiesen.

Mit quietschenden Bremsen fuhr der Zug in den Bahnhof ein. Ein paar Menschen stiegen aus und eilten über den Bahnsteig. Dakota drückte sich mit dem Rücken an die Wand der Bahnhofshalle und sah den Menschen nach, die gerade in Blue Water angekommen waren. Die meisten von ihnen arbeiteten wahrscheinlich hier. Aber manche von denen, die Koffer und große Taschen bei sich hatten, fingen hier vielleicht ein neues Leben an. So wie sie vor etwas mehr als zwei Monaten. Und jetzt ließ sie dieses Leben zurück.

Dakota schaute auf die große Anzeigetafel. Es war gerade mal halb sieben. Sie konnte überall hin. Zurück nach New York. Niemand vermisste sie. Niemand würde sie erkennen. Aber dort konnte sie ihre Vergangenheit nicht hinter sich lassen. Vielleicht sollte sie nach Kalifornien fahren. Oder nach Texas. So weit weg wie möglich von Logan und dem Leben, das sie hier hatte führen wollen. In einem anderen Bundesstaat würde sie die Schule beenden und danach etwas studieren, das nicht nur ihr Leben veränderte, sondern auch das der Menschen, die glaubten, dass sie keine Perspektive hatten. Menschen wie Logan.

Sie schüttelte den Kopf, um den Gedanken an ihn loszuwerden. Logan hatte sie weggeschickt. Selbst wenn sie auch nur die geringste Ahnung hätte, wie sie ihm helfen konnte, würde er es nicht zulassen.

Die nächste Stunde stand sie entweder im Schatten der Bahnhofshalle oder ging unruhig das Gleis auf und ab. Menschen hasteten zielstrebig an ihr vorbei. Nur sie wusste nicht, wo sie hin wollte.

Eine Gruppe Jugendlicher zog an ihr vorbei. Zwei von ihnen trugen einen Bierkasten zwischen sich.

Einer von ihnen sah sich um. Als er außer Dakota niemanden entdeckte, zündete er sich eine selbstgedrehte Zigarette an. Der süßliche Geruch von Gras wehte ihr in die Nase.

Die Jungs verschwanden. Das mulmige Gefühl blieb. Es war traurig. So viele junge Menschen zerstörten ihr Leben, weil sie keinen Sinn darin sahen. Die meisten ihrer alten Freunde hatten sich keine Gedanken um ihre Zukunft gemacht. Wer in einem Viertel aufwuchs, in dem Gewalt und Hoffnungslosigkeit herrschte, hatte kaum eine Chance auf ein besseres Leben.

Selbst Logan konnte seine Herkunft nicht abschütteln. Er musste Verbrechen begehen, obwohl er es verabscheute. Irgendwann würde er so sehr abstumpfen, dass es ihm egal war. Am Ende würde er im Gefängnis landen oder tot auf der Straße. Konnte sie wirklich zulassen, dass er so ein Leben führte, während sie sich aus dem Staub machte und so tat, als wäre nie etwas gewesen?

Logan hatte gesagt, sie sollte gehen, sich in Sicherheit bringen. Doch so schnell wollte sie nicht aufgeben. Das Mädchen, das einfach weglief und sich versteckte, gab es nicht mehr. Sie würde um Logan kämpfen. Ob er wollte oder nicht.

Nur die Mailbox ging ran. Die Erinnerung an den Tag, als sie Logan zu Hause aufgesucht hatte, kam hoch. Es war das letzte Mal gewesen, dass sie ihm nah gewesen war. Zu dem Zeitpunkt hatte sie noch geglaubt, es nicht verkraften zu können, wenn Logan wäre wie ihr Vater, aber das war er nicht und wollte es auch nicht sein. Die Tatsache, dass er sich einer Gang angeschlossen hatte, machte ihn nicht zu einem anderen Menschen. Er war immer noch der Logan, in den sie sich verliebt hatte. Nur, dass es jetzt keine Geheimnisse mehr gab.

Auch beim zweiten Mal ging Logan nicht an sein Handy. Kurzentschlossen rief sie Matt an. Er nahm sofort ab.

„Dakota, was ist los? Logan sagt, du bist weg."

„Ich gehe nicht weg. Ich kann Logan nicht zurücklassen."

„Weißt du es?"

Ein letzter Rest Zweifel ließ sie zurückschauen. Der nächste Zug fuhr in den Bahnhof. Noch eine Möglichkeit, einfach abzuhauen. In Sicherheit zu sein.

Nein. Sie durchquerte die Halle und ließ das hässliche graue Bahnhofsgebäude hinter sich.

„Ja, er hat es mir gesagt."

„Alles?"

„Was meinst du mit alles?"

„Was hat er dir gesagt?", fragte Matt. Er klang angespannt. Ihr Magen drehte sich um. Was verheimlichte Logan ihr noch?

„Dass er zu Deans Gang gehört und unter Beobachtung steht, und er hat mich weggeschickt, weil ich hier nicht sicher bin."

„Mehr nicht?"

„Matt, was soll das? Rück raus damit." Sie war auf alles gefasst, aber was Matt ihr erzählte, war schlimmer als ihre schlimmste Vorstellung.

„Er soll seinen Bruder in eine Falle locken?"

„Das ist der Plan, aber wir glauben, dass Jackson

Logan genauso loswerden will. Er wird sie beide töten und dann seine gesamte Familie." Dass sie aus Sicht dieser Gangster auch dazu gehörte, hing unausgesprochen in der Luft. Logan hatte Recht. Sie war hier nicht sicher.

„Wir müssen zu Polizei gehen."

„Nein, das erregt zu viel Aufmerksamkeit. Wenn wir die Polizei einschalten, ist Logan tot. Wir müssen Jackson in eine Falle locken."

„Wir müssen Logans Bruder einweihen."

„Er ist eingeweiht. Er wird uns helfen."

Dakota spürte ein Kribbeln im Nacken. Als sie sich umdrehte, sah sie einen Kerl, der ein paar Meter entfernt auf einer Bank saß und sie durchdringend anstarrte. Ein kalter Schauer lief durch ihren Körper.

„Matt, jemand beobachtet mich", flüsterte sie in den Hörer, „Ich kann nicht zu euch kommen."

„Dann geh nach Hause. Sobald Julian uns in seinen Plan eingeweiht hat, rufen wir dich an."

„Scheiße, ich kann nicht…" Vielleicht hatten Amber und Jamie ihre Nachricht noch nicht gefunden. Sie warf noch mal einen Blick auf die Bank. Dort war niemand mehr, aber sie wusste, dass er sich hier irgendwo versteckte. Er würde ihr folgen und sie würde ihn direkt zu Amber und Jamie führen. Sie konnte nicht zulassen, dass die beiden auch noch in diesen Fall verwickelt wurden.

„Egal. Ich warte hier einfach irgendwo." Solange sie sich an belebten Orten aufhielt, würde es selbst ein skrupelloser Gangster nicht wagen, über sie herzufallen. Diese Leute würden nicht riskieren, aufzufliegen.

„Aber unternimm nichts allein. Diese Typen sind echt gefährlich."

„Ok, ich warte."

„Aber geh irgendwo rein. In ein Café oder so. Bleib nicht draußen", warnte Matt eindringlich.

„Ist gut." Ohne sich noch einmal nach einem Verfolger umzusehen, legte sie auf, überquerte die Straße und betrat eine gut besuchte Dunkin Donut Filiale. Sie bestellte zwei Schokodonuts und eine Trinkschokolade. Dann suchte sie sich einen Platz möglichst weit weg vom Fenster und ließ sich tief in den gepolsterten Sitz gleiten. Hier konnte ihr nichts passieren. Aus einem Café heraus würde sie niemand entführen.

26. KAPITEL

Logan

Es dämmerte bereits, als Logan den Gedanken an Schlaf aufgab. Die ganze Nacht hatte er kein Auge zugetan. Ständig spukte Dakota in seinem Kopf herum. Sie hatte sich so verändert, seit er ihr zum ersten Mal über den Weg gelaufen war. Schon damals, als sie vor dem Mr. Percy zusammengestoßen waren, war er fasziniert von ihr gewesen. Noch nie in seinem Leben war er sich mit einem Mädchen so sicher gewesen.

Er versuchte, sich ihr Lachen vorzustellen. Sie war glücklich gewesen, doch er hatte es versaut.

Logan ging zum Fenster und schob den dicken Vorhang zur Seite. Die Straße lag verlassen vor ihm, die Laterne gegenüber brannte noch. Täuschte er sich oder bewegte sich da etwas? Ein Druck legte sich auf seine Brust. Im schwachen Licht erkannte er die Umrisse eines Menschen. Die Gestalt drehte sich um und eine Totenkopffratze leuchtete ihm entgegen. Ruckartig zog er den Vorhang zu und wich vom Fenster zurück. Jackson meinte es ernst. Er ließ ihn überwachen. Und er ließ Dakota beobachten. Falls sie schon auf dem Weg zum Bahnhof war, um in den nächsten Zug zu steigen, würde Jackson es erfahren. Würde er sie dann in Ruhe lassen?

Das Handy, das auf dem Bett lag, blieb dunkel. Logan entsperrte es und öffnete den Chat mit Dakota. Nichts. Nur die unbeantworteten Nachrichten, die sie ihm am Sonntag geschrieben hatte, blinkten ihm entgegen.

Was ist los?

Ich mach mir Sorgen.

Bitte melde dich.

Sie war zu ihm gekommen, für ihn da gewesen. Und was machte er? Erzählte ihr Lügen und brachte sie dadurch in Gefahr.

Sein Finger schwebte über dem Display, berührte ihren Namen. Der Drang, sich zu vergewissern, dass es ihr gut ging, wurde so stark, dass er kurz davor war, ihre Nummer zu wählen. Dann musste er wieder daran denken, wie ihre Stimme am Ende ihres Gesprächs vor wenigen Stunden geklungen hatte. Emotionslos. Tot. Als hätte sie jede Hoffnung verloren.

Frustriert warf er das Handy aufs Bett und ballte die Hände zu Fäusten. Es war seine Schuld, dass sie schon zum zweiten Mal ihr Leben hinter sich lassen musste. Was dachte er sich dabei, sie anzurufen und zu fragen, ob es ihr gut ging? Scheinheiliger ging's ja nicht.

Es klopfte an der Tür. „Logan?"

Matt. Nachdem ihn sein Freund gestern Abend nahezu genötigt hatte, Julian anzurufen, und der wiederum ihn dazu aufgefordert hatte, mit Dakota zu sprechen, war er ihm aus dem Weg gegangen. Wie sollte er ihm erklären, dass es mit Dakota vorbei war?

Ohne eine Antwort abzuwarten, kam Matt ins Zimmer. Unschlüssig stand er vor dem Bett. Seine Augen flackerten unruhig. „Ich konnte nicht schlafen und hab Licht gesehen. Ich wollte nur wissen …"

„Frag ruhig. Ich kann dir sowieso nichts verheimlichen", forderte Logan ihn auf. Er hasst es, wie deprimiert er klang, aber er war noch nie gut darin gewesen, schlechte Laune zu verbergen.

„Was sagt Julian?"

„Er überlegt sich was." Nervös spielte Matt mit seinen Fingern, verschränkte die Hände ineinander. „Aber du wolltest was anderes fragen."

Matt deutete ein Nicken an, schüttelte dann den Kopf. „Ich will dich nicht unter Druck setzen. Ich weiß, dass du es nicht magst, wenn man dir Fragen stellt."

„Ich mag es nicht, weil ich ein Lügner bin." Das schlechte Gewissen saß in seinem Magen wie ein schwerer Stein. „Aber damit ist jetzt Schluss." Logan stand auf, zog den Vorhang ein Stück auf die Seite und schaute auf die Straße. Wer auch immer vorhin unter der Laterne gestanden hatte, war weg. Erleichtert atmete er auf. Obwohl sie hier oben niemand belauschen konnte, fühlte er sich sicherer, wenn er wusste, dass vor dem Haus niemand auf ihn lauerte. „Ich hab es Dakota gesagt. Sie ist weg."

Jetzt war es raus und trotzdem fühlte er sich kein bisschen besser. Im Gegenteil. Es auszusprechen, machte es real. Endgültig.

Matt öffnete den Mund und schloss ihn wieder. Nervös fuhr er sich durch die wirren Haare. „Sie hat dich verlassen?"

Logan stieß ein verächtliches Lachen aus. Wenn es wenigstens so wäre. Das würde er sogar verstehen. Schließlich war er ein krimineller Lügner. Jemand, der zuließ, dass unschuldige Menschen getötet wurden, nur weil sie im Leben Pech gehabt hatten. Aber Dakota wollte mit ihm zusammen sein. Vielleicht konnte sie ihm sogar verzeihen, was er getan hatte und noch tun würde. Er hatte sie weggeschickt. Und so sehr er auch versuchte sich einzureden, dass es das einzig Richtige war. Es fühlte sich so falsch an.

„Sie ist hier nicht sicher. Jackson lässt auch sie beobachten."

Matts Augen wurden riesengroß. Der Vorwurf darin war unübersehbar. „Und da lässt du sie allein durch die Stadt spazieren! Was ist, wenn ihr einer dieser Dreckskerle auflauert? Julians Freundin wurde damals entführt. Willst du, dass Dakota das Gleiche passiert?"

Scheiße. Wie hatte er das vergessen können? Dakota war nicht sicher. Bei ihm nicht und allein erst recht nicht. „Was hätte ich denn tun sollen? Glaubst du, unsere Beziehung hat eine Zukunft, solange ich an Jackson gebunden bin? Vielleicht geh ich sogar drauf!"

„Nein." Mit einem entschlossenen Ausdruck kam Matt auf ihn zu. „Du wirst nicht draufgehen. Wie willst du deine Freundin beschützen, wenn du tot bist?"

„Matt, ich kann sie nicht beschützen."

„Das kannst du." Matt schlug mit der flachen Hand auf die Matratze. Logan zuckte überrascht zusammen. So energisch hatte er Matt noch nie erlebt. „Julian wird uns helfen, Jackson eine Falle zu stellen. Wir machen diese Gangster fertig."

Logan schüttelte den Kopf. Er fühlte sich völlig ausgelaugt. Die Lage war aussichtslos. Außerdem war Dakota sicher schon weg. Sie würde nicht zurückkommen.

„Julian hat sich immer noch nicht gemeldet."

„Aber das wird er. Und du gibst jetzt nicht auf."

Logans Handy vibrierte. *Bitte lass es Julian sein.* Eilig griff er nach dem Handy und ließ sofort wieder es fallen, als hätte er sich daran verbrannt. „Es ist Dakota." Sein Herz raste. Was wollte sie? Hatte sie es sich anderes überlegt? Wollte sie doch bei ihm bleiben? Aber das ging nicht.

„Geh ran", drängte Matt.

„Was soll ich ihr sagen?"

„Hör dir doch erst mal an, was sie zu sagen hat."

Logan versuchte, seinen hektischen Atem etwas zu beruhigen, bevor er sich nach dem Handy ausstreckte. In dem Moment verstummte das Klingeln. Das hohle Gefühl der Enttäuschung machte sich in ihm breit. Gleichzeitig war er erleichtert. So konnte er wenigstens noch darüber nachzudenken, was er ihr sagen wollte.

„Du Idiot", rief Matt. „Vielleicht hat sie angerufen, weil sie Angst hat. Vielleicht ist dein toller Kumpel Dean hinter ihr her."

„Dean ist nicht mein Kumpel", stieß Logan zwischen zusammengebissenen Zähnen aus.

„Schön, dass du das auch endlich kapierst."

„Was soll das denn heißen? Glaubst du, ich hätte mich mit ihm abgegeben, wenn ich gewusst hätte, was er für einer ist?" Mit geballten Fäusten baute er sich vor Matt auf. Zum ersten Mal störte es ihn, so viel kleiner zu sein.

„Ich hab´s dir gesagt. Du wolltest nicht auf mich hören. Und jetzt …" Matt brach ab.

„Was ist? Sag ruhig, dass ich selbst schuld bin. Ich hab mein Leben ruiniert."

„Das wollte ich nicht sagen." Schuldbewusst senkte Matt den Blick. Dann sah er Logan wieder an. „Es ist eben passiert. Das lässt sich nicht mehr ändern. Aber wir können die Zukunft ändern." Matt legte ihm eine Hand auf die gesunde Schulter. Es fiel ihm sichtlich schwer, ruhig zu bleiben. „Also reiß dich bitte zusammen. Hör auf, Trübsal zu blasen, und schau nach vorne. Julian hat es schon mal mit diesen Typen aufgenommen. Mit ihm auf unserer Seite schaffen wir es."

Matts Worte klangen so zuversichtlich. Logan spürte, wie er ruhiger wurde. Irgendwie würde es weitergehen.

Aus den Augenwinkeln heraus nahm er ein Blinken wahr. Sein Handy zeigte einen verpassten Anruf an. Wieder Dakota. Er fuhr sich übers Gesicht. „Scheiße." Es schien wirklich wichtig zu sein. Vielleicht lag Dakota gefesselt in einem Auto oder versteckte sich irgendwo vor finsteren Gestalten, die sie verfolgten. Und er hatte nichts Besseres zu tun, als mit Matt zu streiten.

„Jetzt ruf sie endlich an", drängte Matt, „Frag sie, was los ist?"

„Sie hat keine Ahnung."

„Wovon hat sie keine Ahnung? Ich dachte, du hast ihr alles gesagt."

Logan schüttelte den Kopf und legte das Handy

neben sich. Er konnte Dakota nicht in diese Familienkrise mit hineinziehen. „Vergiss es. Sie muss das nicht wissen."

„Wie soll sie dir helfen, wenn sie es nicht weiß?" Matts Handy klingelte. Er zog es aus der Hosentasche und sah Logan ernst an. „Ich sag es ihr."

Logan sprang auf. „Nein."

Blitzschnell war Matt im Flur und nahm ab. „Dakota, was ist los? Logan sagt, du bist weg."

Unruhig lief Logan in dem kleinen Zimmer auf und ab und schaute mindestens alle fünf Sekunden auf sein Handy. Julian hatte versprochen, ihm zu helfen. Er würde anrufen. Das war gestern Abend gewesen und langsam wurde das Warten unerträglich.

Logan schaute aus dem Fenster und zog den Kopf sofort wieder zurück. Seit fast einer Stunde stand unten auf der Straße ein schwarzer Wagen mit getönten Scheiben. Es war unmöglich, das Haus zu verlassen, ohne dass Jackson davon erfuhr. Er konnte das Risiko eingehen, dass sie ihm folgten, aber wenn sie ihn erwischten und zu Jackson brachten, war der ganze Plan für den Arsch.

Viel schlimmer, als selber eingesperrt zu sein, war, dass Dakota auch unter Beobachtung stand. Sie saß in einem Café fest und wartete genauso auf eine Nachricht von Julian wie er. Seinetwegen war sie in Gefahr und trotzdem hatte sie ihn nicht aufgegeben. Dakota riskierte so viel für ihn und was machte er? Zu Hause sitzen und warten, bis sein Bruder alle Probleme für ihn löste.

Logan warf noch einen letzten Blick auf sein Handy. Keine Nachricht von Julian. Ob er überhaupt heute noch anrief? Darauf konnte er nicht warten.

Im Flur war es still. Matts Zimmertür war geschlossen. Auf leisen Sohlen schlich Logan zur Wohnungstür und zog erst dort seine Schuhe an. Die Tür quietschte, als er sie öffnete. Logan verzog das Gesicht. Hinter ihm regte sich etwas. So ein Mist.

„Logan, was macht du da?" Matt sah ihn besorgt an. „Hat Julian schon angerufen?"

„Ich werde bestimmt nicht hier sitzen und warten, während Dakota in Gefahr ist."

„Du kannst das nicht allein tun", beharrte Matt und kam auf ihn zu.

„Ich kann noch viel weniger zulassen, dass Dakota etwas passiert."

Bevor Matt bei ihm war, zog er die Tür hinter sich zu und rannte die Treppen nach unten. Kurz bevor er die Haustür erreichte, entschloss er sich, in den Keller zu gehen. Im Halbdunkel lief er ganz nach unten, durch den Gang, ließ die Verschläge hinter sich und verließ das Haus über den Kelleraufgang, der in den Hinterhof führte. Hier war niemand. Durch ein klappriges, schmales Holztor trat er auf die Straße und sah sich um. Kein Auto weit und breit. Entweder war Jackson dumm genug, keine Wachen am Hintereingang zu postieren oder sein Beobachter hatte sich verdammt gut versteckt.

Niemand hielt ihn auf. Als er das Haus hinter sich gelassen hatte, rief er Matt an. „In welchem Café ist Dakota?"

27. KAPITEL

Dakota

Sie starrte auf den angebissenen Donut vor sich. Den anderen hatte sie noch nicht einmal angerührt. Immer wieder schaute sie zur Tür und beobachtete die Menschen, die vorbeigingen oder das Café betraten. Der Typ, der vorhin auf der Bank gesessen hatte, war nicht mehr aufgetaucht, aber sie wusste, dass er irgendwo dort draußen auf sie wartete. Sobald sie das Café verließ, würde er ihr folgen. So oder so konnte sie nirgendwo hin. Ihr blieb nichts anderes übrig, als hier zu warten, bis Matt wieder anrief. Sie musste vertrauen. Zum ersten Mal im Leben war das ihre einzige Chance.

Dakota trank ihre heiße Schokolade. Das Saugen am Strohhalm beruhigte sie ein wenig. Sie ließ sich Zeit, behielt die Tür im Auge. Leute kamen und gingen, aber niemand lungerte auf dem Gehweg herum oder schaute in ihre Richtung. Vielleicht hatte ihr Verfolger aufgegeben. Wer wartete schon fast zwei Stunden vor einem Café?

Gerade als sie eine zweite Schokolade bestellen wollte, klingelte ihr Telefon.

„Hallo?"

„Dakota, ich bin´s. Ich bin … "

„Logan?", flüsterte sie ins Telefon.

„Ja, ich bin auf dem Weg zu dir. Bleib, wo du bist."

Bevor sie genauer nachfragen konnte, legte er auf. Ihre Finger, die das Handy umklammerten, kribbelten. Sie konnte nicht weiter hier sitzen und warten. Kurzentschlossen stand sie auf. Ihr Herz raste. Ihr Magen rebellierte, doch das lag nicht am Hunger. Im Gegenteil, die Donuts ließ sie unangetastet liegen, als sie in Richtung Eingangstür ging. Unauffällig drehte sie sich um und stellte erleichtert fest, dass niemand ihr Beachtung schenkte. Alle anderen Gäste waren mit ihren Donuts beschäftigt oder in Gespräche vertieft. Schnell verließ sie die Dunkin Donuts Filiale und warf im Vorbeigehen noch einen letzten Blick nach drinnen, wie sie es immer nach ihrer Schicht im Percy machte. Dabei fiel ihr ein junger Mann mit Sonnenbrille und dunklem Cap auf, der direkt am Fenster saß. Ihre Blicke trafen sich. Das Blut gefror ihr in den Adern. Er war hier. Vermutlich schon länger. Sie hatte ihn nicht mal reinkommen sehen.

Aus den Augenwinkeln sah sie, wie er aufstand. Dakota beschleunigte ihre Schritte, wollte aber keine unnötige Aufmerksamkeit erregen, indem sie rannte. Nach nur wenigen Metern packte sie jemand und zog sie in eine Seitenstraße. Eine Hand legte sich auf ihren Mund. Sie schlug um sich und quietschte.

„Hör auf damit", zischte eine vertraute Stimme, die sie im ersten Moment nicht zuordnen konnte. Er zerrte sie in einen Hinterhof, in dem sich leere Getränkekisten stapelten. Dann ließ er sie los und machte einen Schritt rückwärts. Grüne Augen sahen sie gehetzt an.

„Logan?"

Er legte einen Finger an die Lippen und sah sie eindringlich an. Dakota verstand die stumme Warnung und drückte sich an die Wand, während Logan zu dem Zaun schlich, der eigentlich nur ein Bretterverschlag war, und durch einen Spalt lugte.

„Er ist weg." Die Erleichterung war ihm anzusehen als er auf sie zukam. Etwa zwei Meter von ihr entfernt blieb er stehen. „Alles ok?"

Sie nickte. Die Distanz fühlte sich seltsam an. Noch vor vierundzwanzig Stunden waren sie sich so nah gewesen und jetzt wusste sie nicht mal, ob sie auf ihn zugehen sollte.

„Wer war das?", flüsterte sie.

Nun kam Logan doch zu ihr, aber er berührte sie nicht, stellte sich nur neben sie an die Wand. „Er heißt Jason. Jackson hat ihn auf dich angesetzt."

Horrorszenarien spielten sich in ihrem Kopf ab. Sie sah sich auf der Straße liegen. Blut. „Er soll mich töten, nicht wahr?"

Gequält schloss Logan die Augen. „Diese Arschlöcher sind zu allem fähig."

Er stellte sich vor sie. Nur wenige Zentimeter trennten sie. Sie spürte seine Wärme, widerstand nur schwer dem Drang, sich in seine Arme zu werfen. Nach allem, was passiert war, kam es ihr falsch vor.

„Es tut mir leid. Ich hätte dich nicht alleinlassen dürfen."

„Du hast gesagt, bei dir bin ich nicht sicher."

„Du bist nicht sicher, weil du zu mir gehörst. Ich hab dich da mit reingezogen, weil ich nicht ehrlich war. Wenn du mich dafür hasst, versteh ich das."

Logan hatte gelogen. Er hatte sie in Gefahr gebracht und es war noch nicht vorbei. Eigentlich sollte sie stinksauer sein, aber sie konnte es nicht. Sie durfte nicht zulassen, dass Logan so endete wie Dad.

„Aber du bist zurückgekommen. Du hast noch nicht aufgegeben." Endlich erlaubte sie sich, ihn zu berühren. Mit den Fingerspitzen strich sie über seine Wange. Die rauen kurzen Stoppeln kratzten an ihrer Haut.

„Das kann ich nicht." Seine warmen Finger umfassten ihre linke Hand, die an ihrer Seite herunterhing. „Du hast recht. Zusammen schaffen wir das."

Sein Blick wanderte zu ihren Lippen. Dakota umschlang seine Taille und beugte sich vor. Das Klingeln seines Handy ließ sie erschrocken auseinander fahren. Logan nahm ab.

„Julian, endlich … Nein, ich bin nicht mehr zu Hause … Tut mir leid, ich musste gehen. Ich musste zu Dakota. Ja … Ok … Wir sind hinter dem Dunkin Donut neben dem Bahnhof." Eine Weile hörte er nur zu. Julian klang aufgebracht. „Ich weiß. Ich werde es nicht versauen … Ok, ich bin vorsichtig … Gut, in zwei Minuten."

Er legte auf und sah zu Dakota. Noch nie war sein Blick so entschlossen gewesen.

„Was passiert jetzt?", fragte sie.

„Jetzt locken wir dieses Schwein in eine Falle." Seine Hand zuckte zu seinem Gürtel. Dort steckte eine kleine Pistole. Sie hätte wissen müssen, dass Logan eine Waffe hatte. Trotzdem erschreckte sie der Anblick.

„Vertrau mir", bat Logan und streckte ihr die Hand hin. Ein paar Sekunden verstrichen, während sie erst seine Hand und dann ihn ansah.

„Ich werde nicht zulassen, dass dir was passiert."
Ein Versprechen. Konnte er es halten? Was, wenn etwas
schiefging? Ihr blieb wohl nichts anderes übrig, als
dieses Risiko einzugehen. Vertrauen war ihr einzige
Chance. Also würde sie es tun.

Sie nickte und nahm seine Hand.

Dakota und Logan verließen die Seitenstraße in die
entgegengesetzte Richtung. Hinter der Dunkin Donuts
Filiale stand ein blauer Kleinwagen mit laufendem
Motor. Zögernd blieb Dakota stehen und sah Logan
zweifelnd an.

„Wir können Julian vertrauen. Er kann es mit diesen
Leuten aufnehmen." Beruhigend drückte er ihre Hand.

Logan öffnete die hintere Tür und ließ Dakota
einsteigen, bevor er sich neben sie setzte und die Tür
wieder zuzog. In Auto roch es nach einem fruchtigen
Parfüm. Wahrscheinlich gehörte das Auto Julians
Freundin.

„Hey", sagte Julian kühl. Dakota konnte nur sein
Profil erkennen. Er wirkte angespannt.

„Du bist doch nicht sauer, oder?", fragte Logan.

Julian schüttelte den Kopf. „Ich hätte besser auf
dich aufpassen müssen. Dann wäre das nicht passiert."

„Gib dir nicht die Schuld. Was hättest du machen
sollen?"

„Dich warnen." Dann stieg er aufs Gas und reihte
sich in den Verkehr ein. Als sie an einer roten Ampel
warteten, drehte Julian sich um. Dakota konnte nicht
anders, als ihn zu mustern. Sofort fielen ihr seine unter-

schiedlichen Augen auf. Eins war grün mit braunen Sprenkeln, so wie Logans, das andere mehr braun als grün. Die schwarzen Locken erinnerten kein bisschen an Logans glatte dunkle Strähnen. Aber sie hatten beide die gleichen vollen Lippen und als Julian sie aufmunternd anlächelte, ähnelte er Logan so sehr, dass Dakota sich ein Grinsen nicht verkneifen konnte.

„Mach dir keine Sorgen. Dir wird nicht passieren." Sie ahnte, dass er nervöser war, als er zugeben wollte. Was sie vorhatten, war gefährlich. Wenn sie scheiterten, würden sie sterben.

„Was genau habt ihr eigentlich vor?"

„Ihn zu überrumpeln, wird schwierig", sagte Julian. „Er weiß nicht, dass wir kommen, aber er wird es wissen, sobald wir in seinem Revier sind."

Das Herz rutschte ihr bis in den Magen. Wie hatte sie vergessen können, dass Jackson seine Leute auf sie ansetzte. Weit würden sie nicht kommen, ohne entdeckt zu werden.

„Du musst das nicht tun", sagte Logan, „Du musst dich nicht opfern."

Opfern! Erschrocken sah Dakota zwischen Logan und Julian hin und her. Julian richtete den Blick konzentriert auf die Straße.

„Julian will Jackson zum Kampf herausfordern", erklärte Logan, „Jackson soll glauben, dass er gewinnen kann. Dabei hat er schon verloren. Er hat sich sein eigenes Grab geschaufelt."

„Glaubt ihr, er ist so dumm?"

Julian lachte verächtlich. „Jackson ist so sehr von Hass zerfressen, dass er an nichts anderes denkt, als mich zu vernichten. Er dachte wohl, meinen Bruder auf mich anzusetzen, wäre eine gute Idee."

„Weil er dachte, ihr würdet euch hassen", schlussfolgerte Dakota. Trotzdem zweifelte sie. Das war alles zu einfach. Jemand folgte ihnen. Jackson würde erfahren, dass sie kamen und sich vorbereiten. Sie waren zu dritt. Jackson hatte eine ganze Horde loyaler, gewaltbereiter Männer hinter sich. Welche Chance hatten sie, wenn es tatsächlich zum Kampf kam? Sie traute sich nicht, ihre Gedanken auszusprechen, denn Julian kannte die Blue Killers. Er wusste sicher, was er tat.

„Vor allem dachte Jackson, er könnte mich erpressen."

„Wir haben Glück, dass er so dämlich ist", entgegnete Julian. „Brandon hätte sich auf so was nie eingelassen."

Schon allein der Name ließ Dakota erschaudern. Ob Brandon auch vom Gefängnis aus seinen Einfluss ausübte?

Die Gegend wurde immer grauer. Heruntergekommene Wohnblocks und überquellende Müllcontainer bestimmten das Straßenbild. Auf einem kleinen umzäunten Spielplatz mit einer bunten rostigen Rutsche und einem ebenso verrosteten Klettergerüst spielten drei Kinder. Die zwei Jungs jagten sich um die Rutsche, auf der das Mädchen saß, und schossen mit ihre zu Pistolen geformten Fingern aufeinander. Ihr Lachen drang gedämpft durch die geschlossenen Scheiben des Wagens. Jetzt hielten sie das noch für ein Spiel, aber in ein paar Jahren würde sich das ändern. Wer in einem Viertel wie diesem aufwuchs, hatte kaum eine Chance auf eine Zukunft. Dakota war entkommen, nur um hier wieder ins Visier krimineller

Banden zu geraten. Man konnte seine Herkunft nicht abschütteln. Die Vergangenheit hatte sie eingeholt.

Logan schnallte sich ab und rutschte zu ihr. Sie verbarg den Kopf an seiner Brust. „Alles wird gut gehen", versprach er und strich ihr sanft über die langen Haare. „Wir werden zusammen sein."

Dakota nickte an seiner Brust. Dass er getötet werden konnte, verdrängte sie.

28. KAPITEL

Logan

Julian parkte das Auto in einer schmalen Seitenstraße, wo es halb versteckt hinter ein paar Müllcontainern stand. Nur zwei Straßen weiter begann das Revier der Blue Killers. Jacksons Territorium.

Logan hielt Dakota im Arm. Er spürte ihren hektischen, unregelmäßigen Herzschlag an seiner Brust. „Was jetzt?", fragte sie.

„Du bleibst im Auto. Hier bist du in Sicherheit."

Sie löste sich aus seiner Umarmung und sah ihn entsetzt an. „Ihr wollt mich hierlassen?"

„Du musst keine Angst haben. Keiner von Jacksons Männern wird hierherkommen."

„Ich kann dich nicht einfach gehen lassen." Ihre Finger bohrten sich in seine Oberarme. Die noch unverheilte Wunde brannte. Als Logan unter den Schmerzen zusammenzuckte, riss Dakota erschrocken die Augen auf und ließ ihn los. „Tut mir leid."

„Wir sollten anfangen", unterbrach Julian. Logan nickte ihm zu. „Ok, geh", sagte er, auch wenn sich alles in ihm dagegen sträubte, Julian einfach Jackson auszuliefern. Aber es war Julians Idee gewesen und er würde sich nicht davon abbringen lassen.

Julian öffnete die Tür. „Du kommst in zehn Minuten nach." Er sah Dakota eindringlich an. „Versprich mir, dass du auf jeden Fall hierbleibst. Das Viertel wird überwacht. Wenn dich einer von denen in die Finger kriegt..."

Ohne den Satz zu beenden, warf Julian die Tür hinter sich zu und entfernte sich vom Auto. Als er um die nächste Ecke verschwand, fühlte sich Logan seltsam leer. Es war, als hätte er gerade erst ein fehlendes Stück von sich selbst gefunden und gleich wieder verloren. Sein Magen zog sich zusammen, als er daran dachte, was Jackson mit Julian anstellen konnte. Julian war bereit, sich zu opfern. Er behauptete zwar, noch eine Rechnung mit Jackson offen zu haben, aber er war nicht rachsüchtig. Julian wollte ihm beweisen, dass er ein guter Bruder war, wollte Vergangenes wiedergutmachen, und nahm dafür sogar in Kauf, von Jackson getötet zu werden. Scheiße! Das konnte er nicht zulassen.

Hektisch kroch er über den Sitz und öffnete die Tür. „Wo willst du hin?", rief Dakota, „Julian hat gesagt, du sollst warten."

„Ich lass nicht zu, dass er sich opfert."

„Du hast gesagt, Julian kennt diese Leute. Er weiß, was er tut." Dakota hielt ihn am Ärmel fest. „Bitte hör auf ihn. Bring dich nicht unnötig in Gefahr." Aus großen Augen sah sie ihn flehend an. Sie hatte Angst um ihn. Ein warmes Gefühl breitete sich in seiner Brust aus, wurde aber sofort wieder von der Angst um Julian abgelöst.

„Ich bin in Gefahr, seit ich Dean kenne, aber wenn wir das hier durchziehen, wird alles gut."

„Logan, ich …" Tränen standen in ihren Augen. „Wenn dir was passiert … Ich will dich nicht verlieren."

Er nahm ihr Gesicht in seine Hände. „Du wirst mich nicht verlieren. Wir sehen uns wieder. Versprochen."

Ihre Tränen liefen über ihre Wangen und seine Finger. „Wie kannst du sowas versprechen. Das weißt du doch gar nicht."

„Wenn ich weiß, dass du auf mich wartest, hab ich einen Grund, zu kämpfen. Ich komme zu dir zurück. Daran darfst du nicht zweifeln."

„Ich will, dass du lebend wiederkommst." Sie legte ihre Stirn an seine. Ihre Tränen tropften auf seine Wangen. Nur schwer widerstand er dem egoistischen Drang, einfach hierzubleiben und so zu tun, als würde es nur sie beide geben. Er durfte Julian nicht im Stich lassen.

„Vergiss unseren Plan nicht. Sperr dich im Auto ein und ruf in einer halben Stunde die Polizei. Besser früher. Sag ihnen, du hättest beobachtet, wie wir kämpfen."

Sie nickte und küsste ihn, als wäre es das letzte Mal. „Ich liebe dich, Logan."

„Ich liebe dich." Logan warf ihr noch einen letzten Blick zu. Dann schlug er die Autotür zu und ging. Sein weiter Kapuzenpulli verdeckte die Waffe, die in seinem Hosenbund steckte. Er war bereit.

Kein Mensch war auf der Straße, aber Logan spürte unzählige Blicke in seinem Rücken. Jackson erwartete ihn. Natürlich. Er musste die ganze Zeit gewusst haben, dass Logan seinen Bruder niemals ausliefern würde. Matt hatte recht gehabt. Es war von Anfang an sein Plan gewesen, sie beide zu töten, und Logan war auf ihn hereingefallen. Dabei hätte er wissen müssen, dass Jackson, egal wie sehr er von Hass zerfressen war, sich nicht an der Nase herumführen ließ. Auch Julian hatte Jackson für dumm gehalten. Sein Auftauchen war keine Überraschung. Stattdessen lief er direkt in eine Falle. Genau darauf musste Jackson gewartet haben.

Schon von Weitem sah Logan, dass das Tor zur Fabrikhalle offenstand. Niemand hielt ihn auf, als er das Gelände betrat. Doch Logan ließ sich nicht täuschen. Auch das gehörte zu Jacksons Plan. Er wollte, dass er zu ihm kam. Damit er ihn selbst töten konnte.

Vor dem Tor blieb er stehen. Im Inneren waren Stimmen zu hören. Vorsichtig drückte Logan den angelehnten Flügel noch weiter auf, um etwas verstehen zu können.

„Ich wusste, dass du irgendwann hier auftauchst. Du Verräter. Du wolltest mich schon damals töten", dröhnte Jacksons dunkle Stimme durch die Halle.

„Vielleicht hätte ich es tun sollen", entgegnete Julian mit einer Kälte in der Stimme, die Logan erschreckte. Bisher war ihm nie der Gedanke gekommen, dass Julian tatsächlich fähig sein könnte, einen Menschen zu töten. In den zwei Jahren, die er bei den Blue Killers gewesen war, hatte er es vielleicht sogar getan.

Jackson lachte. „Wenn du das könntest, wärst du nie ausgestiegen. Eine Schande, dass Brandon sich so sehr in dir getäuscht hat. Er hätte sehen müssen, dass du nicht loyal bist."

„Hast du es gesehen?", entgegnete Julian provokant.

„Du willst mich also herausfordern?" Ein Schuss löste sich. Logans Ohren dröhnten. Er sah den Mann vor sich, den Jackson erschossen hatte, doch er hatte Julians Gesicht. Seine Augen waren starr. Nein!

Logan stürzte in die Halle und rannte, bis er Jackson vor der grünen Couch stehen sah. Ein paar Schritt entfernt kniete Julian im Staub. Auf seinem grauen T-Shirt waren keine Blutflecken zu sehen. Ungläubig starrte Logan ihn an. Julian musste direkt vor Jackson gestanden haben. Wie konnte er da daneben geschossen haben? Außer …

„Logan, da bist du ja. Ich wusste, dass du kommen würdest." Jackson kam auf ihn zu, ein verschlagenes Grinsen im Gesicht. „Wolltest du deinen Bruder retten? Weißt du nicht, dass er ein Verräter ist?"

Eine Fangfrage. Es war klar, dass Jackson ihn auch für einen Verräter hielt und genau das war er ja auch. „Hör auf mit deinen Spielchen. Mich täuscht du nicht mehr." Logan zog seine Waffe, hielt sie aber noch gesenkt.

„Du hälst das also für ein Spiel?" Blitzschnell war Jackson bei Julian, der sich gerade aufrappelte, stieß ihn wieder auf den Boden und drückte ihm die Pistole an den Hinterkopf.

„Du Arschloch!", brüllte Logan. „Nimm die Finger von ihm!"

„Keine Sorge. Ich werde ihm nichts tun." Jacksons Grinsen wurde breiter. „Das ist deine Aufgabe."

Für einen Moment hörte die Welt auf sich zu drehen. Logan war wie gelähmt. Jackson hatte nie vorgehabt, sich selbst die Finger schmutzig zu machen. Er wollte Julian tot sehen und Logan sollte ihn töten.

Bevor Jackson auch ihn tötete. Wie hatten sie so blöd sein können, zu glauben, sie könnten Jackson besiegen? Ihre einzige Chance war, dass Dakota rechtzeitig die Polizei rief. Er musste also auf Zeit spielen. Irgendwie musste er Jackson hinhalten.

„Das werde ich nicht tun", sagte Logan entschlossen, auch wenn er keine Ahnung hatte, was er damit bezwecken wollte. Oder konnte.

„Bist du dir da ganz sicher?" Logan hörte Deans Stimme direkt an seinem Ohr. Die kalte, harte Mündung einer Pistole drückte auf seinen Nacken. Dean stieß ihn mit dem Knie in den Rücken. Ein dumpfer Schmerz durchzuckte ihn. Er verlor das Gleichgewicht und konnte seinen Sturz gerade noch mit den Händen abfangen. Scharfe Steine bohrten sich in seine Handflächen.

„Dachtet ihr echt, ihr könntet uns verarschen?", zischte Dean und kicherte. „Ihr haltet euch wohl für besonders schlau. Das habt ihr jetzt davon."

Logan sah zu Julian, der ihn nicht aus den Augen ließ. Zum ersten Mal ließ er Erinnerungen zu, die er seit Jahren im hintersten Winkel seines Gehirns vergraben hatte. Er hatte seinen Bruder nie richtig gekannt. Als Kinder hatten sie manchmal miteinander gespielt, aber meistens war Julian mit Freunden zusammen gewesen, die den kleinen Logan nicht in ihrer Nähe haben wollten. Je älter sie wurden, desto weniger Zeit verbrachten sie zusammen. Logan war enttäuscht von Julian, der sich immer weniger für ihn interessierte und schließlich einfach aus dem Staub machte. Wie Mom. Und Charlie. Blieb nur noch Mike, der sich sein trostloses Leben schönsoff. Und irgendwann glaubte Logan, dass das wohl die beste Art war mit all den Problemen und Enttäuschungen im Leben umzugehen. Er flüchtete sich in den Alkohol und wehrte Julians Annäherungsversuche ab. Vor der Entzugstherapie und auch danach. War Julian damals weg gegangen, weil Logan ihm keine Chance gegeben hatte? Weil er nicht bereit gewesen war, ihm zu verzeihen? Oder hatte er einfach ein neues Leben anfangen wollen? Wie ihre Schwester Charlie? Egal wie er es drehte und wendete, er konnte nicht Julian allein die Schuld an ihrem schlechten Verhältnis geben. Zu einem Konflikt gehörten immer zwei. Nun, nach vier Jahren Schweigen kapierte er das endlich und jetzt war es vielleicht zu spät.

Jackson riss ihn aus seinen Gedanken. „Es ist deine Entscheidung, Logan. Beweise mir, dass du doch loyal bist. Meinetwegen kannst du es kurz machen. Dein Bruder muss nicht lange leiden." Er lächelte, als hätte er Logan gerade ein tolles Angebot gemacht. „Wenn du das nicht willst", der Druck in seinem Nacken verstärkte sich, „wirst du zusehen, wie Dean deinen Bruder tötet. Und er wird sich Zeit lassen."

Betont langsam legte Jackson seinen Unterarm unter Julians Kinn und drückte seinen Kopf nach oben. Logan sah, wie dessen Brust sich hektisch hob und senkte. Julians Augen wanderten in Richtung Boden und Logan folgte seinem Blick. Die Pistole, die Julian vorhin verloren haben musste, lag zwischen ihnen, aber so weit weg, dass weder er noch Julian an sie rankommen konnte.

Irgendwie musste er weg von Dean, doch sobald er sich bewegte, bohrte sich die tödliche Öffnung der Waffe noch tiefer in seinen Nacken.

„Du hast keine Chance", flüsterte Dean. Logan musste sich nicht umdrehen, um zu wissen, dass Dean bis über beide Ohren grinste.

„Eines Tages wirst du dafür bezahlen." Dean lachte. In diesem Moment stürmte jemand in die Fabrikhalle. Schutt knirschte unter schweren Schritten. „Schaut mal, wen ich hier gefunden hab."

Eine Gänsehaut überzog Logans Arme und wanderte bis in seinen Nacken, in dem immer noch Deans Pistole saß. Trotz Deans eisernem Griff konnte er sich umdrehen und erstarrte, als er in Dakotas schreckgeweitete Augen sah.

29. KAPITEL

Dakota

Als ihre Hände aufhörten, unkontrolliert zu zittern, verriegelte sie die Türen. Ihr eigener Herzschlag dröhnte laut in ihren Ohren. Sie brauchte eine Weile, um ihren Atem zu beruhigen.

Logan war weg. Julian war weg. Dakota zweifelte nicht daran, dass sie wussten, was sie taten. Für Julian war es nicht das erste Mal, dass er sich Jackson stellen musste. Er würde Logan beschützen. Und Logan beschützte sie. Er setzte sein Leben aufs Spiel, um mit ihr zusammen sein zu können. Nur sie versteckte sich im Auto und machte nichts weiter, als zu warten.

Logan konnte noch nicht lange weg sein, doch Dakota kam es vor, als würde sie sich schon seit Stunden im Auto verstecken. Sie versteckte sich feige, während Julian und Logan ihr Leben aufs Spiel setzten. Was, wenn die Polizei zu spät kam? Oder ihr nicht glaubte?

Kurzentschlossen entriegelte sie alle Türen und stieg aus. Sie ging in dieselbe Richtung wie Logan vorhin, bog um die Ecke und sah sich unschlüssig um. Die düsteren Wohnblocks sahen alle gleich aus. Zwei schmälere Seitenstraßen gingen von der Haupt-straße ab. Wahrscheinlich führten sie eher zu weiteren Hochhäusern als zu einem großen verlassenen Fabrikgelände.

Es knirschte hinter ihr. Als Dakota sich umdrehte, sah sie für den Bruchteil einer Sekunde einen Schatten an der Wand hinter ihr, der sofort wieder verschwand. Sie hätte sich einreden können, dass sie sich das nur eingebildet hatte oder es nur ein streunender Hund war, doch das Kribbeln in ihrem Nacken sagte etwas anderes. Jemand beobachtete sie. Julian hatte recht gehabt. Sie war kaum hundert Meter weit gekommen und schon wurde sie verfolgt.

Was sie hier machte, war lebensmüde. Am besten ging sie zurück zum Auto und rief die Polizei, sobald sie in Sicherheit war. Gerade als sie umdrehen wollte, zerriss ein Schuss die gespenstische Stille im Viertel. Ihre Brust wurde eng. Logan!

Sie rannte in die Richtung, aus der der Knall gekommen war. Noch im Laufen wählte sie den Notruf. Hinter ihr hallten Schritte durch die Straße. Bestimmt nur spielende Kinder.

Na klar, Dakota. Welches Kind hat so schwere Schritte?

Am anderen Ende der Leitung meldete sich jemand.

„Hallo!", schrie sie in den Hörer, „Hier ist eine Schießerei!"

„Eine Schießerei? Können Sie mir die Adresse nennen?"

„Ja, ich bin …" Mitten im Satz wurde sie von den Füßen gerissen und prallte hart mit den Knien auf den Asphalt. Dakota schrie, bevor ihr jemand grob das Handy entriss und auf der Straße zerschmetterte. Wie Schraubstöcke umfassten Finger ihre Unterarme und banden ihr die Hände auf den Rücken.

„Du wolltest doch nicht etwa Hilfe holen? Weißt du nicht, wie wir Probleme hier lösen?"

„Lass mich los!" Alles Strampeln und Zappeln war vergeblich.

„Der Boss wird sich freuen, dich zu sehen." Grob stieß er sie vor sich her. Dakota blieb nichts anderes übrig, als sich zu fügen, wenn sie ihn nicht noch wütender machen wollte. Solange sie sich nicht wehrte, würde er ihr nichts tun. Er nicht, aber Jackson.

Angst breitete sich in ihr aus wie ein Gift. Sie hatte es vermasselt. Die Polizei kannte nicht mal die Adresse. Wahrscheinlich würden sie den Anruf gar nicht ernst nehmen. Dafür gab es in Vierteln wie dem hier viel zu oft Schießereien und nie tat jemand etwas dagegen. So oft war ihr Dad mit Stichverletzungen nach Hause gekommen. Er hatte sie immer selber versorgt und niemandem davon erzählt. Am Ende waren ihm seine eigenen Leute zum Verhängnis geworden. Nicht die Polizei.

Die Fabrik tauchte vor ihr auf. Ein Schornstein ragte bedrohlich in den wolkenverhangenen Himmel. Der andere war zur Hälfte eingestürzt. Das Tor zum Gelände stand offen. Meterhohes Unkraut wuchs aus dem Rissen im Asphalt. Zwei Garagen mit verrosteten Toren befanden sich auf dem Gelände. Das war also das Quartier der Gang.

„Beweg deinen Arsch." Der Kerl, dessen Gesicht sie immer noch nicht gesehen hatte, stieß sie hart in den Rücken. Dakota stolperte vorwärts in Richtung des großes Fabrikgebäudes. Stimmen drangen durch das halb geöffnete Tor nach draußen. Sie wurde hindurchgeschoben.

„Schaut mal, wen ich hier gefunden hab."

Der Anblick, der sich ihr bot, ließ ihr das Blut in den Adern gefrieren. Logan starrte sie an. Hinter ihm stand Dean, der ihm eine Pistole in den Nacken setzte. Mit einem überheblichen Grinsen musterte er Dakota. Ihm gegenüber hockte Jackson. Vor ihm kniete Julian mit schmerzverzerrtem Gesicht.

Er sah zu ihr, dann auf die Pistole, die zwischen ihm und Logan auf dem Boden lag. Für beide unerreichbar. Jackson lächelte triumphierend. „Jetzt hab ich euch alle drei. Ich hätte nicht gedacht, dass es so einfach sein würde."

„Was willst du jetzt tun?", rief Logan, „Uns alle töten?"

„Du verspielst also deine Chance?"

„Du tötest mich doch sowieso." Jacksons Lachen hallte von den hohen Wänden wider. Logan drehte sich kurz zu Dakota um, hob seinen rechten Mundwinkel leicht an. Verwirrt blinzelte Dakota. Er sah sie durchdringend an, als wollte er ihr etwas sagen. Dann wandte er sich wieder Jackson zu. „Du hast doch jetzt, was du wolltest. Du kannst dich an mir und Julian rächen. Wenn du Dakota gehen lässt, tu ich, was du verlangst."

Dakota verstand. Ein Ablenkungsmanöver. Während Logan zum Schein mit Jackson verhandelte, wanderte ihr Blick zu Julian. Er schielte zu seiner Waffe. Sein Blick drückte Entschlossenheit aus.

„Jackson", warnte Dean, doch bevor Jackson reagieren konnte, rammte Julian ihm mit voller Wucht seinen Kopf gegen das Kinn. Mit einem Aufschrei wich Jackson zurück. Julian stürzte auf die Waffe zu. Sofort war Jackson hinter ihm und schlug ihm mit seiner Waffe ins Gesicht. Julian sackte in sich zusammen. Schwer atmend kauerte er im Staub, das Gesicht schmerzverzerrt. Mit einer Hand stieß er die Pistole an. Sie schlitterte über den Boden und landete nur wenige Zentimeter vor Logans Füßen. Langsam fasste Logan in seinen Hosenbund und zog selbst eine Pistole hervor. Blitzschnell drehte er sich um und setzte sie Dean, der kurz abgelenkt gewesen war, an die Brust. Der starrte ihn ungläubig an.

Logan grinste. „Da hast du wohl was Wichtiges vergessen."

„Du hast ihm seine Waffe nicht abgenommen?", schrie Jackson.

„Scheiße!", brüllte Dean, „Du mieses Stück Scheiße!"

Jackson ging auf Dean und Logan zu. Dean hob seine Waffe und richtete sie auf Logans Stirn. Hinter Jackson regte sich etwas. Dakota sah, wie Julian sich aufrichtete. Sein Atem ging schwer. Eine Wunde an seiner Schläfe blutete. Er sah zu Dakota. *Die Waffe,* formte er mit den Lippen. Sie lag nur wenige Schritte entfernt. Wenn Logan sich nach ihr bückte, würde Dean oder Jackson ihn erschießen. Julian war zu weit entfernt.

Dakota spürte den harten Griff in ihrem Rücken. Ihre Hände waren gefesselt. Was konnte sie schon ausrichten? Sie schaute wieder zu Julian, dachte daran, wie er Jackson mit seinem Stoß überrascht hatte. Das war ihre einzige Chance. Sie entspannte ihre Muskeln und ließ sich auf die Knie fallen, als würde sie zusammenbrechen. Der Griff lockerte sich. Die Überraschung war gelungen. Diesen kurzen Moment nutzte sie, riss sich los, drehte sich um und stieß dem maskierten Mann das Knie zwischen die Beine. Stöhnend sackte er zusammen. „Du Miststück", fluchte er zwischen zusammengebissenen Zähnen.

Jackson wandte sich ihr zu. Dakota warf sich auf den Hintern, streckte die Beine aus und kickte die Waffe zu Julian, der sie sofort ergriff, entsicherte und schoss. Im Laufen wurden Jackson die Beine unter dem Körper weggerissen und er stürzte. Fluchend hielt er sich den Unterschenkel. Blut quoll zwischen seinen Fingern hervor.

Mit einem wütenden Aufschrei stieß Dean Logan von sich und rannte auf Julian zu. Sofort war Logan wieder auf den Beinen und sprang Dean auf den Rücken. Der stolperte. Ein Schuss löste sich. Putz bröckelte von der Decke.

Dakota spürte die Wärme ihres Angreifers hinter sich. „Du dachtest wohl, du bist besonders schlau." Er griff ihr in die Haare und drehte ihren Kopf zu sich herum. Ihre Kopfhaut brannte.

„Lass mich in Ruhe!" Sie riss sich los, kam aber keine zwei Schritte weit, bevor er sie an der Kapuze packte und herumriss. Dakota fiel auf die Knie. Schmerz schoss durch ihren Körper, Tränen traten ihr in die Augen. Verschwommen nahm sie die Waffe wahr, die auf sie gerichtet wurde. Kalter Triumph lag in seinen grauen Augen.

Das konnte nicht das Ende sein. Sie streckte die Hand aus, legte sie auf die Mündung der Pistole und versuchte, seine Hand wegzuschieben, die sich jedoch keinen Millimeter bewegte.

„Dakota, nein!", schrie Logan. „Was machst du da?" Er packte sie an der Taille und riss sie von Jason weg. Der Schuss hallte in ihren Ohren. Jemand schrie. Logan!

Da heulten Sirenen und Polizisten stürmten die Halle. Wie durch einen Nebel sah sie, wie Jackson und Dean Handschellen angelegt wurden. Jason kniete am Boden. Blut tropfte von seinem rechten Oberarm auf den Boden.

Ungläubig sah sie zu Logan. Er ließ seine Pistole fallen. „Dakota …"

Sie warf sich in seine Arme. „Logan, ich dachte …" Sanft strich er ihr über die Haare. „Alles ist gut. Es ist vorbei."

Ein paar Meter entfernt stand Julian. Er wandte sich ab und verließ die Halle hinter den Polizisten, die Jason abführten. Sie blieb allein mit Logan zurück. Es war vorbei. Ihm würde nichts mehr passieren.

Als sie die Fabrikhalle verließen, brach ein Sonnenstrahl durch die Wolken. Das grelle Licht blendete, nachdem sie so lange in der dämmrigen Halle gewesen waren. Auf dem Platz standen ein paar Polizeiautos. Ein Krankenwagen verließ gerade das Gelände. Ein anderer stand noch da. Ein Mädchen mit langen dunklen Locken stieg aus. Dann wurden die Türen von innen geschlossen und der Wagen setzte sich in Bewegung.

Julians Freundin Amy. Mit gesenkten Schultern lief sie über den Platz und setzte sich auf einen verrosteten Stahlträger, der neben den Garagen lag.

„Einen Moment", sagte Dakota und löste sich von Logan. Sie setzte sich auch auf den Stahlträger, ließ aber ein wenig Abstand. „Hi. Alles in Ordnung? Ich meine mit Julian?"

Amy sah auf. Die blauen Augen standen im Kontrast zu ihren dunkelbraunen Haaren. „Die Wunde muss genäht werden, aber das wird schon wieder." Ihre Stimme zitterte.

„Julian hat uns gerettet. Ohne ihn wäre es anders ausgegangen."

„Ich weiß, aber wir waren schon mal in diese Sache verwickelt. Damals wurde er auch verletzt. Ich dachte einfach …"

„Jetzt ist es vorbei", sagte Dakota und bemühte sich, zuversichtlich zu klingen. Es war nicht vorbei. Das wussten sie beide. Jemand anderer würde Jacksons Platz einnehmen.

„Die Gang wird nicht einfach verschwinden, aber Logan ist jetzt frei. Ihr könnt zusammen sein." Aufmunternd lächelte Amy sie an. Dakota erwiderte das Lächeln. Amy hatte recht. Und Jamie auch. Sie sollte nach vorne schauen.

Logan kam auf sie zu. Seine grünen Augen leuchteten. Er zog Dakota vom Stahlträger und direkt in seine Arme. „Tut mir leid. Das alles. Wir hätten dich da raushalten sollen."

„Wenn es um dich geht, werde ich mich nie raushalten."

Sein Lächeln ließ seine Augen noch heller strahlen, wenn das überhaupt möglich war. „Das dachte ich mir schon", sagte er und küsste sie. Dakota ließ sich fallen. Endlich konnte sie mit Logan zusammen sein. So wie sie es sich gewünscht hatte.

EPILOG

Logan

Zwei Wochen später

Logan holte Dakota ein, als sie gerade das Schulgebäude verließ. Er umschlang ihre Taille und drehte sie zu sich um. Lachend legte sie die Arme um seinen Hals.

„Hallo Mystery Girl", neckte er sie und grinste.

„Bin ich immer noch ein Mysterium für dich?" Sie legte den Kopf schief und sah ihn fragend an. Das Funkeln in ihren Augen verriet, dass sie sich längst nicht mehr über diesen Spitznamen ärgerte.

„Es gibt immer noch Dinge, die ich nicht über dich weiß."

Mit verschränkten Händen spazierten sie über den Parkplatz der Schule. „Zum Beispiel?"

„Wie du deinen Kaffee am liebsten magst, zum Beispiel. Oder was du dir für die Zukunft wünscht."

Dakota blieb stehen und sah ihm in die Augen. Ihre Lippen streiften seine für einen kurzen Moment. „Ich wünsche mir, dass wir zusammenbleiben, egal was passiert." Sie zog an den Bändern seines Kapuzenpullis. „Und, dass wir ehrlich zueinander sind. Wenn du das nächste Mal irgendein Problem hast, kannst du zu mir kommen."

Sein Blick glitt zu dem Zaun, der das Schulgelände umgab. Seit Dean vor zwei Wochen festgenommen worden war, traf sich niemand mehr auf dem Basketballplatz. Da auch Jackson im Gefängnis saß, fehlte den Blue Killers ihr Anführer. Selbst David war verschwunden. Die Polizei hatte vergangene Woche seine Wohnung gestürmt. Sie war leergeräumt. Von David keine Spur.

Sowohl die leerstehende Firma, in der Dean seine Partys geschmissen hatte, als auch das Fabrikgelände, waren abgeriegelt worden. Die Fabrik sollte sogar gesprengt werden. Damit fehlte den Gangstern auch ihr Hauptquartier.

Logan wollte so gerne glauben, dass sie sich endgültig aufgelöst hatten, aber sie würden sich wieder zusammenschließen, neue Mitglieder anwerben. Vielleicht mit David als Anführer. Ewig würde er sich jedenfalls nicht verstecken können.

„Jetzt wäre ein guter Zeitpunkt dafür. Worüber denkst du nach?"

Er schüttelte den Kopf, doch Dakota sah ihn mahnend an. „Ich hab nur über die Gang nachgedacht. Es sieht so aus, als wäre sie verschwunden, aber das glaub ich nicht."

„Sie werden dich doch in Ruhe lassen, oder?"

Dean und Jackson waren keine Gefahr mehr. Travis und die anderen gingen ihm aus dem Weg. Wahrscheinlich hatten sie ihn nie als vollwertiges Mitglied betrachtet. Allein Jackson hatte sich einen Nutzen von ihm erhofft. Und war gescheitert. Sollte er jemals das Gefängnis verlassen, konnte Logan sich seiner blinden Wut sicher sein. Schnell schob er den Gedanken auf die Seite. „Alle, die es auf mich abgesehen haben, sitzen im Gefängnis. David ist untergetaucht. Wer soll uns was anhaben?"

Er schenkte ihr – und auch sich selbst – ein aufmunterndes Lächeln. „Ich werde alles dafür tun, dass dein Wunsch in Erfüllung geht. Egal was passiert."

Dakota erwiderte das Lächeln und küsste ihn. Dieses Mal intensiver.

Logan hatte die Tür kaum geöffnet, als ihn jemand in eine Umarmung zog.

„Hey Logan. Schön, dass du da bist." Charlie hielt ihn mit ausgestreckten Armen an den Schultern fest. Ihr Gesicht strahlte.

„Na ja, ich wohne hier", entgegnete er verlegen. Es fühlte sich komisch an, wieder Kontakt zu ihr zu haben. Aus Angst, sie könnte ein Treffen zwischen ihm und Julian arrangieren, war er ihr in den letzten Jahren aus dem Weg gegangen. Eigentlich kannte er sie kaum. Schließlich war sie verschwunden, als er fünf Jahre alt gewesen war. Seine Erinnerung an sie war schwach. Doch in den letzten beiden Wochen hatten sie sich bereits dreimal gesehen und näherten sich langsam an. Seit er die Geschichte über ihr Verschwinden kannte, war seine Wut verschwunden. Charlie war durch die Hölle gegangen. Mehr als Julian und er zusammen.

Charlie umarmte auch Dakota und ging dann voraus in die Küche. Dort standen Matt und Charlies Tochter April am Herd. April löcherte ihn mit tausend Fragen.

„Sie möchte später mal Köchin werden", sagte Charlie mit einem stolzen Lächeln und betrachtete ihre Tochter liebevoll. April war zwölf und hatte die gleichen wilden schwarzen Locken wie Charlie. Sie war sehr zurückhaltend. Abgesehen von Charlie und Julian sprach sie kaum mit anderen Menschen. Aber an Matt hatte sie einen Narren gefressen.

Als sie sich umdrehte und Logan in der Tür stehen sah, winkte sie nur kurz und wandte sich dann wieder Matt zu. Schulterzuckend ging er ins Wohnzimmer. Der kleine Esstisch war schon gedeckt. Mehr als fünf Stühle hatten dort keinen Platz. Drei von ihnen würden am Sofa essen müssen. Wahrscheinlich April, die Charlie und Matt für sich beschlagnahmte.

Vor dem Fenster waren Amy und Julian in einen Kuss vertieft. Sie bemerkten Logan nicht. Er drehte ihnen den Rücken zu und ließ ihnen das kleine bisschen Privatsphäre, bevor der Rest der Gruppe ins Wohnzimmer stürmen würde.

Julian hatte Dakota das Leben gerettet. Und irgendwie auch ihm. Sie redeten nie wirklich darüber, aber zwischen ihnen hatte sich etwas verändert. Sein Bruder kam ihm nicht mehr wie ein Fremder vor. In den letzten Wochen hatte er sich so oft gewünscht, Dean und Jackson nie begegnet zu sein. Aber wenn nicht, hätte er dann jemals Kontakt zu Julian aufgenommen? Er kannte die Antwort. Da brauchte er sich nichts vorzumachen.

Ein warmer Körper schmiegte sich von hinten an ihn. Dakota lehnte das Kinn an seine Schulter. „Bist du eigentlich glücklich?", fragte sie.

„Ja, bin ich", antwortete Logan, ohne zu zögern. Er schaffte es gerade noch, Dakota einen Kuss auf die Wange zu drücken, bevor Matt und April mit dampfenden Töpfen aus der Küche kamen.

„Na los, ihr Turteltauben", rief Matt, „Jetzt wird gegessen."

Zum Schutz gegen den Nieselregen zog Dakota sich die Kapuze über den Kopf. Durch das geöffnete Fenster im zweiten Stock hörte sie laute Stimmen und Gelächter. Es war ein schöner Abend gewesen. Selten hatte sie sich so wohl gefühlt wie mit Matt, Amy und Logans Familie. Charlie und April hatte sie schnell ins Herz geschlossen. April war sehr verschlossen und redete wenig. Ein bisschen erinnerte sie Dakota an sich selbst, als sie vor wenigen Monaten aus New York hierhergekommen war. Misstrauisch. Unfähig, sich jemandem anzuvertrauen. Was April erlebt hatte, hinterließ Spuren. Sie würde noch Jahre brauchen, um über das hinwegzukommen, was ihr Vater ihr und ihrer Mutter angetan hatte. Selbst Dakota wurde noch manchmal von Albträumen gequält, in denen Keith versuchte, sich an ihr zu vergehen. So etwas zu vergessen, war unmöglich. Sie konnte nur lernen, damit zu leben.

„Alles ok?" Logans warmer Atem streifte ihre Wange. Er stand direkt hinter ihr. Eine Hand lag auf ihrem Rücken.

„Ich hab nur nachgedacht. Über die Zukunft." Kurz überlegte sie, ob sie ihm von ihren vagen Plänen erzählen sollte. Dann fiel ihr wieder ein, dass sie beschlossen hatten, immer ehrlich zueinander zu sein.

„Ich möchte Menschen wie April helfen, ihre Erlebnisse zu verarbeiten und normales Leben zu führen."

„Das heißt, du willst Psychologin werden? Traumatisierte Menschen betreuen?"

„Vielleicht. Oder Sozialarbeiterin."

Logan schwieg. Da er hinter ihr stand, konnte er ihr Gesicht nicht sehen. Dachte er nach?

Sie atmete erleichtert auf als er schließlich doch antwortete. „Als ich für Jackson arbeiten musste, hab ich Menschen gesehen, die die Kontrolle über ihr Leben verloren haben. Mir ist klar geworden, dass jemand, der Drogen nimmt, nicht sofort verurteilt werden sollte. Sie sind einsam und verzweifelt." Seine Stimmte zitterte. „Ich war bei einer Frau, die in einer vermüllten Wohnung mit lauter Tieren gelebt hat. Auch andere Leute, bei denen ich war, hatten viele Tiere. Das ist alles, was sie haben."

Ein Kloß bildete sich in ihrem Hals. Weil sie ihrer Stimme nicht traute, schwieg sie. Zum Glück übernahm Logan das Sprechen. „Ich will später mal in einer Entzugsklinik arbeiten und den Menschen, die es wollen, helfen, von den Drogen wegzukommen." Logan drehte sie sanft zu sich um. „Ohne diese Jobs, die ich erledigen musste, hätte ich das nie erkannt."

„Du meinst also, es hat auch etwas Gutes?", fragte sie, noch ein wenig skeptisch, auch wenn sie langsam verstand, was Logan meinte.

Er verzog die vollen Lippen zu einem kleinen Lächeln. „Alles Schlechte hat auch etwas Gutes. Man muss es nur sehen."

Sie betrachtete ihn ausgiebig. Das schöne Gesicht mit den strahlenden Augen. Eine dicke Strähne seiner dunklen Haare fiel ihm in die Stirn. Logan. Der erste Mensch, den sie wirklich aufrichtig liebte. Wäre sie nicht aus New York geflüchtet, hätte sie ihn nie kennengelernt. Zusammmen konnten sie so viel Gutes bewirken. Sie würden sich gegenseitig glücklich machen und sie würden andere Menschen glücklich machen.

Lächelnd fuhr sie ihm durch die dichten Haare und legte die andere Hand an seine Wange. „Wie wäre es damit? Ich hole Kinder aus schwierigen Familien und du therapierst ihre Eltern."

Logans Lächeln wurde breiter. „Kling gut", sagte er und zog sie an sich. Dakota verlor sich in seinem Kuss, und in dem Moment wusste sie, dass nichts und niemand sie jemals aufhalten könnte. Mit Logan an ihrer Seite konnte sie alles schaffen.

ÜBER DAS BUCH

Sie will ihre Vergangenheit hinter sich lassen. Er wird von seiner eingeholt.

Als Dakota nach Blue Water kommt, will sie nochmal ganz von vorne anfangen. Nachdem ihr etwas Schreckliches zugestoßen ist, fällt es ihr schwer, sich anderen Menschen zu öffnen. Als sie Logan begegnet, leugnet sie zunächst die aufkommenden Gefühle. Doch seine einfühlsame und verständnisvolle Art macht es ihr schwer, sich ihm zu entziehen. Zum ersten Mal in ihrem Leben lernt sie, zu vertrauen und zu lieben. Doch als Logan in die Fänge einer Gang gerät und von seiner Vergangenheit eingeholt wird, steht nicht nur ihre Beziehung auf dem Spiel.

ÜBER MICH

Ich bin Janina, 25 Jahre alt und hab Bücher schon geliebt, bevor ich selber lesen konnte. Seit der zweiten Klasse schreibe ich eigene Geschichten. Das Schreiben ist für mich in den letzten Jahren mehr und mehr zu einer Leidenschaft geworden, die ich neben meinem Beruf als Gärtnerin ausübe.

Falls ihr euch mit mir über Bücher und das Schreiben austauschen möchtet, findet ihr mich auf Instagram unter dem Namen @Janina.wortverliebt.